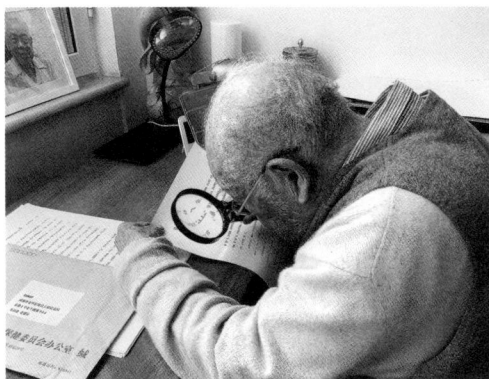

认真（马万梅摄）

耽讀

马识途 著

那样的时代，那样的人

人民出版社

责任编辑：罗少强

特约编辑：叶敏娟

装帧设计：黄桂敏

图书在版编目（CIP）数据

那样的时代，那样的人 / 马识途 著 . — 北京：人民出版社，2022.1
（2025.10 重印）

ISBN 978 - 7 - 01 - 023792 - 3

I. ①那⋯　II. ①马⋯　III. ①散文集 - 中国 - 当代　IV. ① I267

中国版本图书馆 CIP 数据核字（2021）第 198977 号

那样的时代，那样的人
NAYANG DE SHIDAI NAYANG DE REN

马识途　著

人 民 出 版 社 出版发行
（100706　北京市东城区隆福寺街 99 号）

北京新华印刷有限公司印刷　新华书店经销

2022 年 1 月第 1 版　2025 年 10 月北京第 2 次印刷
开本：710 毫米 × 1000 毫米 1/16　印张：19
字数：240 千字

ISBN 978 - 7 - 01 - 023792 - 3　定价：80.00 元

邮购地址 100706　北京市东城区隆福寺街 99 号
人民东方图书销售中心　电话（010）65250042　65289539

目　录

鲁 迅

我两次看到鲁迅

对于鲁迅，我是看到过的，我说的是看到过的，不是说见到过的。像鲁迅这样的大文豪，在他去世前，我还不过是一个中学生，怎么可能和他相见过呢？但是我的确看到过他，而且有两次，我终生难忘。

1932 年，我在北平大学附高中上学，那个学校的校长是留学法国回来的教授，主张自由平等博爱那一套，所以民主风气比较浓厚，有许多思想进步的同学，同班有一个叫张什么的同学就是一个。有一天他约我出去听一个讲演会，我问他谁的讲演，他说去了就知道。我们到了和平门外师范大学的大操场上。他才告诉我说是一场秘密集会，而且主要是听鲁迅的讲演。我能被秘密通知来听鲁迅讲演，我也算是进步分子了，我很高兴，还有点得意。

不多一会儿，看见一个个儿不高比较瘦的半大老头登上桌子，没有人介绍，也没有客套话，就开始讲起来。哦，这就是鲁迅！鲁迅讲了些什么，他那个腔调我听不清楚，我似乎也不想听清楚，能第一次看到鲁迅，而且在这种场合看到鲁迅，也就够了。不多一阵，鲁迅讲完，忽然就从桌上下去，消逝得没有踪影。我竟不知道他是什么时候讲完的。人群纷纷散去，我们也回平大附中去了。

在路上，张同学才对我详细地讲关于鲁迅的情况。他说，鲁迅是中国最伟大的文学家，中国新文化的领军人物，同情中国革命。反动派特别忌恨他，所以这次他是秘密到北平作讲演，知道的人不多，你不要告诉别人。我说："我在初中时就读过鲁迅的《狂人日记》，很崇拜他。你约我去，让我看到了鲁迅，我很高兴。"从此，我就成为他们进步分子的一员了。

第二次看见鲁迅，那是在几年之后的 1936 年的 10 月鲁迅去世之后了。

1933 年日本军侵入北平郊区，大家纷纷逃难南下，我也随大流逃到上海，插班考进浦东中学。上海果然不同，各种杂志报纸，五颜六色封面的新书，美不胜收。特别是《生活》三日刊，很有特色。同时我被告诉，鲁迅的文章常在《申报》"自由谈"栏目上化名刊出，常被国民党查禁，要靠自己去寻找。于是我读《生活》之外，便是和有进步思想的同学天天猜想找到鲁迅化名刊出的杂文，这成为一种时麾，甚至把类似的杂文（如唐弢的）猜错成鲁迅的杂文。

上海的各界救亡运动，蓬勃展开，各种进步小册子、杂志读不完，进步的电影如《大路》《渔光曲》等看不完，推动着我们这些正在寻求救国之道的青年迅速进步。1935 年，北平传来"一二·九"学生救亡运动的号召，上海各界群起响应。我参加了去南京请愿等进步活动。鲁迅一直是我的精神导师。1936 年我考进南京中央大学，并在那里参加了共产党的外围组织——秘密学联。1936 年 10 月，上海传来了鲁迅逝世要大出殡的消息。我也不知道哪来那样大的勇气，向中大请假后从南京到上海参加鲁迅的葬礼。

我到了上海，首先奔到上海万国殡仪馆去向鲁迅遗体告别。在大门悬着"鲁迅精神不死，中华民族永生"的大挽对，我拍了一张照片。

到礼堂远远看到鲁迅睡在那里，虽然不准靠近，我到底还是远远地向鲁迅鞠躬后退出，再拍一张鲁迅的相，这便是我第二次看见了鲁迅。后来参加了送葬的群众队伍，在路上还和警察、特务发生冲撞，还是走到了沪西的万国公墓完成送葬，我才回到南京。

我很珍视那两张照片，一直设法保存到解放，后来联大中文系同学王士菁（现在在人民文学出版社离休）参加编辑《鲁迅全集》，我把这两张照片寄给他们，他们没有用，却又未退还我，王士菁去查无下落，不知谁收藏去了。我失悔没有复印留底，这可是我唯一的一次看见鲁迅的留照。

现在听说对鲁迅有各种说法，我不管怎样，始终认为鲁迅是伟大的中国人，我虽然只看见过两次，却一直是在我的人生途程上立着的一块丰碑，无论说什么，我坚持我一直说的一句话："鲁迅是中国的脊梁骨，巴金是中国的良心。"

后来我有两次到上海出差，曾去鲁迅的墓地参拜。一次是解放前到万国公墓，在墓葬群中，好不容易找到十分平凡的鲁迅墓，很冷落。另外一次是 1992 年到上海给巴金老人祝九十寿时，到虹口公园。虹口公园为鲁迅建立了颇为庄重的大墓园，在墓地前的条凳上坐了许多人，有更多的人站在墓碑前伫立凝视，有的在献花鞠躬。我在墓前参拜后，在一处石条上坐了好一阵，颇有些感慨。

郭沫若

他是有争议的人物吗？

我和郭沫若其实没有什么往来，最多是见过几面，几乎没有什么印象。他曾是中国科学院的院长，我是中国科学院西南分院的党委书记、副院长，中国科学院每开年会，我一定要去北京，有时就见到郭沫若到会和大科学家们见面，寒暄几句便退席了。他曾来过成都，因为他是院长，难免要以视察为名，到西南分院走走看看，还在大家的要求之下，为分院和有的研究所写过几幅字，如是而已。我们有什么交情可言呢？

但是要说到我和他的神交，那却长而且深。我上初中时，便有进步老师，向我们展示当时上海出版的创造社的刊物，向我们介绍并朗诵惊天动地的《女神》里的诗歌，许多啊呀之类的呐喊声，至今还有残余印象。其后我游学上海，读过他化名"鼎堂"发表的文章和他翻译的美国小说。直到抗战开始，他别妇抛雏回到上海，轰动一时。我也佩服他的爱国热情。他在武汉领导文化界抗日活动时，我也在武汉，和上海来的胡绳等文化人有些来往，到"三厅"去拜访过那些文化人。我当时已经入党，担任武汉的职业青年抗战组织"蚁社"的党支部书记，我通过党组织去拜请郭沫若来给这些职业青年做报告。郭老欣然答允并到汉口"蚁社"来和这些店员职员们见面，发表抗日讲演。这就是我和郭老的最亲近的一次接触。他在陪都重庆作为文化界的领头人，写作并演出《屈原》等话剧，轰动山城。周恩来为他举办创作生活 25 周年纪念活动，宣布他和鲁迅是中国文化界的两面旗帜，奠定他的历史地位。

解放后他任副总理、中国科学院院长、中国文联主席。他的各种文化活动，学术研究著作、文艺创作，使他成为当之无愧的革命家、文学家、诗人、戏剧家、历史学家、考古学家、书法家和古籍研判专家。党中央特别倚重这位文化巨人、这面文化大旗。是他去世前在文代会上宣布文艺春天的到来。

他去世不久，文化界建立郭沫若研究学会，我也忝列发起人之中，并被选为副会长，同时由我和四川文化界发起建立的四川的研究会，成为全国郭沫若研究的重要中心之一。我们举行过多次学术讨论会，出版《郭沫若学刊》，不间断地出版了百多期，成为学术中心刊物，颇受全国学术界重视。我不是学者，无力也无时间研究郭沫若，但我十分崇敬他。我不自愧担任过四川郭研会的会长和参加多次学术讨论会并发了言。我一直支持《郭沫若学刊》，我不无自豪地说，我曾对研究郭沫若起过一点推动作用。

前年在郭沫若研究会的郭沫若诞生 120 周年纪念会上，我辞去了会长。我做了告别发言，才最后把积压在我心中几十年的困惑吐了出来。

郭沫若是当之无愧的当代中国的文化巨人，闻名海内外，受到广泛的尊重。但是我一直不能理解的是，近年以来，我在和一些作家和学者谈到郭沫若时，似乎总感到，有些人说到郭沫若，表示一种不屑于或者惋惜的口气，甚至带着几分揶揄或挖苦。海外也传来过某些学者类似的声音。甚至颇有点身份的文化人提出重新认识郭沫若的问题，其目的明显是要把郭沫若贬斥为有争议的人物。至于那些无知之徒，进行阴私揭发和人身侮辱，不值一提。因此我一直在想，郭沫若真是一个有争议的人物吗？难道真要重新认识郭沫若吗？几十年胸中困惑挥之不去，却不敢言说。

一个伟大人物，总是非常人物，在非常之时，做非常之事，因此总是有誉有毁。世上没有不犯错误的人，没有什么完人，伟大的人物更无例外。我不是说郭沫若没有错误，我是说如果发现他在学术研究上、某些创作上、某些行止上犯有某些缺点和错误时，不要带有某些主观的臆测、某些不实的夸大甚至诬蔑，乱下结论，乱戴帽子，甚至侮辱人格。而且在指出一个人的错误时，要顾及他的一生行径、他的主要成就方面，分开主观与客观、大行与细节方面。更重要的是要详查他的错误是在一种什么环境、情势下犯了的，研究历史人物总要"知人论世"，不明其世，怎知其人？对郭沫若，我也以为应该知人论世。我曾为此写过一篇小文章，只是人微言轻，不足挂齿。所以我以年逾百岁之身，告别郭研时，说出我的困惑，希望研究者诸公拨乱反正，给郭沫若这个历史人物一个不朽的定位。

周 扬

我向"帮主"报到

　　周扬是著名文人，也是党中央宣传部副部长、全国文艺工作的主帅，自然被选为中国文联、中国作协的副主席了。但是他在"文革"中却被江青诬为中国文联这个"黑帮"的"帮主"。我因为挂上一个中共西南局宣传部副部长的牌子，主管文艺工作，上下对口，于是在"文革"中我就顺理成章地被造反派定为周扬"黑帮"在四川的代理人了。其实我和他没有什么往来，一共只见过几次面。

　　第一次是1960年吧，我被邵荃麟、张光年拉进文坛。他们鼓动我写一部长篇小说《清江壮歌》。我正担负着繁重的行政领导工作，哪里还有工夫来写一部长篇小说。但是当时我找回烈士遗女这个故事被传为美谈，四川的读者读了我在一份晚报上的连载后，也希望我写。至于人民文学出版社的社长韦君宜更是抓住不放，我只好勉为其难地接受这个任务。真的，我当时只当作一个任务，投入小说创作，革命的往事历历，也激发了我的感情，促使我动手写起来。

　　因为我曾经在西南联大中文系学习，受过一点儿基本训练，开初比较顺利，但是写一个长篇，向纵深发展，便感到力不胜任，总是心到手不到，做不到得心应手。同时我白天必须上班，只能利用晚上开夜车，几乎都是每天下午下班回家后，吃罢晚饭，便钻进我爱人王放为我特别设置的床上写作间开工。这个写作间其实就是在床上安一个小桌，装上电灯，挂上防蚊虫的纱帐。当时我一般都写到夜半两三点钟，实在困了，才能去睡。第二天早上还得早起，八点半要到办公室上班呢。这样熬了几十天，实在搞得筋疲力尽，以致后来一见到小桌上铺好的稿笺，一见那方格子，我就头痛了，我这才体会到一个作家创作的辛苦。

这样不行了。我到北京开会，见到了韦君宜就诉苦。她同情我，但毫不放手，一定要我坚持写下去，她为此向周扬汇报，希望他替我请创作假，专心写作。她把我引到什么胡同一处作协的院子里去，见到了周扬。这是我第一次见到周扬。我还没有来得及诉苦，韦君宜帮我说起好话来，周扬大概事先已知道我的情况，开口便答应我替我向正在北京开会的中央西南局常务书记李大章请创作假，他说他一定努力。我和韦君宜很高兴。

没有想到告辞前，周扬却很有兴致地和我谈文学创作。他说，文学创作需要激情，你情动于中才可以写好，不管别人给你提多少建议和主张，你可以不管，就以你在生活中积累的素材为基础，任你的激情写下去。写了再改，改了再写。韦君宜也很赞成，认为领导从政治要求上的指示，可以听，不必照改，就是革命文学作品也不是政治宣传品。周扬没有说话，大概和韦君宜的理解一样，不用他明说。

还有一次是"文革"后了，周而复带我去看望周扬。周扬家的客厅不大，最显眼的是座椅背后墙上有一幅拓印装裱好的对联，文字我还记得是郑板桥的"删繁就简三秋树，领异标新二月花"。这当就是他崇敬的创作规律吧。我们见面寒暄，我打趣地说："我向'帮主'报到来了。"周扬不明白地望着我，我解释说："'文革'时期，我在四川是有名的'周扬黑帮'在四川的代理人呀。"周扬明白了，也打趣地说："看来我周扬真是罪孽深重，祸延四方呀。"周而复却也打趣地说："不是你延祸给我们，那是因为我们本来是'一丘之貉'嘛。"我也说："其实我不仅被加入你的'黑帮'，我还被命令和沙汀、李亚群合组一个四川的'三家村'，我还被推成'三家村'的黑掌柜呢。"于是都笑着摇头，那是什么世道呀。

我对周扬印象最深刻的是1979年的文代会和作代会上。我参加了一次大家叫"牛鬼蛇神大集合"的作家座谈会，到会的大半是没有坐牢也一定是从"牛棚"得庆生还的鬓毛已衰的老作家。大家相见，许多恍如隔世，有的唏嘘不止，有的泪眼滂沱，有的高声喧嚷，有的沉默不语。我在后座亲见这种种情况，不知从何说起。我偶然见到韦君宜，她因为我的《清江壮歌》成为批判大毒草的靶子，向我道歉。偶然遇见原《人民文学》的主编陈白尘，花白头发，还那么乐观地问我："你那个最有办法的人怎么样了？"他指的是由他为我发表的讽刺小说《最有办法的人》。我们两个人大概都为这部讽刺小说付出过惨重的代价。然而他竟还念念不忘。我只得答："他当然更有办法了。"他说："你为什么不把他拉出来让我们见识一下呢？"意思是要我把"最有办法的人"往后写下去，我也真有这个想法，却不好对他放空炮。

在整个会场里，最吸引大家关注的是正襟危坐在主席台上的周扬，大家等着听他的讲话。他讲了，全是肺腑之言，他向许多过去挨过他整的人道歉，他站起来向大家鞠躬，表示深深的歉意。我坐在后排，不觉为他的主要是道歉的话感动得潸然泪下。也不只我一个人。我知道他也是不久前才从坐了八年牢的秦城监狱里放出来的。"整人者人恒整之"，这是后来我见到夏衍时他说出的经典之言，就是中国文艺界曾经出现过的现实。大家听了周扬当众检讨和道歉，都报以同情和原谅的掌声。可是后来听说，著名作家丁玲就是不原谅周扬，那是从延安一直到北京，他们之间结下的不解的怨恨。

后来中国文坛上又出现许多风风雨雨的事，最著名的一件又牵涉周扬，他经过几十年的文坛风云，终于觉悟到一些根本的思想问题，招来了广泛的大批判。四川也进行了响应，我没有去参加，有些什么高论，我不得而知了。只听说周扬一直想不通，以致住进医院，一直到郁悒到变成植物人，以至走到生命的尽头。

巴金回家

巴金回家

文学泰斗巴金老人是我最崇敬的中国作家。我曾经不止一次自以为是地说过，如果我们说鲁迅是中国的脊梁骨的话，那么巴金就是中国的良心。巴金一生别无所有，只有一颗善良的心和一支犀利的笔。他用这颗心和这支笔，曾经为中国人民的苦难而痛哭，为中国人民的解放而战斗，为中国人民的新生而欢呼。当中国人民遭受挫折的时候，他负罪式地进行深沉的思索和灵魂的拷问，告诫人们不要忘记教训。巴金老人正是以他这样高尚的人品和精湛的作品，为中国的文坛做出卓越的贡献，蜚声海外，许多国家为他颁发纪念奖章。在国内，巴老的作品几乎妇孺皆知，连小学生都知道有个"巴爷爷"。问一问上世纪 30 年代走向进步和革命的青年，几乎人人都会回答，曾经读过巴老的《家》，并且深受其影响，我就是其中之一。其后，他又创作了一系列的著名作品，给中国献上了宝贵的精神财富。特别是在"文革"以后，他经过理性地思考，用他洋溢着感情的笔，写出了一系列的说真话的书，更引起文坛和国内外人士的高度关注。特别引起我注意的是，据报载，国务院总理温家宝同志到上海去看望过巴老，他说，他读了巴老的《随想录》，"受到极大的震撼，感到那是一部写真话的著作"。一个日理万机的国务院总理居然能把巴老的这部书通读一遍，想从巴老的著作中汲取精神力量，这令人感动不已。

巴老是成都人，对于家乡有特别深挚的感情，每次文代会上见到巴老，邀请他回家乡看看，他都热情地表示一定要回来。1987 年秋，终于实现了这个愿望。他回到成都便说，他带回一颗心来了。他在很短的时间内，不顾身体的疲劳，参观访问，对故友新交，热情接待恳谈。特别使他高兴的是和他的老朋友张秀熟、沙汀、艾芜，多次相聚。我也忝列末座。我们五人曾到新都宝光寺、桂湖、草堂蜀风园、李劼人故居菱窠，相聚晤谈甚欢。我曾奉命题写"桂湖集序"，并赋诗以纪其事。我至今记得，一首诗里有"才如不羁马，心似后凋松"。还有一联"问天赤胆终无愧，掷地黄金自有声"，大家都以为写出了巴老的品格和气质。我们在访问他的老友李劼人的故居时，他在留言簿上写道："一九八七年十月十三日巴金来看望人兄，我来迟了！"他对已故老友的感情，使我们在座的无不涕泪欲出。巴老离开成都回上海时，特意带走了一包家乡的泥土，足见他对家乡的眷念之深。

我要学说真话

我是巴老的后辈，对他十分尊敬，他对我也多有关爱。每次全国作代会上，我们都要见面恳谈。他九十岁时，我专程到上海去为他祝寿，他更是亲热接待，并题赠我一部线装本的《随想录》，十分珍贵。

使我更不能忘怀的是，多年前据李致同志告诉我，他到杭州去看望巴老时，巴老以几乎无法写字的右手，题赠一本他新出的《再思录》给我。足见他对于我这个文学后辈的关怀。因此，我回赠了他一本我的杂文集《盛世微言》，扉页上题了这样几句话："巴老：这是一本学着您说真话的书。过去我说真话，有时也说假话，现在我在您的面前说，从今以后，我一定要努力说真话，不管为此我将付出什么代价。"这是我对巴老立下的誓言。

巴老去世时，我因病无法赶到上海去送葬，特派我的女儿专程到上海在巴老的灵前读我的《告灵文》，在这篇《告灵文》中，我再度向他立誓："而今而后，我仍然要努力说真话，不说假话，即使要付出生命的代价。"我知道，真话不一定是真理，但是是走向真理的必由之路，说假话永远不能接近真理。

附录：

1987 年 10 月 5 日，巴老以八三高龄自沪返蓉访老友，寻故居，与同龄老作家沙汀、艾芜暨川中耆宿九三老翁张秀熟欢叙蓉城，诚文坛盛事，余忝列末座，省委领导于草堂蜀风园宴请"五老"时，感赋七律、五律各一首以求正。并奉沙老之命，作《桂湖集序》于五老签名纸前。

五律　迎巴金老归

锦城秋色好，清气满苍穹。

美酒酬骚客，墨缘结玉钟。

才如不羁马，心是后凋松。

翠羽摇天处，依稀晚照红。

七律　呈巴金老

巴山蜀水路千程，十月秋光照眼明。

磊落当年沧海去，逍遥今日锦城行。

问天赤胆终无愧，掷地黄金自有声。

穷达升沉身外事，知交把酒结鸥盟。

五律　在桂湖宝光寺迎接巴老游杨升庵桂湖故居

桂湖迎远客，秋树听蝉吟。

宝寺烟如雾，东篱菊似金。

文章风绝代，道德景文林。

满引三杯酒，寿觞一片心。

草堂蜀风园宴上口占七绝一首呈巴老

浣花溪畔草堂东，沪海归来醉蜀风。

竹椅敞轩堪入梦，隔篱老杜唤巴翁。

奉题巴金、张秀熟、沙汀、艾芜游桂湖签名册 1987 年中秋

巴山蜀水佳丽地，金秋送爽中秋时。

湖塘虽无擎雨盖，东篱还有傲霜枝。

谁说人生如参商，四老欢聚已如期。

冰心老人，您走好

　　我有一天晚上看电视，看到朱镕基到医院看望冰心老人的报道，日理万机的国务院总理去看一位老作家，我很感动。但是我心里有一点感触，是什么，说不清。昨天早上听广播，说冰心老人走了。哦，原来朱镕基总理是去给冰心老人送行的，当时我却没有领会。

　　冰心老人走了，这当然不只是中国文学界的损失，也是我们国家的损失。在她弥留之际，国家的总理亲去给她送行，这是对百岁老人的尊重，也是对中国文学的尊重。冰心老人是中国新文学的开创者之一，也是中国百年风雨的见证人。她在向中国文学奉献了八十年之后，年届九十，病痛缠身，仍然笔耕不辍，真是春蚕到老丝未尽，蜡炬成灰泪不干。她奉献了她的一切，所以她走得很安然，很从容，很自在。她寿登百域，可以说是寿终正寝了。也许令她引为遗憾的是，她走到 21 世纪的门口，望到了新世纪的曙光，然而没有来得及跨进去。特别令她引为遗憾的恐怕更是，她和巴金老人约好，要在今年国庆节，携手为中国现代文学馆新馆开馆剪彩，现在不能实现了。这当然也是我们大家引为遗憾的事。

　　我和冰心老人只有在作代会上的一面之缘，远远望去，一位慈爱、和蔼的老人。然而我却心仪已久。那是在上世纪 20 年代，我最早读到她的《寄小读者》。我真的为她那情文并茂、委婉有致的笔墨所吸引住了，也为她的"冰心"这个笔名所吸引住了。想象文如其人，她一定是一个冰清玉洁、温婉贤淑的女人。这样的猜想和我后来所知道所望见的，基本上是一样的。

但是这并不全面，甚至很不全面。后来我听说，她更是一个热烈的爱国主义者。她和许多先一代的知识分子比如老舍一样，解放之初，放弃海外优渥的生活回到祖国，为人民服务。她更是一个顶较真的人，一个敢说真话的人，一个疾恶如仇的人。怪不得她和巴金老人结成生死之交，以姐弟相称，情同手足。他们逢年过生日，总要互送花篮致候。她还是一个勇敢的人，听说有一年，中央领导同志去向她贺寿，她说："我这个人有五不怕，不怕打棍子，也不怕死。"就是到了九十岁以后了，她还对访问她的人说："我现在九十多岁，什么都不怕了。""我不怕"，这是多么掷地有声的话呀。听说她还是一个淡泊名利、克己助人的人，就是去年的救灾和希望工程的捐献中，她都竭尽绵薄，无私奉献。所有这些，不是值得我们作家们特别是女作家们深长思之并奉为楷模的吗？

阳翰笙 ▌

砚耕老黄牛

　　一棵挺立在中国大地上、经历过九十年霜雪的青松，突然倒下了，他就是大家以"青松挺且直"来赞扬的阳翰笙。大家叫他阳翰老，我却当他面叫他为"砚耕老黄牛"，并得到他当面接受。

　　阳翰老的九十年人生旅程是在风风雨雨中度过的。他饱经历史的沧桑，跋涉过重重人生坎坷，既有过辉煌，也有过哀伤。然而他从不为辉煌而得意，也从不为挫折而颓唐。他始终照他认定的革命人生道路，坚定地走下去，不达目的，绝不停步。无论把他放在革命需要的什么岗位上，他都很快地熟悉业务，把工作做出成绩来。他总是那么乐观开朗，那么平易近人，那么善于团结大家，鼓动大家去完成任务。他又身先去做，做得有声有色，遇到困难，绝不后退。看他是那么待人随和，有说有笑，在大是大非面前，却绝不含糊。特别是在敌人面前，气节道德遭受考验的关头，他有如青松挺立在风暴中，绝不屈服。

　　这一段话，可以说道尽了翰老的一生。他一直在中国文艺界担任领导工作，他的工作经过，他的人品，早为文艺界所熟知，毋庸赘言。引起我注意的是一件遭遇和一次对我的箴言，令我难忘。

一件遭遇是"文化大革命"开始时，翰老因解放前在上海文艺界工作，知道江青内情，当然首当其冲，受到了江青的残酷迫害，江青必欲置他于死地而后快。他受到铺天盖地点名大批判后，还被抓去关了九年，受尽了折磨。但是他大义凛然，至死不屈。他说他被审问过一百零一次，他一次也没有在记录上签名。足见一个革命战士的坚强意志和高尚情操。他受到江青这么迫害，但是他出狱后，绝口不提江青在上海的绯闻。像他在解放后的长时间一样，也劝大家不必再提。要心怀宽广，不念旧恶，特别顾及江青作为领袖夫人的名誉。他这种从大局出发、不记私仇的高风亮节，是非一般人在冤狱九年之后所能坚持的。

我和阳翰老过去并不熟悉，抗日战争初在武汉，他在郭沫若领导的军委政治部三厅协助工作。那时我也在武汉做群众工作，得知其名。其后他在重庆受周恩来同志领导的南方局下面做文化工作，我那时也在南方局领导下做党的地下工作，非常敬佩他在文化界做出了出色的统战工作。他自己写出剧本并推动上演许多好剧本，名声很大。我心仪已久，却未能谋面。解放后虽然在宣传部门开的会上有过接触，却并无往来。

我们真正认识是在1983年他回四川，在成都我陪他一直到乐山，这才有较多的接触机会。他那种长者风、学者风，那么热情诚恳、平易近人的气度，使我如沐春风。他知道我也是在文艺战线上做领导工作的，对我十分关怀。我们有几次二人喝茶清谈。他说他参加革命，本是习武的，后来却奉命隐入上海地下，转入文艺界活动，弃武习文。他说他自己本来没有文艺的素养，可是要想接近和团结文化人，并推动进步，如果不懂文艺，言不及艺，如何工作？他是用四川话说的，"憋倒鸭子上架"，从头学起，经过刻苦学习，才入了门，不说外行话了。他说还"憋倒"他学习写戏剧作品。先后创作了《铁板红泪录》

《华汉三部曲》等和一批小说，有的拍成电影，引起广泛注意。他在抗日时期和解放前，创作更多的是话剧和电影剧本。如《前夜》《塞上风云》《李秀成之死》《两面人》《草莽英雄》《天国春秋》《槿花之歌》等七部大型话剧，《八百壮士》《塞上风云》《青年中国》《日本间谍》等电影剧本都是他创作的。他还推动郭沫若的《屈原》上演，在大后方引起轰动。在上海拍摄的引起全国更大轰动的电影《八千里路云和月》《一江春水向东流》，也是他组织拍出来的。同时，他还写了有名的电影剧本《三毛流浪记》。解放以后，他担任周恩来同志的助手，肩负着文艺工作的重任，仍然坚持写作，直到"文革"大祸降临。

阳翰老对我讲他弃武习文的经过，我知道他对我说的谆谆箴言，就因为他知道我也是从政转行，做文艺领导工作的。要我认真钻进去学好文艺，自己要拿出作品来，才能服众。他说如果到了文艺领导岗位上当了"官"，便一心做"官"，再也拿不出新的创作成就来，要领导得好，也是困难的。人家会说你不过是把创作当作敲门砖罢了。我感到他说的这些，真是金玉良言，对我的启发很大。当我把几本近作送给他时，他知道我也是学他"两不误"的，感到很欣慰，鼓励我坚持创作。

以后我年年到北京，一定要到他家里去看望他，谈得十分亲切。他文艺活动65周年纪念时，我接到他的通知，因事没有去，特写了一首五言律诗，并写成条幅送给他。听说翰老收到以后，很高兴。他拿去装裱起来，挂在他的客厅里。我写的诗是这样的，其中提到的《草莽英雄》《天国春秋》，都是他的名著。

　　六十风云际，峥嵘岁月稠。英雄生草莽，天国演春秋。
　　道德高文苑，华章系国忧。南天翘首望，砚耕老黄牛。

张光年 / 韦君宜

为光年、君宜送行

　　2002年1月，我正在北京参加全国作家代表大会，1月26日从报上得知韦君宜同志走了，这是我早已料到的事，她已得了中风卧床十几年了，我曾经去医院看过她几回，还想去看她，谁知她却走了。我正怅惘间，1月28日早上忽听广播，张光年同志又走了。三天之内，文坛一连失去了两位老作家，我一连失去了两个老朋友，心里有说不出的难过。正如1992年在九天之内我接连失去了艾芜和沙汀两个老朋友一样。更叫我感到遗憾的是，我既然到北京来参加六届作代会，会后又留住在北京，理应有和他们多见面的机会。然而我正打算到协和医院去探视君宜时，却见报她已于1月26日走了。我和光年在作代会的集体摄影和开幕式的主席台上两次见面，他并约我会后到他家里去玩，我也正打算春节前到他家去拜年，却听广播得知他于28日也忽然走了。

　　人生代谢之倏忽也如此，但是他们两位都以自己的事业和作品长留天地间，他们的为人道德、事业精神都已为大家所熟知，不必我来称道。君宜的《思痛录》将长久为人传诵，使人从中获取精神的营养。而光年的《黄河大合唱》，早于抗战时期就成为民族的号角，一直传唱到现在，遍于海内外。这种大气磅礴的歌声，将永远激励人们勇往直前，铸成中华民族的魂魄。他们地下有知，当亦可得到安慰了。我想到这里，才稍觉释然。

君宜的走，我是早料定的，她已经在病床上辗转、和死亡抗争了十多年了。她于1986年得脑溢血后，医生断定她不能康复，就是好一点儿也无法起床，也不能说话和思考了。但是我到她家里去看她时，她却硬挣着起了床，推着一个金属助步器，在房里走来走去，甚至给我倒茶。说话口齿差一点，却还能清楚表达。更令我吃惊的是她竟然在床上写文章，而且不是一般的文章，而是文学作品。果然她在重病中，写出了使海内外震惊的《思痛录》和一部长篇小说。试想她为创作做了多么坚毅的努力，和死亡做了多么惨烈的斗争。她是生之胜利者。1998年我去医院看君宜，给她送去我才出版的书。人家说她神志不清了，可她终于认出了我，一手拿着我的书，似乎看到那是人民文学出版社出的而感到欣慰。她一手紧紧握住我的手，盯着我，嘴里在说什么。她的女儿翻译给我听，知道是说她没有能完成我要她办的事。我明白了，我曾对她说过不止一次，她自始至终在中国文坛的漩涡中心生活，她完全有资格写出一部《文坛风云录》。她却一直说不好写，不是时候。于是十分精彩的中国文坛风云，永远埋葬在她的脑子里了。后来我再也没有机会去看她，只听说她已经成为植物人。但是从她的女儿杨团才发表的文章看，她并未成为植物人，用她当年战斗生活中的歌曲，就可以把她唤醒。也许我去让她像上一次那样紧握我的手，我们的友情会传感到她的心中，她会醒过来看我一眼呢。可现在却成为永远的遗憾了。

光年的走，完全出乎我的意料。我们在作代会上相遇，看他神清气爽，不像有病的样子。我倒告诉他我得了肾癌，做了手术。他约我会后到他家里去玩，我答应了。谁知我去迟了，失之交臂，我自己铸成永远的遗憾。光年过去得过癌症，手术后康复，十几年未发，已成过去，这次不会是这个问题。我打电话问黄叶绿，她说是突发性心肌梗死，过去他从来没有这个毛病的。看来这次是死亡从他从来没有注意的地方实行突然袭击，他失算了，真是不幸。

我和君宜、光年是老朋友，有五十几到六十几年的交情。我和君宜是 1937 年的冬天，在鄂豫皖苏区七里坪湖北省委党训班就相交了，以后在白区一同做过地下工作。我和光年是 1944 年在昆明认识的。他化名隐蔽在那里教书。我当时在西南联大做党的工作，知道他就是《黄河大合唱》的作者光未然。我们认识和结交后，他还认识闻一多先生。我们共同办过文学杂志《新地》，还请他到联大做过激情洋溢的诗歌朗诵。解放后在北京见到了，工作在不同的岗位上，往来不多，曾到他在东总布胡同和西河沿的家里去拜访过。所以我们可算是革命的战友，后来他和作协领导把我拉进文坛，我们才成为文学知音。我们相交淡如水，我每次到北京开会，才见一回，但是我们的心性却是相通的，见面很谈得来。当他在文坛，我在政坛时，各人的艰辛遭际，不好言说，却心知肚明，相对唏嘘。君宜在反右时的委屈，主持出版社的两面难为，上下交攻，从不能随心所愿的苦恼，我是理解的。这和光年比，恐怕还是小焉者的。光年却是位居文艺枢要，一言一动，都为内外人注目，真是如走钢丝，随时准备跌跤，不留心则可堕入万劫不复之境，非同小可，那苦处就大了。我知道他和我一样，事情并非看得不清楚，自信也不是低能儿，却常常要诚惶诚恐地自居于为好心人不断提醒和帮助的境地，毫无办法，哪里还有个人的自由意志、得心应手做事的可能。运动一来，风雨满城，自己总是首当其冲，如败叶飘零，不知伊于胡底。有好几次我去看他，他说他正在被帮助中，其无可奈何之状，我是感同身受而又爱莫能助的，只有叹息而已。然而他总算拖泥带水地走过来了。以全身全名告老，可算幸运的了。而他的抒情的《五月的鲜花》和鼓荡风雷的《黄河大合唱》，却是千万人传唱，长留天地间，堪称不朽了。一生有一于此，光年可以瞑目了。

光年和君宜是我的好友，却也可称是我的"孽友"。我们是结了"孽债"的。我虽然在西南联大中文系接受过创作科班训练，但解放前我从事革命活动，解放后从政，搞工业和科学，实无意于文学。50年代眼见文坛风云变色，不敢涉足。然而偏偏在50年代末建国十周年国庆时，我偶尔写了一篇作品，被他们和沙汀、邵荃麟、陈白尘、侯金镜等作家发现，多方鼓励，生生地把我拉进了文坛，装点成作家。还由君宜荐引到周扬处，周扬给我的上级西南局书记打招呼，让我有时间创作。于是我便一发而不可止地混迹于波谲云诡的文坛了。直到"文化大革命"，以文字获罪，我被抛了出来，弄得几乎家破人亡死无葬身之地。当时我就失悔不迭，怪沙汀、光年和君宜给我放了"孽债"。一见面我就直呼他们为我的"孽友"。不过他们说，而今已经宣布，文艺的春天已经到来，"孽债"已可偿还，君宜说是她向我追讨已订约稿合同文债的时候了。于是一本又一本的书在人民文学出版社出版了。当我到了八十八岁时，才从文坛告退，并领取了一枚金质纪念章，也可算是全身全名而退，可以回家颐养天年了。

光年、君宜同志，走好。

闻一多
时代的鼓手

鼓手的时代，时代的鼓手

1946 年 7 月 15 日，我的老师，西南联合大学教授闻一多先生在参加完李公朴教授追悼大会后，返家途中突遭国民党特务的枪击，身中数弹，不幸遇难。

六十多年过去了，我已逾百岁，但闻一多先生的音容形貌却还那么鲜活地留在我脑子里。那些过往，仿佛就在昨天。

闻一多先生风尘仆仆地从老远的昆明乡下下马村步行进城，到西南联大来给我们中国文学系的学生上"唐诗"来了。

他的个儿不很高，有几分清瘦的身子装在那宽大的褪了色的蓝布大褂里，潇洒自如。他的脸说不上红润，可也并不显得阴暗晦气，像当时在落难中的许多知识分子那样。他那过早脱去头发的脑门在阳光下闪亮，配上深邃而充满智慧的眼神，一望而知是一个很有修养的学者。他的胡子不茂密，可是长得很长，大概留的年代不短了。他的手里攥着一个特大的蓝布口袋，这个口袋似乎和他在这个世界上是同时存在的，那里面藏着他多年的心血和打开中国古代文化的钥匙。他从容不迫地向新校舍里东南角上一间破旧的泥坯草房走去。他抬头望着人，却并不和人打招呼，或者他还在梦幻中和庄子、屈原、杜甫这些古人一起神游吧。

他走进教室，在小讲桌前坐下来。他把老怀表摸出来放在桌上。时间还不到，他摸出他黑亮的烟斗来点上，吸起烟来。选"唐诗"这门课的本来只有十来个学生，可是教室里早已座无虚设。有的就坐在窗台上有的站在后边，连窗外也站了一些人，旁听的比选课的多了几倍。我是选"唐诗"的，来迟了一步，也只好站在后边了。

他又看了一看他那老表，正在怀疑他这个老伙计的可靠性时，上课的钟声响了。他立刻从大书袋里摸出讲稿来，开始讲课。其实他并不照本宣科，往往是不看稿子，越讲越远，越讲越自在。用那充满激情的调子，诗意般的言语，给我们讲杜甫的"三吏""三别"，用生动的形象展示在你的眼前，把你带到古代的社会里去让你看看石壕吏怎样夜晚捉人，让你看看新婚的丈夫来不及和妻子告别就被拉上战场。但是他并不是想把我们拉回古代，把我们带进故纸堆里去，像当时中文系里许多教授干的那样，引诱你钻进去，用一字的考证获得学术上的稀有荣誉，叫你在蜗壳里自我满足。他却用历代人民的悲惨命运来引出对于今天现实的留心，他愤愤地说："杜甫描写的是一千多年前的事，你们仔细张开眼看看，这却是写的眼前抗战时期的事。比唐肃宗那时更卑鄙更无耻。"于是他讲一件国民党军队拉壮丁的事。他说着说着站起来叫："这样无法无天，还成什么国家？这是什么'国军'？这是土匪，比土匪还土匪！"

我们坐在下面的，都知道他又回忆起他的不愉快的往事。他曾经在校门外眼见国民党的军官，用绳索捆绑骨瘦如柴的"壮丁"，一路上眼见"壮丁"不断倒毙，或者被当场打死，还剥去衣服。闻一多先生为此当场抗议，几乎搞得那些人下不了台。

这是在讲唐诗吗？有的教授也许认为不是的。但在这教室里听讲的学生却认为是讲了最好的唐诗。听的人越来越多，窗户外都拥不下了。他说过："我不能想象一个人在历史里看不出诗来，而还能懂诗。"

诗人哟，你的胸里埋藏着多少就要猛烈地燃烧起来的火种呀！

然而他今天却真正给我们讲起历史的诗来。他说他在编一本《现代诗抄》。朱自清教授给他一本田间作的诗，就是田间在抗战初期和在解放区写的那些激昂的诗，有的人称之为"楼梯诗"。他说几年没有看新诗了，乍一看，吓了一跳。他想，这叫诗吗？再看，才恍然大悟。他说："这不仅是诗，而且是擂鼓的声音。"

于是他擂起鼓来。他亲自朗诵一首田间的长诗《多一些》：

> 我们／要赶快鼓励自己底心／到地里去！／要地里／长出麦子，／要地里／长出小米；／拿这东西／当做／持久战的武器。／（多一些！／多一些!）／多点粮食，／就多点胜利。

他朗诵得真好，那么激昂而有节拍，就像一声声的鼓点，就像为配合解放区军民英勇前进的步伐而敲的鼓点。念到后来，他越更激昂了，像一头雄狮抖动着头发和胡子，大声地吼了起来："呵枪！呵刀！呵祖国！呵人民！"

他极力称赞这样的诗，他说这样的诗是时代的鼓声，这样的诗人是时代的鼓手。他兴奋地用一连串的形容词来赞美这样的诗："沉着的""庄严的""雄壮的""勇敢的""浑厚的""猛烈的""刚毅的""激动的""粗犷的""急躁的""横蛮的""倔强的""男性的"……

然后他慨乎言之："我们的民族正走到我们历史的转折点，我们要一鼓作气渡过这个危机，完成独立建国的大业。"他大声呼吁："这是一个多么需要鼓手的时代呀！我们要有更多的这样的时代的鼓手！"

我们听他朗诵田间的诗，也跟着激动起来。在我们的面前，分明站着一个兴奋得面孔发红，每一根头发、胡子的末梢都在战抖的鼓手，在奋力地擂着战鼓，鼓舞着人们踏着他敲起的鼓点子前进。他的每一句朗诵的诗，他的每一句激昂的话，才真正都是沉着、庄严、雄壮、勇敢、浑厚、猛烈、刚毅、激动、粗犷、倔强、男性的。他才真正是一个鼓手，一个时代的鼓手！

他以后还给我们念过和讲过田间的和解放区的诗，他甚至设想在这样一种环境和气氛下来念：在一个现代化的剧院里，开始光线很暗，慢慢地明亮起来，越来越亮，最后发出了红光，这时剧院里的温度也由冷而热，以致诗人出汗了。于是有鼓声响起来，由轻而重，而达到震人耳膜了。然后舞台上有人由远而近，人越变越大，最后在人们面前只出现一个大的人头了。然后这人开始朗诵，鼓声伴奏，强弱相间，咚咚，咚咚，咚咚咚！

闻一多先生站在我们面前朗诵，不可能有人为他设置那样理想的场所，制造那样的气氛，然而经他这么一描绘，用鼓点似的声音，由远而近，由弱而强，由轻而重地念起来，马上把我们也带进那样诗意的境界里去了。

最后，他把我们从诗境里唤了回来，回到理性的课堂上，他侃侃而谈，给我们分析诗的发展历史。他说，《诗经》中的许多诗和《楚辞》，本来都是"人民的歌声"，可是后来宫廷强奸了诗，成了靡靡之音，就堕落了。他说，新诗起初也有些质朴的，健康的，甚至是鼓手的声音，可是后来也堕落成为靡靡之音了，诗人们爱去追求"弦外之音"，要做到"绕梁三日"。他评论解放区的诗就大不相同了，称赞这种诗朴质、真诚、干脆、简短、坚实，像一声声的鼓点。他说："是单调吗？是单调的，这里头没有什么'弦外之音'，没有什么'绕梁三日'的余韵，没有什么花头，没有什么技巧，只是一句句朴质真诚的话，简单坚实的句子，就是一声声的鼓点。单调，但是响亮而沉重，打入你的耳中，打在你的心上。你说这不是诗？因为你的耳朵太熟习于'弦外之音'，你的耳朵太软弱了。"

他评论那些刻意求工、讲究风雅的诗和画，他认为那是在粉饰太平、掩盖血腥。他大声说："血腥和风雅是一而二，二而一罢了。"他庄严地宣告："记住我的话，最后裁判的日子必然到来，到那时，你们的风雅就是你们的罪状！"

后来，闻一多先生担任了西南联大进步学生组织的"新诗社"的导师，他宣称要："在联大，在昆明，对那些鸳鸯蝴蝶派，客观超然派，哲理派，新月派，呵，还有什么特务色情派，都给他们一个迎头痛击！"并且发誓要把新诗社办成全新的"新诗社"。但是到底怎么个"新"法，怎么才能办得"全新"，他还是在探索之中。我们在下面坐着的学生中，有共产党员，还有进步分子。下来以后，我们议论。从这些激动人心、别开生面的讲课中，闻一多先生，这个不失赤子之心的诗人，眼看从故纸堆里爬了出来，想要反戈一击，造历史的反了。他想要随着时代的步伐，踏着群众的鼓点前进了。但是他还远没有找到自己的方向，他还在独自摸索之中。

从庄子到屈原

闻一多先生这个号称"何妨一下楼主"，潜心于中国文史研究，治学谨严，卓有成就的学者，看起来现在也爬出了故纸堆，想走下楼来，从那个用美国的金圆为他构筑的象牙之塔里钻出来，走到现实生活里来了。这就说明，这个最高学府里的一大批不问政治的"生活逃遁者"们也开始觉醒了。特别是闻一多先生，他曾是一个"新月派"诗人，把自己的热情强制冷静下来，或者更恰当地说，把自己的热情埋藏在内心的底层，走进中国浩如烟海的文史象牙塔里去，一见庄子，便为之"倾倒、醉心、发狂"。因为他曾经在庄子身上发现了自己。他在苦闷的年代里，他从庄子的放浪形骸之外的性格和他那"独步千古"的文采中去寻求"慰藉"。他说庄子这个战国时代的知识分子——士大夫的悲哀，不正是说他自己这个在内忧外患、祸接连年中讨生活的诗人的悲哀吗？他曾经说过，在庄子的时代，士大夫这个阶层很惨，假如你不去做统治者的走狗，成为帮凶，而偏又有思想，有个性，有灵魂的话，只好装傻，叫做"佯狂"。用装傻来排遣苦闷，用装傻来躲开政治，并在心理上，以藐视政治为清高。在精神上极度饥渴的士大夫，便只好为涸辙之鱼，"相濡以沫"。闻一多先生对于庄子的理解，不也正是对于自己，对于当时西南联大那一大群士大夫的理解吗？他认为庄子这些"士"尽管厌恶这个社会，却感到无所逃于天地之间，于是为求心理上的安慰和精神上的平静，尽量减少世俗的牵连，发展那种虚无和狂放的思想。这也不正有几分是闻一多先生的"夫子自道"吗？看起来这位把自己内心炽烈的火焰埋藏起来的诗人，在用故纸堆砌起来的象牙塔里也并不是心境平静的。他想尽量把自己关在楼上，埋身于学术之中，而他的心却常常难免跑到楼下，他的热情常常难免燃烧起来。正如他后来批判庄子的那样："这完全是自欺，是逃避！一个人能陶醉在幻想中固然很美，却也够惨了。人，总是在现实生活中，怎么逃避得了呢？"是的，他也不能逃避了，要走下楼来，置身于现实生活之中了，他胸中的火就要燃烧了。

闻一多先生把自己的诗人的热情一下寄托在古代诗人屈原的身上去了。他公开否认别人拉他下水，想借他的大名硬把屈原评定为"文学弄臣"的说法，他把"人民诗人"的桂冠戴在屈原的头上。他说："屈原通过《离骚》借名为正则字灵均的一个'神仙中人'的口，说出自己的心事来。于是个人的身世，国家的命运，变成哀怨和愤怒，火浆似的喷向听众，炙灼着，燃烧着千百人的心。"他又说："屈原这个'奴隶'不但重新站起来做了'人'，而且做了'人'的导师。"是的，闻一多先生所要求自己的，正是想做自己时代的儿子，做一个觉醒的奴隶，想在自己的身上发掘出"人"来，而且要求做"人"的"导师"，渴望自己也像屈原一样作为"自己时代的儿子"。

但是到底怎样做"时代的儿子"，奴隶怎样求解放，到底要发掘一个什么样的"人"来，闻一多先生正在向往着，摸索着。他一时还没找到答案。他由崇拜庄子到鄙视庄子；由轻视屈原到崇敬屈原，模拟屈原；从楼上故纸堆里走下楼来，把自己冷却了的诗人的心重新燃烧起来，怀着"路漫漫其修远兮，吾将上下而求索"的心情，要走到哪里去呢？

摆在闻一多先生面前有许多路可以走，比如做一个民主个人主义者，比如走上第三条道路等等。但是我们希望于他的是走进群众中去，和群众一起，走新民主主义的道路，我们相信，当时他肯走下楼来，只要他回到"奴隶"的生活中来，面对血淋淋的现实和惨淡人生，答案总是可以找得到的。——这便是当时的党组织和他的进步学生们对这位老师的看法。但这不是一下子就成的，需要党的引导和帮助。于是党组织告诉我说："你作为他的一个学生，又在大学里做党的工作，应该多接近他。"

我就是这样开始和闻一多先生接触起来。

"小手工业者"的悲哀

上完了"唐诗"课，我陪闻一多先生回昆华中学他的家里去。我们在西南联大外宽大的马路上沿着白杨树走了过去。白杨树发出萧萧的悲鸣。在快到西站的地方，忽然又发现了一个青年的尸体，腰上穿着一件短得实在不能再短的草绿色短裤，仰卧着躺在沟边，骨瘦如柴，两个眼睛暴突着，两只枯藤般的手向天空高举着，好像是在对天抗议。一个"壮丁"又倒毙了，或者被打死了，最后的一件上衣也被剥去，掀在路边沟里。可以说这是这一带的"城市风景线"，已经引不起更多的人的注意了。

但是闻一多先生走过那里，情不自禁地站住了看了一下。他的眼里到底是怜悯，还是愤恨？也许什么也不是，只是木然地望了一下，就走了过去。难道说他是怎么的无情吗？不，我们在"唐诗"课听他讲杜甫的"三吏""三别"，他愤慨地控诉如今政府拉壮丁，比一千多年前唐肃宗时还不知残酷多少倍。他那冒火的眼睛是令人难忘的。这样的情景太多了，他还能说什么呢？

我们走过去十几步，他对我说："呵，那青年农民的双手，是可以叫大地变色的双手呀，他却死于沟壑了。中国农民就是这样遭罪的。"

我回答说："不，不是中国的农民，只是蒋管区的农民，落入这样悲惨的命运里去。在北方的农民，在'那一边'的农民却大不同了。"

他没有说话，注意地看了我一眼。

我边走边告诉他，他有几个侄儿侄女是我在湖北时的好朋友。他很有兴味地看我一眼说："他们不是到'那一边'去了吗？"他也说起"那一边"这个代词来。

我点头说："是的。"

他过一会儿说："我读了'那一边'来的书，谈新文化的。"

我知道他正在读的是我们翻印的《新民主主义论》，乘机问他："你看怎么样呢？"

他点头说："很有道理。"

我们走进昆华中学，走过操场，走到操场角的那个小楼上去。他为了取得两间房子和每月一石米的报酬，接受他的学生给他匀出来的几个钟头的国文课，在昆华中学做一名兼职国文教员。他并不认为这样就把他的名教授的资格降低了。

我们走上小楼，一进屋子，他放下书包，便说："我这是为石米折腰，不如陶渊明了。"我说："这是用自己的劳动换来的，怎么说是'折腰'呢?"

他习惯地坐到窗口小桌边，又操刀刻起他的图章来，一面刻一面和我闲谈着，他说："我是一个'小手工业者'，多少精力，多少时间，都从我这手指间溜掉了。但是我不去向达官贵人们乞讨，我自食其力。但是我并不愉快……"他没有再说下去。我理解他的心情。

抗战几年，联大的教授们生活每况愈下，大多数人真如他们自己形容的"抱残守缺"（抱着残书，守着缺口的饭碗），在昆明不冷不热的天气里，讲些不痛不痒的学术，过着不死不活的日子，望着若明若暗的前途，不知道命运将要把他们带到哪里去。闻一多先生作为一个名大学的名教授，本来可以像极少数并不比他更出名却善于钻营的教授那样，有过好日子的机会。但是闻一多先生一家八口却过着知识分子的清贫生活，宁肯在中学兼课，自食其力，后来实在没有办法了，宁肯去为人刻图章卖钱，也决不向那些当权者乞讨。于是他在几个朋友的鼓动下，在昆明街上挂上了"闻一多先生治印"的牌子，收刻图章。这样不必俯仰由人，而且看来又算"雅事"。

闻一多先生学识渊博，诗书画印，无不谙熟，加上他早年学艺术，中年攻古文，对于甲骨、金石、篆刻一类的功夫，造诣很深，要刻几方典雅方正的图章，是游刃有余的。而且他在这方寸之地，布局构图，别具匠心，刀法的遒劲，更是难得。在篆刻中正如他的诗、画和文章一样，章法谨严而又恣肆汪洋，在小小的方寸上也可见他那热情洋溢却并不失于放荡的性格。作为艺术，这可算是上乘了。但是闻一多先生并无意从事这种艺术创造，而是靠这个卖钱，以补经济上的困难，叫妻子的病能够得到治疗，孩子们能够吃饱肚皮，使一家免除冻馁之虞而已。他的时间本来可以多用来研究中国文化，他有许多成竹在胸的著述需要动笔，然而不能。为了活命，不得不从事这样的"小手工业"，真叫斯文扫地。这可算是当时国统区知识分子的悲剧了。

闻一多先生刻图章本是雅事，但来求刻的大多是俗人。那个年代，一般有知识修养的人，一天凄凄惶惶不可终日，哪有余钱玩弄风雅，托闻一多先生刻几方图章呢？来求刻图章的大半是那些腰缠万贯，而又慕闻大师之名，想用大师精巧的图章，提高自己的身价。这却苦了闻一多先生。不刻吧，没有这额外收入，而且你挂着牌子，人家按"润例"付钱，真是"规规矩矩和你做生意"，你能拒绝吗？闻一多先生明知这些脑满肠肥的人哪里懂得什么艺术，但是他却从来不苟且，每一方都精雕细刻。他的苦衷是，不向达官贵人乞讨了，却不得不乞灵于那些钱袋，他仍然感觉这是精神上的屈辱。

最使闻一多先生难堪的是国民党的党棍，云南省主席李宗黄，也想攀附风雅，送来一方大象牙和丰厚的润金，要他刻一方图章，当然也有"联络感情"的意思。闻一多先生收到后，愤然把象牙图章和钱都退了回去。他怎能把自己的艺术，高价出卖给一个双手沾满人民鲜血的刽子手呢？

有时他愤然丢了雕刀，然而又把雕刀捡起来，埋头于苦雨孤灯之下，漏夜搞他的"小手工业"。他不明白，是什么力量叫他陷入这样的精神折磨？而这正是我想要向他提出的问题。为什么大有作为的人，却是穷愁潦倒，难道真是杜甫说的"纨绔不饿死，儒冠多误身"吗？要怎样才能免于做精神奴隶的命运呢？为什么那么多人啼饥号寒，终不免转死沟壑呢？

对老师我应该尊敬，我不能摆起说教者的面孔，替他回答问题，我只想以向老师请教的态度，提出问题。

他也并不回答，只是蹙眉望着我，继而又低头搞他的手工业了。

"何妨一下楼主"下楼来了

"'何妨一下楼主'今天要下楼来了。"这是 1944 年五月三日下午，一些消息灵通的联大同学的议论。许多同学为此都挤到联大新教舍南区十号教室去，想一睹这位潜心研究，从不下楼的闻大师的风采。历史系和社会系今晚上在那里举办"五四"25 周年座谈会，不仅有著名的政治系教授张奚若和历史系教授雷海宗这些人物参加，还有中文系闻一多教授也被邀请参加。他们都是当年在北京参加过五四运动的。

"五四"这个节日本来是北京大学、清华大学的传统节日，可是国民党硬要把三月二十九日作为他们的青年节，而不准青年在五月四日纪念自己为民主和科学而斗争的光辉节日。特别是"皖南事变"后，"五四"更是冷落了。今天是"五四"纪念节日复苏的日子，所以不到天黑，十号教室已经坐得满满的，临时加了一些条凳也不够坐，窗台上也坐满了人，连门外和窗口外也有许多同学在那里引颈翘望。

历史系系会那位矮矮的主席宣布开会后，会场空气十分活跃。张奚若是联大久已闻名的进步教授。他首先回顾了五四运动的情景，并联系到今天的感想，提出了民主和科学仍然是我们奋斗的目标。这给大家提起精神来。但是一位自称"五四"当年参加火烧赵家楼的教授上去吹嘘自己的"英雄"业绩，接着说出与张奚若教授相反的看法，这就把会场空气败坏了。然而这不过是叫人听了乏味罢了。另一位著名历史学家却说他是从"历史的观点"来看学生运动的，他说学生的天职就是读书，如果学生不读书，闹得越凶，就证明这个国家越不幸了。这样的妙论当然马上就得到在场的"三青团"分子的拥护,高声叫嚷"先生说得对","拥护先生"。这自然引来进步同学的嘘声,于是会场秩序就乱了起来,系会主席维持秩序说:"今晚上的会是自由参加的,不愿参加的可以自由走,不要妨碍别人开会。"学校的国民党、"三青团"的要人本来是听到"五四"两个字就会神经衰弱的,所以叫那些"三青团"分子今晚上来参加晚会,本来就负有破坏晚会的使命,于是他们乘机起哄:"走咯,开啥子会哟。"但是当主席宣布"我们的会还要开下去"后,大多数同学都安静下来,那些故意嚷着挤出去的"三青团"分子走了。大家说,这些"狗"跑了,秩序反而好了。

"现在请闻一多教授讲话。"主席宣布说。大家报以热烈的掌声。

闻一多先生坐在上首,迟疑了一下,还是站了起来,向四周望一下,他才讲起来。他说:"你们都知道我没有参加过这样的会,也不会在这样的会上讲话,我只是想到青年中来呼吸一点新鲜空气,我这样埋在故纸堆的人是没有发言权的。如果一定要说,也是以被审判者的心情来说话的。"

接着他说到当年五四运动的任务是要民主和科学,可是他说:靠"五四"起家的人物都去当官去了反民主去了,或者埋头学术研究去了。但是这种研究到底有什么用?想一想几年来的生活,看一看政治的腐败带给人民的痛苦,有良心的人应该做何感想?

闻一多先生激动起来,听的同学们也激动起来,长时间地鼓掌,鼓励了他更加放开来讲话。他说:"说学生耽误学业去过问政治,就是国家的'不幸',我要问:为什么要发生这种'不幸'的事情呢?"他望一望刚才发出这番宏论的老朋友、历史学家,笑一笑说:"我不懂历史,但是我知道这都是因为没有民主!有人说青年人'幼稚',容易冲动。这有什么不好呢?要不'幼稚',当然也不会有五四运动了。'幼稚'并不可耻，尤其是在启蒙时期，'幼稚'是感情的先导，感情冲动才能发生力量。——今天青年人的思想，也许要比中年人老年人清楚得多，理智得多哩。"

他进一步阐述："过去我总以为国家大事专门有人去管，无须自己过问，长期脱离现实，但是一二十年来和古董打交道，现在却有人在复古了。孔家店要我们好好当奴才，好好服从老爷们的反动统治，不是有人在叫'读经尊孔'，有人在搞'献九鼎'、'应帝王'吗？现在是民国，还要我们退到封建朝代去吗？"于是他振臂一呼："我要重喊打倒孔家店！我相信我有资格说这句话。——我在故纸堆里钻了很久很久，销蚀了我多少生命，我总算摸到一点儿底细，其中有些精华，但也有许多糟粕，我总算认识了那些糟粕的毒害，而这些货色正是那些人要提倡的东西！"最后他号召："同学们，现在大家又提出'五四'要民主、要科学的口号，我愿意和你们联合起来，里应外合，彻底打倒'孔家店'，摧毁那些毒害我们民族的思想。"

讲得真好呀。散会以后，许多同学还不能平静，围着闻一多先生，沿着校园外的公路，踏着从高大白杨树缝筛落满地的月光，送他回去。许多进步同学都为今天的晚会成功而高兴，说闻一多先生不仅下楼来了，而且走到群众里来了。

光明在望

"五四"的晚上，还是在南区十号这个教室里，中文系又举行晚会，讨论"五四"以来的文艺，请了好几位教授讲话。这个会由中文系主任罗常培教授主持，闻一多教授也参加。具体组织却是由中文系学生会主席齐亮和我们一批进步同学在办。我们没有料到专讲文艺也来了这么多的同学，比昨晚上来的人还要多，当然比昨晚上来的"狗"也多得多，教室里实在容不下，只好请讲话的人站得高一些以便站在窗外的同学也可以听得到。

但是有的教授讲话声音小，外边的人在叫"大声些"。这时，那些也许早已奉命来捣乱的"三青团"分子，便趁机起哄，大喊大叫，乱糟糟的，大家更听不清楚了。

忽然，他们把电线割断，电灯灭了。怎么办呢？我们研究，决不能听任他们破坏，这个会一定要进行下去。可是主持会议的罗常培却说算了，今晚上的会结束了。这一下激怒了闻一多先生，他主张在黑暗中也要把会开到底。我们商量，拉到图书馆大阅览室去开，那里地方大，灯又很亮。闻一多先生表示可以，可是罗常培教授还是不干。闻一多先生有点激动，和罗常培扯了两句，罗常培更不高兴，以为有损他这个系主任的尊严，他硬宣布散会。

散会后，罗常培教授气冲冲地走了，闻一多先生也不高兴地回去了。大家也十分懊恼，开了这么个不成功的晚会。但是我们认为，这个会一定要开，有这么多同学要参加，这是好事。我们一定要准备好，开一个更大的"五四"文艺晚会。

不过，这个会还一定要由系主任罗常培教授来主持，闻一多教授也一定要请来参加才好。这两个教授之间有一点儿意见，怎么办呢？他们两个只要有一个不参加，就不宜开。于是我们第二天分头去做工作。

闻一多先生的工作比较好做。我和齐亮去找他，给他说这明明是"他们"（这两个字不用解释，他就明白指的是什么）有意的破坏，决不能叫他们这么快意，一定要冲破牢笼，一扫联大的沉闷空气，把"五四"的传统发扬起来，把联大民主的旗帜举起来。他马上表示同意，但是他说："罗先生生气了，他还愿意来参加吗？他不来参加，我也不好来参加了。"

罗常培教授当时思想本来就保守一些，何况第二天就有人在散布谣言，罗常培教授还受到国民党教授的"好意"劝告，再加上那天晚上闻一多先生说了几句扫罗常培教授面子的话。如果作为中文系主任的罗常培教授不出来主持，只是一个教授的闻一多先生，当然不好出来主持。后来我大胆地对闻一多先生说："要罗先生出来，除非闻先生你亲自上门去请他，同时解释一下昨天晚上的误会。"我没有想到闻一多先生一下就答应了，而且很天真地说："马上就去。"

我说，最好和我们系的负责同学一起去找罗先生说，并且我们还要商量一下怎么个开法。于是我告辞出来，又和齐亮一起去找罗常培教授，动以师生之情，说中文系开的这个会不过是讨论文艺问题，如果开不成，中文系太没面子。我又说闻一多先生准备登门请教，商量继续开晚会的办法。罗常培教授经过我们疏通，特别是听说闻一多教授要登门请教，更不好不答应。于是第二天晚上，我们和闻一多先生一起去罗常培教授家里找他。甚至没有经过什么解释，他们二人就说合了。闻一多先生说中文系要开一个更大的晚会，比历史系开的还大，比昨晚上开的也大，并且多请几位教授来做报告。我们提出我们的想法，罗常培教授到底同意了。齐亮说：一切具体的事由同学去办，只要他们按时到会主持就行了。闻一多先生要罗常培教授主持，罗常培教授却推闻一多教授主持，后来商定他们二人主持，由他们二人发请帖请教授，并由他们二人在民主墙上出通知。

回来后，我们写了请帖，除原来的外，又增加了几位作家和诗人。我记得一共是请了十位，现在记得的除了主持会的罗常培、闻一多教授外，还有朱自清、沈从文、游国恩、卞之琳、李广田等教授，这个阵容很不错，很有号召力。我们决定扩大在新教舍的大广场上举行。除了安电灯，还借来煤气灯，这就再也不怕破坏了。前两天我们就用罗常培、闻一多先生二人联名出了一个大红纸的大幅通告贴在民主墙上。这一下不特轰动了联大，而且外校也轰动，大家都要来参加。

五月七日晚七点钟，联大新教舍的广场上分外热闹，还不到黄昏，就黑压压地坐满一地，估计有三千人。电灯、汽灯同亮，天气晴朗，月光也特别好。我们组织了一些纠察队员在四周巡查，预防特务和"三青团"分子捣乱。

一个一个教授、作家和诗人上台去各抒高见，谈的虽说都是文艺，但都没有离开一个民主和自由的中心主题。全场几千人，一连坐了三个多钟头，鸦雀无声。明明看到有些"三青团"分子来了，估计他们大半也是负有使命的，结果却谁也不敢吭一声。

这个"五四"文艺晚会不仅在联大，也可以说在昆明，是空前的，甚至在蒋管区开这样大的会也没有听说过。它冲破几年来的沉闷空气，把昆明的学生运动开始推上一个新的发展阶段。闻一多先生最后的一段话，特别精彩，他说："我们的会开得很成功。朋友们，你们看（他指着从云中钻出的月亮），月亮升起来了，黑暗过去了，光明在望。但是乌云还等在旁边，随时会把月亮盖住！我们要特别警惕，记住我们这个晚会是怎样被人破坏的！当然不用害怕，破坏了，我们还要来，事实上，我们来了一个比'五四'晚上大了许多倍的大会。"说到这里，他兴奋地笑起来，接着说道："这大概是'那些人'做梦也想不到的事吧。朋友们，'五四'的任务没有完成，我们还要努力！我们还要科学，要民主。要冲破'孔家店'，要打倒封建势力和帝国主义！"

闻一多先生像一支火炬燃烧起来了，光明在望了。

闹一闹何妨？

自从"五四"文艺晚会冲开了国民党所设置的藩篱后，联大和其他几个大学都比较活跃起来，民主墙上的壁报真如雨后春笋琳琅满目。各种政治见解、学术观点的小集团都去那里占一块地盘，登台表演。甚至国民党的特务也要搞什么"宣传对宣传"，在那里办了一张"森工"壁报。大概找不到人执笔，只好剪报来贴。谁知剪报的小特务不当心，把特务机关的"调查统计局"字样也没有剪尽，就贴了出来，叫大家在上面用红笔打了许多问号和批了许多很有水平的话，有一条批语引用鲁迅的话"凡事需要研究，才能明白"，然后打一个箭头到"调查统计局"几个字上去。这种造谣污蔑的壁报恰恰成了很好的反面教材，起了正面的动员作用。

当时的学生自治会是由"三青团"把持着，学生没有一个统一发号施令的组织。各壁报联合组织了一个"壁报协会"，成为学生拥护的"司令部"了，凡是壁报协会所号召的事，群众都积极参加，从非法变成合法，大学的训导长也莫可奈何了。美国副总统华莱士来昆明，要参观联大。壁报协会办了一个英文壁报，揭露国民党法西斯面目，呼吁民主抗战。因为时间紧，请教师帮忙，大家怕事，不肯参加。可是一请闻一多先生，他不仅热心参加，而且亲自去拉教师来帮忙。这张一丈多高的壁报一贴出去，轰动全校，同学们都纷纷在上面签名支持。虽然这不过是一个幼稚的行动，但是闻一多先生进一步想和群众同呼吸共命运的倾向，更清楚了。

"七七"到了，为了纪念抗战七周年，壁报协会联合云南大学、中法大学和英语专科学校在云南大学致公堂举行时事报告晚会，请了十来个政治经济方面的教授。这是"皖南事变"后，昆明第一次公开讨论政治的晚会。消息传出，全市决定来参加的人很多，国民党省党部吓坏了，给云大校长施加压力，不准开会。可是民心所向，谁能阻止？不到天黑，云大致公堂里里外外早已挤满了人。党棍们想来禁止已经办不到了，因此他们要求只谈学术，不谈政治。主持晚会的同学回答："在这里讲话的都是教授，言责自负，你们不是说什么'言论自由'吗？你们连教授讲话也要禁止？"

特务被将了一军，没词了。于是文的不行来武的。开会前开来了一队宪警，说是奉命来"维持会场秩序"的。一下全场大哗，要求维持最高学府的尊严，让宪警退出学校去。云大的特务训导长怕事情闹大，不好收拾，好说歹说，把宪警送走，会议才得以开始。教授们讲的并不是都精彩，有的教授讲的声音低，很多人听不清。可是大家都珍惜这个会议，即使听不清，也忍耐着，保持鸦静秩序。

我们事前已经通知了闻一多先生，请他来参加。他说这个会是讨论政治经济的，他没有发言权，但是他愿意作为一个听众来参加。他悄悄地在人群里挤进来，准备随便找个座位坐下来。可是同学发现了他，把他让到前排来。几个钟头他一直耐心地听着。在晚会进行中间，许多条子飞到主席台上来，要求闻一多教授讲话。他却推辞，写了一张条子给主席说："我对政治经济毫无研究，我是来听来学的，不要让我浪费大家的时间。"于是大家才不勉强他了。

可是这时云大那位著名数学家兼校长上台去大谈数学。他说数学不管多复杂，都可以按规律演算出来。随便改变公式，就会错得一塌糊涂。他企图从数学理论来证明"变"会带来"乱"。结论是国家大事要听从政府指挥，不要乱变。这一下把大家惹得生气了，嘘嘘之声四处发出，他只好草草收场。

忽然闻一多先生站了起来，要求发言。全场响起了热烈的掌声，他很激动甚至是很生气地走上台去。他说："今天晚会的布告写得很清楚，是时事报告晚会，我对政治经济懂得太少，所以特来向诸位有研究的先生请教的。但是看得很清楚，有人并不喜欢这个会，不赞成谈政治，据说那不是我们教书人的事情。"

他停了一下继续说："我的修养非常不好，说话容易得罪人，好在大家都是老同事、老朋友，既然意见不同，可以提出来讨论。"他把眼光扫了一下那位数学家，就不客气地驳斥起来："深奥的数学理论，我们许多人虽然不懂，这哪里值得炫耀？又哪里值得吓唬人？今天在座的谁没搞过十年二十年研究？谁不想安心研究？但是可能吗？我这一二十年的生命都埋葬在古书古文字中，究竟有什么用？究竟为了什么人？不说研究条件，连起码的人的生活都没有保障，怎么能再做那自命清高、脱离实际的研究？"

闻一多先生激昂起来，在灯光下脸色发红，那胡须也怒张起来，他大声说："国家糟到这步田地，我们再不出来说话，还要等到什么时候？我们不管，还有谁管？有人怕青年'闹事'，我以为闹闹何妨？'五四'是我们学生闹起来的，'一二·九'也是学生闹起来的，请问有什么害处？现在我们还在闹，有人自己不敢闹，还反对别人闹，真是可耻的自私！"这时那位数学家沉不住气了，在旁边嘀咕："闻一多，你误解我了，你太误解我了。"

闻一多先生理直气壮地回答："没有。云大当局是这样，联大当局也是这样，胆小怕事，还又逢迎，这就是这些知识分子的态度！"

在满场的鼓掌声和欢呼声中，晚会结束了。

公 道 话

闻一多先生才冲出传统的学术界为他编织的精致的牢笼，才下楼了做了几声应有的呻吟，才在群众中呼吸一点儿自由的新鲜空气，就不能容于那些"高等华人"了。有的人在为他惋惜，认为他还是"老老实实搞学问的好"，连清华大学的校长梅贻琦教授也以老友身份劝告他："一多，要适可而止呀！"还有一些号称闻一多先生的好朋友，现在已经从教授转化国民党区分部主任和大学训导长的人，表面对闻一多先生拉拢，背地里却布置特务和"三青团"分子进行监视和破坏，并且造谣中伤，散布流言："闻一多想出风头，赶时髦。""别听闻一多那一套，他还不是肚子饿得发慌，才变得这么偏激！"有的特务学生背地叫他"闻疯子"。

闻一多先生对听到的这些流言，却并不生气，他对我们说："那些从来就吃得很饱的先生们爱怎么说就让他们说吧，因为我挨过饿，所以我懂得那些没有挨过饿的先生们不懂得的事情。因为我现在吃得饱一点了，所以有力气来说这些偏激的话。国家糟蹋到这步田地，人民痛苦到最后一滴血都要被榨光，自己再不站出来说几句公道话，便是可耻的自私。"

他说着说着，把他的手工业工具雕刀"当"的一声扔在台子上了，愤愤地说："他们是怎么吃得饱饱的，我不知道！我现在吃得饱一点，是靠我的这把雕刀！"

我本来是想和他谈谈，大学里有一大批处于中间状态的教授教员，是我们的团结对象，而不是我们批判的对象，那天晚上云大那个数学家兼校长就是这样的人，甚至云大和联大当局也和省党部是不同的，要讲分寸，不能只图一时痛快，但是一来听他对那些"吃得饱饱的知识分子"的怕事自私思想表示愤慨，我就不好说了，只得告辞。

第二天我又去找他，转弯抹角地谈到像云大那位数学家这样的人，在联大也不少，要怎么对待才好。我说："这些人都是好人。"

闻一多先生说："好人，都是这些好人爱挡道。"

我停了一下说："闻先生，作为你的学生，我想向你请教。对这些挡道的好人，是一脚把他们踢出道外去呢，还是把他们拉进来和我们一道前进呢？"

他突然用思索的眼睛盯住我，不发一言。

于是我乘机告诉他："听说你去参加一个座谈会，一进门看到你那位为土财主写墓志铭的老朋友也在座，你脸色一变，立刻转身要走，好容易才把你劝住了。有这样的事吗？"他说："我就是看不惯这样的人。"

我说："这种知识分子在品格上是不怎么好的，但是在政治上要不坏的话，我们也不要拒人于千里之外。"

闻一多先生开始思索了。他也觉得近来有些苦恼，他说他太容易激动，有时急躁，和老朋友有时也说僵了，伤了感情，有些在学术上常来往的同事、同学也疏远起来了。看起来他对于自己作为一个思想进步的知识分子，瞧不起思想落后的知识分子，并且表现出某些偏激情绪，是有所觉察了。

于是我们又进一步谈到他发表的讲演和文章。他在文章中猛烈地抨击了专制独裁，政治腐败，攻击那些发国难财的投机商，造成贫富悬殊越来越大，他认为这个国家痼疾很深，已经危机四伏。他说："一部分人忍受剥削，在饥饿中牲畜似的沉默，另一部分人却在舒适中兴高采烈地粉饰太平，这不知是肺结核患者脸上的红晕呢，还是将死前的回光返照？"

他希望这样大声疾呼，惊醒那些醉生梦死的人起来挽救民族的危亡。这当然是好的。可是他发出了民族已经麻木、国事已不可为的慨叹，却是不可取的，因为他没有机会看到另一个中国。有一次，他又对我表示他的愤慨和叹息后，我委婉地说："你大概不会忘记在中国，一面是荒淫于无耻，一面却在庄严地工作吧。中国其实还有另一个大有希望的地区，另一个中国。就是在我们这里，也有一股巨大潜流，就要爆发出来的吧？"

他点了一下头，说："我相信，可惜那边的情况我知道得太少了，要能去亲眼看看，该多好呢？"他问起我认识的他的几个侄儿的情况，他知道他们正在"那边"战斗，他很高兴。过了一会儿，他意味深长地说："他们比我们幸福多了，少走多少弯路。"

鲁迅对，我们错了！

鲁迅逝世八周年纪念日（10月18日）快到来了，昆明文艺界决定要开一次纪念晚会。这也是为了更进一步推动民主运动。可是在筹备这个纪念会的时候，对请不请闻一多教授来参加和讲话感到为难。有的人说闻一多教授曾经是"新月派"写"豆腐干诗"的诗人，而"新月派"曾是鲁迅深恶痛绝、屡加斥责过的。闻一多教授现在对鲁迅看法怎样呢？他愿不愿到会讲话呢？但是更多的人认为这个纪念会实质上也是昆明民主运动的一部分，如果闻一多教授不参加，那带来的影响会是破坏性的，所以决定先找闻一多教授商量一下。结果出乎意料，闻一多先生毫不犹豫地表示要参加，并且愿意讲话。他还去动员一些大学里搞文艺的先生来参加。我们都高兴，他能来参加这样一个进步的文艺集会，会使文艺界的民主运动向前推进一步。

10月18日晚上，云南大学致公堂里灯光明亮，说是请的是昆明文艺界人士参加，结果各方面来的人都不少，坐得满满的。通道上也坐满了人，闻一多先生进来都有点通不过了。

在会上有几位对鲁迅有研究的人做了鲁迅介绍，接着闻一多先生怀着激情，站起来讲了不长的话。他说："有些人死了，尽管闹得十分排场，过了没有几天，就悄悄地随着时间一道消逝了，很快被人遗忘了；有的人死去，尽管生前受到很不公平的待遇，但时间越过得久，形象却越加光辉，他的名声却越来越伟大。我们大家都会同意，鲁迅是经受住时间考验的一位光辉伟大的人物，他是中国历史上最伟大的文学家。"

全场热烈鼓掌。我们没有想到这位过去参加过和鲁迅作过对的"新月派"的诗人，会对鲁迅做出这么高的评价。

接着他赞扬鲁迅曾是被"通缉"的"罪犯"，但是鲁迅无所畏惧，本着有一分热、发一分光的精神，勇敢、坚决做他自己认为应该做的事，在文化战线上冲锋陷阵。学习鲁迅就要先学习他的高尚的人格。闻一多先生的这些话，大家都相信是出自肺腑的，他本人就是正在学习鲁迅精神，在民主运动的最前线，勇猛坚定，冲锋陷阵。

但是引起全场最热烈掌声的是闻一多先生敢于在大庭广众中，在鲁迅的遗像面前，进行知识分子的自我解剖。他说："反对鲁迅的还有一些自命清高的人，就像我自己这样的一批人。"于是他讲他们在北京的自称"京派"的人，瞧不起鲁迅这样他们称之为"海派"的人。他说到这里忽然转过头去，望着墙上挂的鲁迅的画像，鞠了一躬，然后说："现在我向鲁迅忏悔：鲁迅对，我们错了！当鲁迅受苦受难的时候，我们都还在享福，当时我们如果都有鲁迅那样的骨头，哪怕只有一点儿，中国也不至于这样了。"

大家对于闻一多先生这样坦率的自我批评精神，怎能不报以热烈的掌声呢？

接着，闻一多先生现身说法，劝导到会的文艺界的知识分子，而且明明是指的大学里的自命清高的知识分子，他说："骂过鲁迅或看不起鲁迅的人，应该好好想想，我们自命清高，实际是做了帮闲帮凶。如今把国家弄到这步田地，实在感到痛心！"

闻一多先生的一席话，无疑是给在昆明聚居最多的"京派"人物一个当头棒喝。最后他以激昂的调子结束了他的精彩讲话："现在，不是有人在说什么闻某某在搞政治了，在和搞政治的人来往啦。以为这样就把人吓住，不敢搞了，不敢来往了。可是时代不同了，我们有了鲁迅这样的好榜样，还怕什么？"

"闻疯子"

是的，闻一多先生正像当年的鲁迅一样，什么也不怕。他不理睬在大学里那些在背地里喊喊喳喳的"清高"人物的讽刺和谩骂，不畏惧国民党特务给他放出的种种谣言，正如他们说鲁迅拿卢布这一类的谣言，还加上恐吓。那些人甚至无聊到把闻一多先生和吴晗教授改名为"闻一多先生夫"和"吴晗斯基"。

闻一多先生义正词严地反击了大学里御用的学者们当面诋毁的谰言。他忍受中学解聘和特务破坏他的"小手工业者"的招牌给他生活带来的威胁，他不理睬国民党的文化刽子手禁止登载他的文章的禁令，他还是像一头勇猛的狮子，怒吼着向着他认为正确的方向义无反顾地奋勇前进。

在大学里，那些当权者奉了当局之命，解除了他在清华大学教授会议里的书记职务，并且放出要把他解聘的谣言，一直散布到重庆去。他在昆华中学语文教员的兼差被解除了，使他丧失了一月一石米、特别是两间住房的待遇。他为人刻图章的挂在街上的收件吊牌，也被特务破坏了。敌人以为这样就可以使他落入饥寒交迫的境地。

当时，在昆明社会上暗地流传着喊喊喳喳的谣言，说闻一多先生是政治上投机，说他爱"出风头"，甚至说他是"神经病"，叫他"闻疯子"。国民党省党部报刊图书审查委员会故意刁难，扣留或乱删他的稿子，警告报刊不准登他的文章，要剥夺他的发言权。于是他不能不学鲁迅那样用曲笔，甚至改名发表。

有一次真叫他火了。听说在清华大学一次会上，有一位清华大学的权贵人物当面问他："有人说，你们民主同盟是共产党的尾巴。为什么要当尾巴？"

在座的有的教授莞尔而笑，以为这一下把闻一多将了军了。闻一多先生却义正词严地说："谁的意见正确，我们就支持谁。如果说这就叫做'当尾巴'，我们就是共产党的尾巴。共产党做得对嘛！有头就有尾，当尾巴又怎么样？难道自命清高而又逢迎有术，反倒是光彩体面的吗？"

骂闻一多先生是共产党的"尾巴"，连民主同盟内部也有人在背地里议论，说闻一多先生已经"三变"，不知道他还要变到哪里去。那意思暗示"闻一多先生变成共产党的尾巴"。对这来自自己阵营的诋毁，他感到最痛心，他真也有鲁迅说的要"横着站"这样一种苦恼。但是当他和火热的青年一接触，和革命真理一接触，他又仍然是那么生气勃勃，无所顾忌了。

1945 年，昆明的学生民主运动更加如火如荼地发展起来，闻一多先生也更加积极地参加到学生的一切活动中，几乎每会必到，每会必讲话，他用他那诗般的语言，鼓舞大家奋勇前进。他说他和青年们在一起，更加年轻了。他不知疲倦地参加到学生们举办的壁报，讲演，唱歌，演戏，绘画，诗朗诵，出版刊物等等中去。甚至联大学生组织的石林旅游团他也参加了，和同学们一起长途跋涉，在石林和旅途中观看同学们的唱歌、跳舞和诗歌朗诵活动。他在一块大石头上坐着，满足地微笑着，抽着烟斗，容光焕发，留下了一张最能表现他的精神状态的不朽的照片。什么老朋友"善意"的"忠告"，什么不敢见天日的小人在背地施放的冷箭，什么无耻特务向他发出的恐吓信，什么同一阵营的野心政客骂他"左"得可爱，"变"得太快，他都毫不在乎，就像他微笑着咬着的烟斗升起的烟子，都风云流散了。他说既然认定了路，就勇猛地向前走去。

这一年的"五四纪念周"到来了。5 月 4 日下午，闻一多先生参加了全市性的群众示威游行，他发表了"天洗兵"的鼓动讲话，他和青年同学们一同迎接抗日战争的胜利，欢乐庆祝。他在抗战初就誓言留长须到胜利，我们见他马上把长须刮掉，他更显得那么年轻和生气蓬勃。但是，他没有料到更激烈的战斗正在等待着他。

烈士的血不会白流

抗战胜利，闻一多先生还梦想"青春作伴好还乡"，准备回到清华大学时，却被国民党掀起的内战推到更激烈的学生反内战的斗争中去。

国民党特务凶恶地镇压学生反战运动，以致发生 1945 年 12 月 1 日肆无忌惮地射杀学生、震动全国的"一二·一"惨案，更激起学生运动爆发了。闻一多先生义无反顾地参加进去，并且走到鼓手的前列。

四烈士的血没有白流，昆明全市罢课和四烈士送葬全市人民大游行，闻一多先生和十几位教授走在送葬群众游行的前列，到达墓地，闻一多先生发表了烈士墓前的演说。他说：

"四烈士永远安息在民主堡垒里了。我们活着的，道路还远，工作还多。杀死烈士的凶手还没有惩办，今天我们在这里许下诺言了：我们一定要为死者复仇，要追捕凶手。我们这一代一定要追还这笔血债，追到天涯海角。我们这一辈子追不到，下一代还要继续追，——血债是一定要用血来偿还的。"

但是闻一多先生没有料到，或者他料到了，却不惜以生命来殉民主运动。国民党特务竟然冒天下之大不韪，向民主斗士李公朴开刀，闻一多先生毅然前仆后继，勇敢斗争，又牺牲在特务的枪口下。又一位伟大的民主斗士倒下了。

闻一多先生在李公朴追悼会的震天动地的最后讲演，已写在中华民族的解放斗争的历史中，他的血和一切为民主中国而战的人们的血都没有白流，蒋介石的反动王朝终于覆灭了，而闻一多先生的英灵永远留在中国人民的心中。

在我这一生中，能成为闻一多先生的学生，聆听他的教诲，能和他一起，为中国的民主自由而战，实在是一种幸运。在闻一多先生身上，我看到了一个真诚的中国知识分子的典型，我把他作为自己学习的榜样。所以我用了较多的篇幅来纪念我的这位老师。

吴　宓

吴宓逸事

　　吴宓教授的生平事迹已见于不少专著，可以说是耳熟能详了，无须我来画蛇添足。不过有关他的几件逸事遗闻，却未必已公之于世，广为人知，我且在此录出。

　　1941 年我到西南联大中文系就读时，就听说在许多著名教授中有个叫吴宓的教授，对西洋文学很有研究，西方文学名著他几乎都读遍了。他能讲述许多文学名著的内容并加以评说。于是我选读了他开的"西洋文学史"这门课程。

　　我找到了他授课的教室，跨进门一看，听课的同学不少，还未到上课时间，这间讲大课的大教室里已坐得满满的，听说他是一个最遵守时刻的老师，迟到的不准进教室，看来名不虚传。还听说吴宓教授即使到堂了，只差几分钟就到钟点，他也不开讲，看着表，时间到了，他马上开始讲课。

　　西南联大有个传统，教授们都不照教育部颁发教材授课，而是按自定的内容开讲，都是自己的最新研究成果。教授间常常出现争鸣的情况，学生获益很多。同学们都靠自记笔记，所以下课后，三个两个到茶馆去对笔记，成为常事。

吴宓也是和其他教授一样，他开课不发教材。他自己也没有带教材。开讲之后，他就拿起粉笔在大黑板上刷刷地用英文写了起来。学生跟着照抄笔记。他写得快而且流利，有时看他踮起脚跟在黑板高处写，很是认真。我们要跟上趟，实在不容易。他写完差不多大半黑板，才停下来，搓一搓手上的粉灰，开始讲课。他用中文讲却夹杂着许多英文，不细听就不明白，更不用说随他记笔记了。我的确感到很吃力。

后来我听说一件趣事，是不是真的，我不敢说，也许是同学编的。据说有一次他上课，还是在黑板上用英文写教材，同学在下面跟着记笔记。但是他回过头看到有一个同学坐在那里，却不动手记笔记。吴宓奇怪地问他："你为什么不记笔记？"那个同学说："我不用记，我的爸爸早给我记好了。"而且举起手里的一个笔记本。吴宓走下去，拿起那本笔记本看，果然和他现在讲的基本一样，满座哗然。

故事讲到这里，再没有下文。有的同学说，可见吴教授学术精湛，他在二十几年前就胸有成竹地编造了教材的标准本，过了二十几年还被公认，所以现在还用过去已烂熟无误的标准教材。有的同学说，不然，吴教授二十几年讲的是老一套，哪有二十几年还没有改进的学术？我则说，这恐怕是谁编的故事吧，谁能举出是什么时候在哪个同学身上发生的事呢。只是有一点，吴宓是很有自信照他的研究成果讲的。我听了他的这一门课一年，的确在纷繁的西洋文学史中理出清晰的头绪来了。他不特讲西洋文学，后来也讲日本文学，我还记得他很看重日本的《源氏物语》，说那是日本的《红楼梦》。他也讲了印度的神话、佛经故事和泰戈尔的诗。他的确很有学问。

有一件发生在吴宓身上的有趣故事，却是真实的，因为是我亲见的。

吴宓对于中国文学也是很有研究的，他特别看重《红楼梦》，看重《红楼梦》里的众多人物，特别看重林妹妹林黛玉。不仅看重到爱林妹妹，对于林黛玉的一切行径都认为不可更改、不可猜忌到一种神圣的地步，甚至连林黛玉的居室、用具以及侍婢都是必须尊重、不得侮慢的，于是就发生一件趣事。

许多同学知道吴教授津津乐道《红楼梦》，热爱《红楼梦》人物，特别是林黛玉。有人说吴教授下课后，同学陪他走一路时，常见他低头自言自语，有时还发笑，听不清他说些什么，为什么会发笑。有的同学就猜想，吴教授大概是在和林妹妹交谈吧？这当然只是猜想。可是接下来发生的事似乎证实了这个猜想。

在西南联大校外不远的文林街上，新近出现了一个菜馆兼茶馆，我知道是我认识的三位同学开办的，他们是湖南人，所以取名"潇湘馆"，借用了《红楼梦》中林黛玉的居室名字，自然也有以广招徕的意思。开馆时我去祝贺过，吃过很辣却很对我这个四川人口味的湘菜。我也常到那里"坐茶馆"。

"坐茶馆"可是西南联大学生生活不可分割的一部分。文林街一带直到凤翥街龙翔街，都开了不少茶馆。联大同学在图书馆抢不到座位的时候，改在茶馆里学习、讨论、写文章，自然也可以做休闲清谈、打桥牌、走棋的娱乐。

那一天我和几个同学正在潇湘馆"坐茶馆"，还准备吃湘菜，忽然看到吴宓教授提着手棍，气冲冲走过来。他到了门口，大声叫嚷："你们敢用潇湘馆这个名字开饭馆，这是对林黛玉的侮辱，岂有此理！"于是他不由分说用手棍乒乒乒乒地把玻璃门窗打得稀烂。这馆子的姓江的老板（记不清，好像叫江心苇）听了不知道发生了什么事。出去一看，是吴宓教授，他正在那里为林黛玉而战斗呢。他质问江某："你为什么敢用'潇湘馆'这个名字？"江某答："我们是湖南人，潇湘人也，所以用潇湘馆这个名字。"吴教授还在生气："你知道潇湘馆是谁的地方？你们怎用这个来开馆子，侮辱了林黛玉！你们必须改，马上改！"一堂的同学都啼笑皆非，谁敢去和这位著名教授讲理呢？江某也知道这是没有办法讲理的事，只好恭敬地说："好，我们改，马上改。"吴教授这才消了气，提起手棍走了，还说："这太不像话，侮辱……"

大家都劝江某："你就改了吧，潇湘馆可是林妹妹的神圣之地哟。"

这就是"吴教授怒击潇湘馆"的故事。

吴宓的确是我们尊敬的既有学问又有个性的教授。他曾经办过《学衡》杂志，专向白话文开战，他也是"新月派"的重要诗人。你别看他其貌不扬，个子不高，衣着素朴，头上已开始谢顶，却把双颊和下巴无故丛生的胡须刮得显出铁青色，有人说他是白头发和胡须换位生长了，颇为别致。他对于中国汉文字有一种神圣尊重的品性，我们看到过他在民主墙上指摘那些壁报上的错别字，亲自动笔修正。这一切都表现他是一个很有个性的性情中人。

我还记起吴宓一件君子坦荡荡的事。那是后来他在西南师范学院任教的时候，适逢什么政治运动，对资产阶级知识分子进行大批判，以图改造他们。吴宓这名教授自然是首当其冲，铺天盖地的大批判大字报，挂满校内。后来不记得是什么学术会在成都召开，请他参加。我也到会，我见到他，自然执弟子之礼，向他问好。他当然不认识我，我自报是在西南联大听他的"西洋文学史"课的学生。他很高兴，几十年了，居然还有认他这个老师的学生，便和我恳谈起来。他坦陈他在西师接受大批判的事，说："过去大家说我著作等身，我现在正接受大批判，可以说是大字报等身了。"他用手比着他的不高的身材说："这么高。"说罢他轻笑了一下，接着说："只可惜与我等身高的一大撮大字报，千篇一律，你抄我，我抄你，没有看头。那文字功夫还不如你们那个时候壁报上的文字功夫呢，错别字太多。"我没有想到他对大批判他的大字报，竟是这么一个看法。我一句话也没有劝他。可以说他是"死不悔改"的知识分子，也可以说他是坦荡荡的君子。

吴祖光 ▍

缘分,《咫尺天涯》

抗日战争时期的 1944 年,我在昆明西南联大就读,和我同读中文系的好友王松声发起和导演了吴祖光编的话剧《风雪夜归人》,十分轰动。我也去看了,果然感人颇深。我问王松声:"吴祖光何人?"他说:"吴祖光是重庆郭沫若领衔的进步文化圈中号称少年才子的作家。"这是我第一次知道吴祖光。

又过了十八年,建国后的 1961 年,我的第一部长篇小说《清江壮歌》发表了。这部小说的《序章》里记述了我用了二十年工夫,经过十分曲折的过程,终于找回了烈士刘惠馨遗孤、我的女儿吴翠兰。就在这一年的记不起什么时候,我忽然收到从北京寄来的一封信,打开一看,是署名吴祖光的人寄来的。用毛笔很工整地写的一封信,我马上想起在西南联大看《风雪夜归人》的吴祖光。他在信中对我描写我寻找女儿的复杂过程,颇为欣赏,他有意把这一段故事演绎成一个评剧本,希望我同意他使用我的作品。

我对吴祖光当时的情况完全不了解,于是给老朋友王松声写信,询问吴祖光的情况。王松声当时正在北京市文联担负领导工作,他马上给我回信说,就是写《风雪夜归人》的剧作家,在北京是颇有名望的文人，与著名评剧明星新凤霞结成鸾凤，是一段佳话。新凤霞就是松声从天桥发现提拔起来的，所以他和吴祖光新凤霞结成朋友。松声认为吴祖光大概是想就新凤霞量身编一部评剧。他认为有大剧作家用我的作品编剧，是大好事，希望我到北京时，由他介绍吴祖光新凤霞和我认识，讨论剧本。不过松声又告诉我，吴祖光被打成了右派，新凤霞也愿跟他去当右派。我却想，就凭他们这一段情缘，也愿和他们结交。吴祖光听说此话，对我表示尊敬。

不久我到北京，通过松声和他们夫妻见了面，新凤霞可算是绝代佳人，却和身短貌平的吴祖光生死相依，我也表示尊敬。吴祖光果然是个大才子，一听他开口，便知他学识渊博，文思奇巧。他说他看了我的那段复杂的寻找烈士遗孤，深为感动，便想编成一部评剧，交新凤霞演出。我说那真是才子佳人鸾凤和鸣了。

吴祖光说出他的主意，根本故事结构就是让公安专案组一男一女两位青年，奉令根据线索前去各地寻找，但是并不顺利，一直找错了女儿。通过这个过程，表现社会各种景象，最后终于找到，父女团圆。我知道他是仿夏衍的电影《五朵金花》的框架结构，也是找了五个女的，不同生活的五个女人，反映现实生活，最后终于找到了。这样一种戏剧结构，我在大学选西洋戏剧课时，也曾听老师讲过，或寻人，或寻找宝物，或寻找要件，总找不到，反复经历不少险境恶斗，终于完成任务，树立起典型英雄。我知道吴祖光和夏衍都可能是套用这个结构。

于是由我提供生活素材，来填充每一次的失败寻找情节。当然首先要有引子，表述地下严峻斗争，烈士被俘，带着初生女儿，英勇就义。特务处理遗孤，或抛弃，或送人，或自养成女特务，种种可能，但无结果。引出建国后设立公安专案，各处寻找，找错情节，可以是找到另外一个烈士的遗女，不是，找到特务逃走后留下的女儿，疑是特务诡计，不是，找到各种职业如旅游导游员，商贸售货员，演戏著名演员，农村女模范教师，等等都不是，借此表现社会各种生活。最后终于找到了。

是谁找到的？吴祖光忽有神来之笔，就是那个找寻者女公安员本人，于是皆大欢喜。我真佩服吴祖光的戏剧天才。他果然为新凤霞量身打造出一场好戏。烈士和长大的遗孤、各种行当的女演员，都由新凤霞化妆而成。吴祖光并为她编写评剧的唱词和声腔，我只待好戏登台，尽情欣赏了。

但是正应了"好事多磨"的古话，他们夫妻二人因背负右派分子的恶名，受到不公正待遇，无人支持，此剧终成绝剧。好端端一台好评剧，便这么胎死腹中了。

后来他们的遭际，毋庸我说，只是后来每次我去北京，松声都要带我去吴祖光夫妇那简陋的房舍看望他们。新凤霞已是中风的人，手脚不便了。幸喜新凤霞得吴祖光帮助提高文化，写出两本畅销书来。只是有一次在北京碰到吴祖光，他告诉我说他正在为申请去海外讲学的准出证而奔走。我说现在形势早已大变，祝他申请成功。

我和吴祖光合作的他取名叫《咫尺天涯》的剧本没有实现。只听说武汉楚剧团曾就他编的故事框架演出过楚剧，后果如何，不得而知。我却还念念不忘，根据我们商定的框架故事，写出一个七千字的电视剧本提纲，我是戏剧外行，只是存在我的电脑中，不敢示人，也可能就此销声匿迹了。

汪曾祺

汪曾祺，你不该走

　　虽然我可以说"我的朋友汪曾祺"这样的话，但是说实在的，我和他算不得是亲密的好朋友，我们只能算是淡交五十多年的朋友。

　　我和汪曾祺认识是在昆明西南联合大学，那正是抗战时期。我和他都是中文系的学生。他高我一年级。有一次，中文系出一个通告，那种别有风味的书法，引起我这个爱好书法者的注意。我问同学，这是谁写的？同学告诉我说，是汪曾祺写的。汪曾祺是谁？同学回答，是我们系里的一个才子。他写得一手好字，更写得一手好散文，颇得朱自清、沈从文教授的赏识，是沈从文的及门弟子，其貌不扬，却为人潇洒。这是我第一次知道有汪曾祺这个同学。后来由于西南联大实行的是学分制，我和他虽不同年级，却同时选了沈从文先生的文学创作课和闻一多先生的"楚辞""唐诗"几门课，于是在课堂上就认识了。但是相交淡若水，没有多少来往。

　　那时我看过他写的字，也读过他发表的散文，觉得都很出色。他的散文淡雅清丽，读来别有情趣。从艺术上说，很有特色。我也听说沈从文说过他自己的散文赶不上汪曾祺，还听说过汪曾祺为人捉刀写论文（当时以交一篇论文或作品作为期末考试卷），交到闻一多先生那里，闻先生看了说，这篇论文比汪曾祺交的论文还写得好一些。有这样的事情，可见他也受闻先生的赏识。

那时我们认识，我却未想和他来往，就因为他是一个潇洒的才子。我尊重他是我们中文系的一个才子，从艺术上我也欣赏他的散文，但是我并不赏识他的散文那种脱离抗战实际的倾向，特别是他们那一些才子过的潇洒生活，也就是睡懒觉，泡茶馆，打桥牌，抽烟喝酒，读书论文，吟诗作词，名士风流。这时正当抗战时期，这种玩世态度和潇洒生活，就为学校的进步同学所诟病。不说他们醉生梦死，也是政治上不求进步的吧。我则认为他们爱国上进之心是有的，认真钻研专业是可取的，政治上居于中间状态，是我们争取团结的对象。事实上他们后来都卷入到学生运动中来了。汪曾祺就是这样一个知识分子。

大学毕业后，我们各奔东西，直到建国后，我才从在北京文联工作的联大中文系同学王松声的口里得知，汪曾祺在北京文联的民间文学部门工作，却很少读到他的散文了。后来才知道1957年抓右派，他受到不公正的对待，下放劳动改造，回来后调到北京京剧团工作去了。

然而他好像并没有灰心，相反地他却在京剧的改革上做出了很好的成绩。特别是改编剧本上做得当行出色。有名的《沙家浜》的改编就是他的代表作。其中茶馆《背供》那一段，至今唱来叫人荡气回肠，那就是他的杰作。虽然他很不愿意人提起他被江青拉去改编《沙家浜》这个剧本的事，他更不愿向人道及。然而我知道，江青很赏识他的横溢才气，把他拉去和罗广斌、阎肃他们一起改编《红岩》京剧剧本。他们住在颐和园，我去看望他们。他和罗广斌一样，对我说起被强拉硬扯为人作嫁衣裳的苦情。其实从根本上说来，把他弄去做编剧，本来就是一个错误。他虽然在改编剧本和京剧改革上都做得很出色，然而我以为是对于一个天才的浪费。他的天才就应该是在文学创作上，特别是在散文创作上。

真正使他的才华得以显露的还是在新时期。我们在几次作家代表大会上都见了面，还是淡交如水，互相点头寒暄几句便了。其实他本来是一个以"布衣"自居，自甘寂寞，老是站在文化圈边缘，从不愿往热闹堆里挤的"散淡的人"。我们虽然淡交，却还算是心相知的。只是有一回我提起，"文革"初，我被打成"周扬黑帮"被斗得不可开交时，忽然在报上看到他被江青召唤到天安门上接见的事。别人以为他这一下好了，他得了保险，不会挨整了。我却知道他被强拉去绑在江青的战车上，未必是好事。他说，正是，他惶恐之至，后来幸得解脱。不然"四人帮"垮台，他就不得了啦。我庆幸他没有受"名人之累"。

后来他写了《受戒》和《大淖记事》，登时名声大振。我很欣赏他用他那早已熟练的散文笔法，写出别有风味的小说来。这在中国作家中是少有的。有之，就算他的宗师沈从文了。或者说他是师承沈从文笔法和情调而又自出一格的。他写平常的人，写平常的事，却是那么不平常地受看，叫人爱不释手。他不是苏东坡说的"发纤秾于简古"，却是他说的"寄至味于淡泊"。我不是文学评论家，无法把他的文学风格说个明白。但是有人说他的艺术是小桥流水的境界。从他那里感受到某些陶渊明、某些王维，亦有知堂、废名、沈从文的影子。据说他自己也说过，他不属于伟岸的高山，不会养"浩然"之气，他是属于清风白水，竹篱茅舍。我不全同意。他似乎是追求王维的"境界"和知堂老人的脱离烟火气。他的幽默和趣味，颇师承沈从文，但是又有不同，他是入世的，关注世道的，他从未逃避生活。他同情那些苦人，从他们的受苦中提炼出人性美来，给人看到希望和美好未来。他不追赶热门，不奏主弦，也不想追求黄钟大吕，响彻云霄，他逃避名声却偏偏得了名声。他的作品自成一格，自酿其味，自造其境。有一次邵燕祥到成都来，我们说起汪曾祺，他说汪曾祺的作品，不是筵席上的大菜，却是绝不可少的冷盘。我想是的，没有冷盘下酒，酒就喝不好了。我看汪曾祺，一个作家如果没有外视散淡而内储热火的胸怀，没有时刻关注人生的眼睛，没有入地狱的菩萨心肠，大概很难写出他那样的作品来。所以他来成都，我们相见时闲聊，我说："现在有些人想学你的风格，我以为你是不可学的。只能有此一家。"他说有人说他学沈从文，沈从文也是不可学的，也只能有此一家。

不知道是阴差阳错，还是命该如此。1997年5月，他和一批著名作家到成都来参加笔会。我知道他的身体不是很好的，又听说不久前他回到昆明去寻访旧迹，很兴奋了一阵子。我有这样回昆明的体验，那是既令人兴奋又极耗精神的。这对他的身体未必是好事。谁知他接着又应邀来到成都。座谈倒没有什么，但因他是名人，文学界的往来是不会少的，这却费神。特别是四川的美酒不少，他这个才子又是嗜酒成癖，在酬酢中难免要喝几盅吧。他还是一个很不会摆架子的人，有人求字求画，不说是来者不拒，总得应酬若干张。我也有此经验，那是漏夜操笔，十分辛苦的。再加上热天到川南竹海一带旅游，难免劳累。如此种种，就构成了对他的健康的威胁。但是他到成都，我在宾馆和他见面，看他气色不错，兴致特高，我想不到他会有问题。

我们一见面，还没有寒暄问好，他就拿出一张画来送给我。我知道许多人向他求画求字，我从未向他开口，他却主动给我送来一幅大家都盼望着的紫葡萄画。我当然高兴，当即答应回赠他一幅字，随后寄往北京。我问他："学长（他的岁数虽然比我小七岁之多，当时在联大却比我高一年级，理应叫他学长），近来贵体如何？"他答："粗安。"我说:"这次是五粮液酒厂做东,你们将到宜宾酒乡去,你这个好喝酒的才子,可以流杯飞觞,大醉酒乡,做一段佳话了。"他说:"不行,我不能喝了,我有食道静脉曲张病,不敢喝了。"我不知道这个病有多厉害,还以他到了美酒之乡,不能大饮,引为惋惜。

我们闲谈一会儿,说到他的文章风格不可学。我并说,虽然他现在以小说闻名,但是我还以为他的小说写得好,有特色,是因为他的散文写得好,写散文体或叫笔记体小说之故。我说,写小说总难免要结构、架势和雕饰,容易失去自然。按其禀赋说,不如多写抒发情感行云流水的散文。我愿读到他更多的散文。他说他近来更多地写散文或散文体的记事了。

我们参加开幕式,然后赴宴,我和他坐在一起。虽然有五粮液摆在桌上,他却不敢喝,只喝点饮料。我们闲谈起在《沙家浜》的著作权问题上,他糊里糊涂地吃了官司的事。他说:"那个时候奉命编剧,哪里知道有个什么著作权问题,真到编《文集》,也不知道什么叫侵犯著作权。现在既然出了问题,我这大年纪,陪不起打官司,委托上海的律师一切代办。"我说:"学长,你不要把有限的时间浪费到打这种冤枉官司里去,你还有很多好文章应该写出来。我说这是一场冤枉官司的意思是,说老实话,《沙家浜》的原本《芦荡火种》其实不过是当时出现的许多现代地方戏中的一种,虽然基础还好,恐怕也会随时间的推移而逐渐湮灭。要不是经过你这个大手笔的修改,写了不少像茶馆《背供》那样好的台词,哪有后来的风行全国的《沙家浜》?也许就不存在现在这样一场官司了。"同桌的作家都和我有同样的看法。

同桌的作家听我叫汪曾祺为学长,不知就里,我的年纪明明比他大得多嘛。我说出在西南联大中文系,我虽然比他大许多岁,却比他低一年级,所以他理应是我的学长。他开玩笑地说:"你那时是在当

'职业学生'呀。"是的，我那时因为在四川和湖北被国民党特务追捕，南方局叫我疏散到昆明，准备长期埋伏。我报考了西南联大，从一年级重新读起，可以做四年学生工作。我进西南联大中文系，一面读书，一面担任着联大地下党的支部书记。所以那时的国民党报纸骂我们为"职业学生"。后来更骂我们为"匪谍"，必欲捕而杀之了。

汪曾祺看我年岁比他大，身体却比他好，问我："你身体这么好，有什么养生之道？"我回答说："我们四川有位百岁老人张秀熟，人家问他的养生之道，他说：'我的养生之道，第一喝酒，第二抽烟，第三不运动。'我的养生之道是奉行张老的养生哲学，而不奉行他的具体措施。我一不喝酒，二不抽烟，三坚持运动。但是我欣赏张老的养生哲学，那就是'听其自然，颐养天年'。这个养生哲学很好。他的说法是，要吃的就吃，要玩的就玩，要做的事就做。不要一天到晚，忧心忡忡，怕活不长，到处去打听长寿秘方，无病大养，小病大治，吃各种补药，听各种偏方，做各种功法，辛苦得很。往往是怕死的不得长寿。他不怕死，听其自然，反倒长寿到一百岁了。达观，我看就是最好的长寿之道。"

汪曾祺听我说了，很以为然。但是我告诉他说："酒要少喝，烟最好不抽了。"他也颇以为然。然而这位才子觉悟晚了一步，一生喝酒抽烟，这次到宜宾酒乡去，恐怕少不了还要喝点好酒，酒兴一来，热情自高，恐怕少不了又漏夜为人写字画画。他回北京后，他在成都的亲戚杨扬到我家来，我问起来，果然如此，她说她挡也挡不住。于是回北京后带来严重的后果，1997年5月6日，汪曾祺在北京因病去世。

呜呼！汪才子，你不该走，我还等着读你那清淡的散文哩。

夏 衍／曹 禺
劫后访夏衍和曹禺

　　我已经记不清我和夏衍和曹禺见面的准确时日了。不过肯定是在"文革"之后的 80 年代的某一年，或许是在我和周而复一起在中央党校高研班学习之后不久。我记得是周而复来约我去看望夏衍和曹禺的。我去了。

　　我们先到北京北小街路东一个街口的民家小院，院子不大，却也清静，还有花草。周而复好像很熟悉，一直把我带进夏衍的书房。夏衍靠在桌边，好像在写什么。最明显的印象，在书桌上有一只很肥大一身白毛的波斯猫，很柔顺地蹲在桌上陪伴主人。我从未见过这么大的纯白色的波斯猫，不禁惊赞。夏衍并没有站起来迎接我们，我们都知道他在"文革"中受尽虐待，一条腿被打断了，现在还穿着垫了厚底的鞋子。他抱起波斯猫，抚摸柔顺的白毛，称赞："这是我的好朋友。"

　　周而复把我介绍给他后，寒暄几句。我提到"文革"前他在文化部挨批判前我们曾在中央宣传部的一个会议室里见过一面，他当然记不起来了。我们继续谈了什么，我也记不起来了。但是他当时对我们说过一句话："整人者人恒整之"，印象十分深刻。不知道他是在责人呢还是在自责，我理解是我们这些人挨过整，可是我们也整过人的意思。我们几个人都曾做过文艺部门的领导，我们都曾在文坛上经风雨、见世面，在各种政治运动中挨过整，可是我们作为文学部门的领导人，在运动中又何尝没有整过人？所以夏衍说的那句话，简直是经典的话语。我们是人同此心、心同此语的。只是各人所处具体情况不同，有轻重之分而已。不过周而复补充说："这是中国的文艺界特有的现象。文艺班头周扬整过不少人，他自己也挨整，而且挨得不少，以致弄到秦城去受八九年的苦。……"

我这次去看望夏公，别的全忘了，就他这一句经典话语至今未忘。

就是这一天的下午，周而复又拉我一同去看望曹禺。记得好像是坐车到了北京木樨地那几栋高楼的某一栋。这几栋大楼里住着部级领导官员，也住有许多文化名人。我有几位老友住在这里，我到北京必去看望他们，比如沙汀。我从沙汀的口中得知作协的领导和许多著名作家也住在这几栋楼上。说实在的，这些楼上的单元住房并不宽阔，而且在闹市中。实际上比各省市的领导人住的地方差得多了。但是据说要住得进去，也颇要有一点儿资格并要办好一些手续的。

周而复带我走进高层的一套房屋里，曹禺来接我们在他的客厅坐定。记得好像他的夫人李玉茹也在座。我们寒暄之后，说了些什么，记不清楚了，大概还是三句不离本行，谈论文学创作有关的事。周而复说得多，我不太熟，没有多话。不过我说起我还在上海和南京读书时，就看过他的《日出》演出，后来还补看了《雷雨》（当时还有一部叫《大雷雨》的也在演出，我坚持要看的是他的《雷雨》）。我说当时在学生中很受感动，连几句精彩的对话，都背得出来，什么"太阳出来了，我们要睡觉了"，如此等等。并且还议论纷纷，说妓院那一场戏是否有必要。但听说那是曹禺亲自去体验生活，还挨了打，才写出来的。

　　我说了这些恭维他的戏剧创作的时候，曹禺似乎并不激动，静静地听着，沉默不语。周而复却快人快语，大发议论，真叫哪壶不开提哪壶。他说，解放后再也没有看到这么好的话剧了。曹禺虽然也写过几本话剧，简直不能同日而语。曹禺听到这些话，却引起他的注目，不断摆手，说"别提了，那大多是命题作文"。

　　周而复说："不只你一个，几个大作家，解放后谁写了什么出色的作品啦？"他转向曹禺："你为什么不写，难道真是江郎才尽了吗？"

　　曹禺似乎颇不以为然，说："你看我能写吗？"他转过身又对我说："你看我能写吗？"

　　我们都沉默了。

　　我们的确理解他，他那个时代和生活已成过去，新的社会和生活并不熟识，而因为他的声名在外，各种不同的头衔戴在他的头上，今天这里开会，明天那里出差，许多时候言不及义，离基层生活越来越远，而同时却要勉力去接受一些写作任务。他也想真心诚意拿出有水平的作品来，为国家做贡献，但是他的时代已经过去，力不从心，所以我们说起来他直摇手。周而复说："那么你可以写你熟悉的生活嘛。"

　　"我是有熟悉的生活，也有东西能写，但是，"他又问我们，"你看我能写吗？"

　　于是我们又归于沉默。

　　有人说，曹禺的交际太广了，无谓地消耗了他的天才。有人说："曹禺太容易被人请去参加官场活动了。"有人甚至说他想当官。我和周而复都不同意这样的观点。表面看来，实有其事，他真心拥护新时代和新生活，抹不过面子，只得委身侍奉。直到他身患重病住医院，李玉茹终年陪着他，他已走到生命的尽头，还答应作为中国文联主席的候选人。

就在那年我正准备到北京参加全国作家代表大会，他托人带话给我，说有什么事要托办，准备等我到北京和他见面。但是开大会前夕，我到北京，住进宾馆，却被告知"曹禺昨天在医院去世了"。不仅我震惊，听说筹备大会的领导也很为难，于是马上把准备的第二号的老作家周巍峙推上去，才解决了问题。至于他到底要我替他办什么事，我只有抱憾了。

我和周而复曾经议论过，曹禺的处境和心情，其实我们感同身受。我们何尝不想写点自己想写的够得上传世之作的水平的作品。我们在几乎整个 20 世纪的中国所亲身经历、所见所闻所思所感的生活素材，作为一个作家，是有望写出自己的传世之作的。然而我们都落了空，只有终身抱憾。因为我们从参加革命，就委身于事业，而且根据需要被派到一个个官位上去为人民服务，风里来，雨里去，身不由己，哪能潜下心来写出较好的作品？我忽然想起巴金老人在去世前说过的话"我是为别人活着的"，这句话使我深长思之。我们注定是为中国革命而活着的，不是为文学创作而活着的。

刘绍棠

大家笑他一句话

　　刘绍棠这个作家，我知道得很早，相识却很晚。我很早就知道，他是一个年龄不大却异军突起的青年作家。他是离北京城不远的通州人，一个农村小娃，却写出通州的乡土文学，通俗的笔调，十分生动。我是一直提倡通俗文学的。我很赞成贺敬之十分关怀的、从延安就提倡的大众文学。刘绍棠的通俗乡土文学，受到文学界的发现和文学界包括文学界领军人物的重视。我读了他的作品，就想见这个青年。

　　有一次在北京开会，我专门到他府右街的小院去看望他。我原以为他是一个彪悍汉子，一见却是一个富态的大胖子，说话带有冀东爽朗土味。大概他也读过我的常用摆龙门阵式格调的通俗文学作品，所以一见就很谈得来，总离不开"为中国老百姓喜闻乐见的中国作风中国气派"的老话。

　　我坦率地说出我的文学观，中国的文学就是中国人写中国故事给中国人看的文学，就是中国老百姓喜闻乐见带有中国味儿的作品。能为中国大众服务的文学就是好文学。把文学分成雅文学和俗文学本来没有道理，但现实就是认为雅文学才是文学正宗，开会评奖只有雅文学的份，而俗文学却被认为是低级的，上不了中国文学台盘。然而偏偏奇怪的是通俗文学如张恨水、金庸等作家的作品却很风行，延安出过的赵树理的作品一直传到建国后还很流行。一个通俗文学刊物《今古传奇》一期发行几十万册，顶得上许多地方的雅文学刊物发行总数了。我以为文学无分雅俗，雅中有俗，俗中有雅，雅文学应该向通俗方面靠一靠，俗文学应该向雅文学学习提高一步。《红楼梦》等四大名著不就是提高的典范吗？实际上就是一个普及和提高的问题，最后做到雅俗不分，雅俗互补，以至雅俗合流，达到雅俗共赏、老少皆宜的老百姓都喜欢的文学。我说到我就是偏爱赵树理和他刘绍棠的作品，是脱俗近雅的。

我们那次相见和以后开会再见，谈得更亲近。他说他正和贺敬之建立了中国大众文学会，提倡大众文学，要我参加。我很愿意。他就引我去和正在领导大众文学会的贺敬之见了面，吃了饭。贺敬之提议刘绍棠和我一同编一套《大众文学丛书》，我们都赞成。事后我们便动手做起来。主要是他在办，却很尊重我，要我做主编。我的公事很多，由他编第一本，在四川文艺出版社出版。但是只出了一本，就没有续编，有点遗憾。

后来中国作家协会派一个作家代表团出访南斯拉夫，我任团长，他是团员。我和他同住一个客房，日夕相处，我才得知他是一个带农村土味的文人，不大修边幅，不断抽烟，而且嗜酒如命。吃酒吃肉多了，自然发胖。晚上睡在铁架床上，翻身发响，打鼾如雷，弄得我不好入睡。但他为人十分豁达，很亲近人，和大家容易融洽，我倒很欣赏这样的汉子。

不幸的是不知他在什么上童言无忌吧，曾被打成了右派，后来平反，听说他说"这是娘打儿子"的比喻，就这句话，一下在文学界引为笑谈，延续很久，我倒认为他的天真是可爱的，不值得笑话他。

后来听说他中了风，我以为这是他那个胖子必然的结果。我们只在开全国作代会时见过面，他已是坐在轮椅上了。可惜一个颇有才华的作家大概再难有作为了。后来他住在前门大街市文艺家宿舍的四楼，我的老友王松声也正住那里的四楼上，松声引我去看望他，见了最后一面。虽然门上贴着一张不见客的告示，还是让我进去了，他坐在椅上欢迎我，他说他还想写点什么。我看他手脚都不灵便，他的愿望是无法实现的了。不久听说他去世了，可惜。

黄宗江 ▌

老顽童，一本读不完的珍本书

在我这本书稿的文人卷里，不能有"黄宗江"这个名字的缺席。

黄宗江何许人也？

不需发这样的问题。不敢说在全中国，至少在全中国的文人圈里，可以说无人不知、有人尽晓。他是一个多才多艺、能文能武、亦中亦西，身跨演戏、编剧、作文三界都很出色的奇才、怪才，总而言之，天才！文人出版家范用说他是一本读不完的善本书、绝版书、珍本书。可惜我闻名久矣，却半世没有读到这本珍本书，更无缘一亲风采，直到很偶然地我们有两次不期而然的相会，而且是终身的两次相会。

我们第一次偶然相会是在井冈山上作家的什么聚会上。我们见面，热烈握手，互相说了一句"相见恨晚"的话。我是真心的，他怎么样，我不得而知，但从他握手的力度看也是真诚的。只是初次见面，说话不多。我在观察他。看他身材面貌，举止谈吐，的确是一表人才、翩翩公子，很有教养模样。他和我没有多话，但和他熟悉的朋友说说笑笑，十分活跃。而且似无避讳，心直口快，给我印象颇好。这就是我和他第一次见面。

此后不知过了多少年，就在 2006 年的初春，有一天我接到大邑安仁镇建川博物馆的主办人樊建川的电话，他说："黄宗江远道来参观我这里的博物馆来了，他明天就要回去，他想来看望你，你今天就到安仁镇我这里来和他见面吧。我们也好久没有见面了。"我决定当天就去看望黄宗江，同时也想看一看樊建川又搞出什么新名堂来了。樊建川在四川算得一个奇人。他凭自己努力，居然白手起家，在安仁镇上建立起几个抗战等专题博物馆来，轰动全国，来参观的人络绎不绝。他常有新点子，也许又建成一种怪名目的专题博物馆，要我去参观吧。现在我也该去看一看了。

　　我驱车直到樊建川的博物馆的主客厅，樊建川和黄宗江已经等候在那里了。我对黄宗江说："有朋自远方来，不亦乐乎？稀客，稀客。"他说："几十年不见，终于在这里见到了你。"我说："真是的，大概有二十几年了，井冈山上的翩翩人物如今却是白发满头了。"我们几句寒暄后，他就像那年在井冈山上我看到的一样，纵横天下事，臧否古今人，有如长江水，滔滔不绝地高谈阔论起来。我有点惊奇，似乎无论在熟人生人面前，他都是袒露心迹，口无避讳，把他想说的话，直白地说出来。而且在锋芒毕露中，夹带着幽默趣言。这位演艺大师也是语言大师，我算拜服了。只是心中揣摩，他在大庭广众之中，人心叵测之时，言人之未能言，言人之未敢言，他能安然无事吗？果然，他说他的嘴给他带来过许多灾难，有时甚至面临杀身之祸。然而江山易改，本性难移。既到晚年，也无所谓了。他竟然是这样的达观。当然他大概也从我的作品中，看到我是一个什么样的人，所以今天能这么放言恣肆，知无不言，言无不尽了。樊建川也是一个开放型的人物，和我们很谈得来的。

　　后来在饭桌上，边吃边聊，真是酒逢知己话偏多。我和黄宗江第二次会面，不过半天，他却古今中外地谈了一些我闻所未闻的人与事。最后我们告别时，我对他说："听君一席话，胜读十年书，无以为报，即兴写一首诗：井冈初遇识翩翩，天府再逢已雪颠。喜读鸿文多妙趣，放言真话语惊天。"并当场写成一张条幅，请他笑纳。我真的认为他的放言动地惊天。后来我听说他把我送给他的条幅装裱起来挂在房里。是否真的，不得而知。

他后来给我寄了一本《艺术人生兮》，在扉页上写着："识途长兄指正，宗江，2008 五四"。他还另批几个字"盼赐《沧桑十年》600161 北京六里桥八一电影厂干休所"。我收到书通读一遍，认为这是一本十分有趣的书。他在寄来的书里，还夹寄他写的近作《夜读抄》的复印本。他在第一页顶上，写了"识途兄长，遥寄问候，盼赐自传。弟宗江稽首，庚寅春晚"。这篇文章，大概是他的最后一篇文章，因为他在此文尾写上"庚寅春晚，年九旬或可封笔矣"。

2010 年 10 月，我从报上读到他去世的消息不禁长呼："苍天竟不佑英才，一代文星，溘然长逝矣，伤哉！"

曾彦修

一位"良知未泯"的好人

曾彦修是一个在中国一度很出名的文化人。他的出名，不是因为他是抗战初最早投奔延安，做文化工作很出色的知识分子。也不是因为直到北平解放，他进城做文化工作，最后做到中国最大的出版单位人民出版社的社长。他最出名的是，不知因为何故，祸从天降，被钦点为大右派，光荣地成了第一个上了《人民日报》头版的领导干部。于是蜚声海内，真出名了。

他被文化部多次批评帮助，洗心革面了，但秉性还是"死不改悔"。后来他终于被允许到上海一个不大的印刷厂的一个车间参加"四清"运动，在"四清"工作组里当个"材料员"。这个材料员非同小可，"四清"工作组领导专门要他阅读重点分子的档案材料，要他做出分析。他阅读了五十几个重点分子的材料，竟然发现有三十几个被怀疑有政治问题的人，都是无中生有的冤案。这一回这位"大右派"，却偶然地得机会办了一件大好事。在他的努力下，细心地面对调查，证据确凿地为这批重点分子解除了怀疑。不然的话，这些人很可能被无情地斗争，无限上纲，被打成反革命。

他后来对我说，他革命一辈子，总算做了一件大好事。他推算起来，全国各地搞"四清"的做法都差不多，都是这么个搞法，该可能出现多少错案冤案？更推而广之，那些年搞了那么多的政治运动，又该出现多少冤错假案？他说，幸得中国有一个不信邪的中央党校校长、中央组织部部长，敢于说不管是什么政治运动，也不管是谁批的，凡是搞错了的，都要实事求是地平反。于是全国上下，成千上万，哭天喊地，要求平反。只有在中国大地上，才有那几年的千古奇观。中国得救了，中国的党得救了。好人呀，办好事呀！"可是，"他然而大转弯地说，"好人办好事，得好报了吗？"他唏嘘不言了。我只念了我曾经作的旧体诗中两句诗给他听："纸花又洒两回白，热泪重流十里街。"

我和曾彦修，虽然都以写鲁迅式的杂文神交多年，互相倾慕，却天各一方，职业不同，只有两次见面。一次是 1978 年，他到成都我家里来，约我和他一起主编中国杂文选丛书。我因为担负的行政工作太重，无力参加，而且我只写点杂文，编辑是外行，不能应命。但是我们却一见如故，亲热交谈了很久。我笑问他到底是不是钦点右派？他是不是自报名列右派名单第一名？他说有许多是传闻，真真假假，他也不想去分清是真是假了。

第二次我们见面，晚到 2014 年了。2014 年 6 月，我和他同时在三联生活书店出书，我到北京去，在人民出版社我们见面了。多年不见，自然欢畅。寒暄之后，互相签名赠送新出版的书。他送我一本《平生六记》，我送他一本我的书法集。我们一面翻看，一面谈话，自然有互相赞誉之词。我们坐在一起照相后，就近亲密地高谈阔论起来。我们都是经过风雨、见过世面的人，也是喜欢写同样不大受欢迎的杂文的人。谈起那些未免常受人帮助的往事，自然有辙鲋之痛和相濡以沫之情。

当天晚上，人民出版社设便宴为他们的老社长曾老祝寿，我也应邀参加。有人民出版社和三联书店的几位领导人还有几位作家。大家举杯为我们两位离休老人祝寿，说我们都从风雨里走过来，居然活到九十几、一百岁，还这么健康。我们都不能喝酒，以饮料代。表示谢意。我兴奋之余，随口说几句诗："又见曾公号彦修，杂文泰斗谁能侔。少年豪气依然在，漫对炎黄说春秋。"同座作家王春瑜即席也作一首七绝诗送给曾老，比我作的要好，可惜我没有记下来。有同席的出版家介绍说，那年曾老自己还没有平反，他却四处奔走，为出版社别的同志要求平反。可见曾老的高风亮节。曾老却说："我谅定他们要主动来给我平反，他们急，我何必急？"惹得大家笑起来。

真是天有不测风云，2015 年的 3 月，我忽然接到北京电话，说曾彦修老人去世了。我不胜震悼。曾老灵堂上，到了不少著名文化人，我却因为远在四川未能去。我写了一首悼诗寄去北京，这是一首七律："铮铮铁骨世无伦，读罢奇书热泪零。笔伐千张遵圣谕，口诛百舌卷风尘。群雏欲护甘自罪，写证救人愿损身。未寄献诗闻噩耗，南天焚稿哭英魂。"

杨 绛

走在我前头的老作家

　　杨绛是我国有名的女作家，风光美妙的江南的女才子。出身高门，自幼聪慧，毕业于清华大学，中英文精通。很早就创作新剧，蜚声上海剧坛。她当时与也是著名的学者的丈夫钱锺书在上海齐名。但是她比丈夫钱锺书的名气还大一些，所以人们不称"钱锺书的杨绛"，却称"杨绛的钱锺书"。后来是钱锺书成为大学者，出版了学术名著《谈艺录》和文学名著《围城》，蜚声全国，大家才正名称"钱锺书的杨绛"，到底丈夫比妻子更有名了。这曾经是一段文坛佳话，却是逐渐湮灭了。

　　钱锺书和杨绛解放后都在外国文学研究所工作，是研究外国文学的两根台柱子。钱锺书在中西文学的研究上硕果累累，在学术界盛名日升，如日中天，以至形成众望所归的"钱学"专门学派了。此时的杨绛，虽然也从事重要外国文学作品的翻译，如塞万提斯的《唐·吉诃德》，同时也有别具风格的颇为出色的散文作品。至于她也擅长的长篇，除了《洗澡》等三本作品，再未见长篇。很明显，她是为了突显钱锺书而有意"藏拙"的，从这一点更看出她的高风亮节。

　　一代女才人、散文家杨绛，是我久所仰慕的，却无缘一睹风采。

八次全国作代会我去参加了，我以为能看到这位年逾百岁的长者。她却称病未能出席。不久，九次作代会将开。我的身体如好，我会去参加，也许还有机会一亲风采。然而从报上得知，她于2016年5月25日去世了，享年105岁。如此高寿离去，不必惋惜。我忽然心血来潮，作了一首随口溜，以为博笑。

百岁作家有两个，杨绛走了我还在。

若非阎王打梦脚，就是小鬼扯了拐。

途中醉酒打迷糊，报到通知忘了带。

活该老汉偷倒乐，读书码字且开怀。

注：（1）打梦脚，四川方言，这里指脑袋突然糊涂而至疏忽或忘记什么，喻粗心大意。

（2）扯拐，四川方言，这里指出差错，事情做坏。

周有光
汉语拼音方案的主要制定者

我认识周有光先生很晚，慕名已久却无缘识荆。一日在京和老友张彦（《今日中国》原副主编）说起，恰他是周老旧友，于是便引我去周老家拜访。我们寻寻觅觅，终于在人民文学出版社的背后找到了坐落在后拐捧胡同的一幢旧楼，这便是周老家所在地。我们沿楼内陡梯上到三楼，走进周老的家，来到他窄狭的书房。书房两壁书架的中间，靠窗有一张三尺小桌，周老坐在桌前一边的椅子上。经介绍后，他请我在他对面的木凳上落座，那是一个陈旧的凳子，我坐上去只听得叽叽咯咯一阵响，很担心会把凳子坐垮了，周老似乎并不在意。

虽然当时我和周老是初次见面相识，可他却如见老友一般，像摆家常放言恣肆地高谈阔论起来，语多幽默机智，言人之未能言，言人之未敢言，使我大开脑筋。

周老说他本是研究经济的，1955 年周恩来总理把他从上海调到北京，到文字改革委员会，改行研究语言学，创制汉语拼音字母。他后来才悟出，这原来是周总理有意救他，不久上海打右派，他的经济著名同行沈志远辈，全罹大祸，他独在北京而安然无恙。他还说后来"文革"中他年老力衰还被下放宁夏五七干校劳动，十分辛苦，但是他顽固难治的失眠症却不药而愈，至今未犯。他慨然道：人生失意莫自悲，逆顺祸福本相依。山穷水尽似无路，柳暗花明又一村。笑说："塞翁失马安知非福。"我们问他长寿之道，当时他已近百岁，他幽默地说，大概上帝把他忘记了吧，一直没有召唤他。引得我们大笑。他说，古来皇帝为了长寿，没有不去求仙的，可哪有一个活过一百岁？现代许多富豪人家，总是怕死，其实怕死才是催命鬼，任你花钱吃名贵补药，甚至求神拜佛，但有几个活到一百的？关键是人到百岁不言老，真到点不请自去，如此达观，才能长寿。

我听了周老关于人生哲学的至理妙言，感佩无已。回来后作了一首七律诗，写成书法，连我的十二卷文集送给他。我的七律诗是这样写的："行年九七未衰翁，眼亮心明耳未聋。西学中文专且博，语言经济贯而通。随心闲侃多幽默，恣意放言见机锋。垂老初交唯憾晚，听君一席坐春风。"周老看了很高兴，把我纳入他的朋友行列。他每出版一本书，都要签名寄我一本，前后已有三四本，都是文短而意长，言浅而思深，其中一些幽默而略带辣味的话语，更启人思考。我还把周老的长寿之道融入我与家兄马士弘斟酌写成的"长寿三字诀"中，据说此三字诀经报刊登出后，不胫而走，全国流传，实在是转述周老的要言妙道而已。

后来，我只要去北京，必争取去看望他，每次一见面，必大放"厥词"，互相交流切磋。还记得大约是他年已逾百后的某一年，我已经有九十八岁了，到北京后去看望他，仍是一如既往，放言恣肆。说到不言老却偏言老的话题，我随口念了我作的顺口溜："老朽今年九十八，渐聋近盲唯不傻。阎王有请我不去，小鬼来缠我不怕。人生能得几回搏，栽个筋斗算什么。愁云忧霾已扫尽，国泰民安乐无涯。"他听后抚掌大笑，如一顽童。

现在周老走了，我那与我一起拟得"长寿三字诀"的兄长也在他进入一百零五岁那年走了。我今年已进入一百零三岁，却还老是想起周老的人生哲学和长寿之道，不自惭形秽，也不是鲁迅说的那种无聊之人，借死去的人不能说话之机写纪念文章以自衒，我已近瞎渐聋，还摸索着执笔写这篇纪念文字，了我心愿而已。

李劼人

中国的"左拉"

上上个世纪末年，李劼人先生出生在一个家境清寒的下层知识分子家庭，成长在半封建半殖民地的中国，特别是在更落后更黑暗的四川。他自幼颠沛流离，对旧社会十分痛恨而又无可奈何。他和郭沫若、巴金等一样，都是受五四新文化的洗礼，走出旧社会，并且到外国去寻找救国救民之道的。然而他一直没有找到新路，像当时的许多四川留法学生一样，走上社会革命的道路，回国参加革命，却是企图用他的笔来唤醒民众。他还做过振兴民族工业、劳而无功的美梦。他一直徘徊在旧民主革命的思想中，这就限制了他在事业和创作上，都不能达到以他的聪明才智应该达到的水平。

他并没有读马列主义和其他革命书籍，也没有卷进汹涌的革命浪潮，然而他具有同情人民、忠于生活的现实主义品格。所以他仍然用他那现实主义的笔，相当准确地精细地刻绘出他生活过的旧社会的面貌。他从"死水"中看到"微澜"，继而看到"暴风雨前"的景象，终于亲历了辛亥革命的"大波"，而且看到后来的蒋王朝中"天魔乱舞"的形形色色。他终于把中国这场资产阶级民主革命中的大动荡大转变的历程，用他艺术家的眼光，尽收笔底，写出了辉煌的《死水微澜》

《暴风雨前》《大波》三部曲和《天魔舞》。看来他很想写出一部历史长卷，如西方的巴尔扎克和托尔斯泰那样。但是他的思想水平和艺术功力都不足以当此大手笔。而且他年事已高，无力完成。但是他到底留下了一部如郭沫若说的他是"中国的左拉"，写出"小说的近代史"或"小说的近代《华阳国志》"。总之他成为四川的现代作家中几个主要代表人物之一。

李劼人虽然没有马克思主义世界观的修养，他作品的思想深刻性不能不受到某些局限，但是他的清醒的现实主义的笔触，却把他带到历史唯物主义的结论中去。因此他的三部曲中所描绘的辛亥革命时四川的景象，各种人物的形象、命运和历史发展倾向性，还是没有别的作家能够超过他。无怪乎司马长风在1975年出版的《中国新文学史》中提醒大家注意研究李劼人，说他是"三十年代中国长篇小说的七大家之一"，称道他"风格沉实，规模宏大，长于结构，而个别人物描写又细致生动，有直逼福楼拜、托尔斯泰的气派"。周扬在他的文学报告中也把李劼人的小说和茅盾的《子夜》并列。近年来，李劼人的作品似乎已经受到文学界更多人的注意。

李劼人，正如巴金老所说的"是一个写实主义者"，也就是现实主义者。但是有人问，他的作品是旧现实主义的吧？郭沫若也说他是"中国的左拉"，和左拉的自然主义拉到一起。其实他的手法虽然有旧现实主义的影子，但并非自然主义，而且他是一直反对自然主义的。从他的三部曲看，他却是向新的现实主义前进的。当然就是他在马克思主义光照下修改的《大波》，也许不能说是革命现实主义的作品。但是无论他的政治思想倾向或是文学创作倾向，都是向前的。他在政治上倾向于革命，他的作品倾向于革命现实主义。一个老的知识分子从旧的谴责小说起步而达到向革命现实主义逼近，也是难能可贵的了。他想把中国历史用艺术长卷记录下来，其雄心也是可嘉的了。

特别引起我注意的是，李劼人善于把西洋小说创作方法和中国的传统小说创作方法结合起来，这也可说是一个典范。更令人惊异的是他对于地方风土人物的描写，有一种特别的爱好和特别的本领。他对于成都的风土人情可以说了如指掌，他笔下的成都人都栩栩如生，惟妙惟肖。特别是他把本来就十分生动丰富的成都方言进行艺术提炼，对于人物形象的刻绘起了很好的作用。这也可以说是他的一大长处。我们常常说要具有中国老百姓所喜闻乐见的中国作风和中国气派，李劼人的小说，特别是《死水微澜》，可以说就具中国作风和中国气派，而且还具有特别的"川味"。他的小说读起来有一种特别的艺术享受。可以说他是真正具有个人风格的作家。

但是我不知道是什么原因，李劼人的作品，即使受到郭沫若的高度赞扬，还是没有得到文学界公正的评价。至于研究李劼人和他的作品的著作，更是寥寥无几。我除开看到李士文著的《李劼人的生平和创作》外，再没有看到别的专著。但是李劼人的确是我国当代一个很有特色的作家，在艺术上是卓有成就的，他的为人也是大家所敬佩的，在中国文学史上他应该占有他应该占有的地位，文学评论界对于他应该进行研究，给他以应该有的评价。

周扬曾把李劼人的作品和茅盾的《子夜》相提并论，我想这绝不会是偶然的。沙汀生前曾告诉我说，李劼人的作品在艺术上也绝不会比《子夜》差。然而《子夜》在文学史上地位有多高，是大家都知道的。总之，我以为对于李劼人的研究应该引起文学评论界的重视，特别应该引起四川评论界的重视。

沙汀生前曾提议建立李劼人研究会，并且特别希望成都市建立李劼人研究会，因为李劼人是成都人，生于斯，长于斯，学于斯，成名于斯，而且建国后直到他去世，都是成都市的副市长。我很高兴成都市终于成立了李劼人研究会，并且把他的故居加以整修，后来又拨款拨地扩建为博物馆。这才是把李劼人和他的故居菱窠抬举到在成都应有的地位，这才是作为中国著名文化城市应该办好的事。因为在文化界李劼人无疑是一张文化名牌，会给成都增添光彩。如果会利用，他的故居也会是成都旅游资源之一。李劼人的《死水微澜》的川剧在全国是叫响过的，电视剧也上演过，得到好评。

在这里我还想附带地说一说我所知道的李劼人的往事，从这里也可见李劼人的人品。

从李劼人在成都高师附中参加过辛亥革命时反对清朝统治者的活动，到后来他在成都组织少年中国学会，办报纸，写文章，都可看出他是一个对封建王朝深恶痛绝，对旧社会极端不满的人。然而他也止于抗议、不满、抵制，却没有找到什么办法来匡时救世。后来他到了法国留学，除开热爱、学习和翻译法国文学外，当然也受到法国资产阶级革命自由民主思想的影响。回国后，他从事文化、教育活动，以至后来办实业。

从外部形象看，李劼人是一个资产阶级民主激进分子，且和在法国同学的几个中国青年党人有私人来往。但是在他骨子里却和真正的革命派、共产党人有千丝万缕的联系。不过他一直还是一个革命的局外人、同情者，也可以说是革命的同路人。直到建国都是如此。

他曾积极参加抗日进步文化活动，是成都抗战文艺协会的领导人之一。他对于文艺刊物给予物质的支持，从未断过。特别是他对于他的朋友共产党人陈翔鹤的掩护，使我印象深刻。当时，我得知陈翔鹤同志上了国民党特务的黑名单后，通知他必须立刻撤走。在极其危险和困难的情况下，李劼人伸出援助的手，把翔鹤同志送到乐山，隐藏在他当董事长的嘉乐纸厂里近一年之久，直到新中国成立。建国后他被川西区党委和成都军管会邀请参加各界人士座谈会，在那个会上，他受大家的委托，代表人民，当场接受反革命分子的投降。他那种审判官式的威严神态和他那种义正词严的训斥话语，我至今还有印象。

后来，他在成都第一届人民代表会议上被选为副市长，他是真心诚意地靠拢党，并且开始读马列主义的书，企图用马克思主义的文艺观来重新审视他原来的作品。他实在无意于做"官"，他除开参加像人民代表大会、省人民委员会（他是四川省人民委员）和市长办公会外，大半的时间都蛰伏在成都郊区他自己出钱修建的茅屋——菱窠里，从事笔耕。他把他过去出版的几部长篇都进行修改，重新出版。特别是《大波》，他想在马克思主义的光照下，重新写过。他告诉我说，现在他才得到了最好的创作时光和创作环境，可以大展才情。可惜他没有能完成这一个巨大工程，便溘然长逝。他曾和我谈过的他还有更巨大的历史画卷式的长篇创作计划，这自然也成为他抱憾终天的事了。

我当时在成都市委工作，也是省人民委员，和他接触的机会自然很多。他把他解放前夕写成的一本描述成都历史沿革和风土人情的《说成都》初稿给我看，我认为写得十分生动有趣，劝他拿去出版，他却说还要修改补充。但是他后来一直忙着他的修改三部曲的大工程，没有时间着手修改这本小册子，"文革"中不知散失到哪里去了，至今没有找到，实在是一憾事。

当李劼人看到我在发表作品，并且写出长篇《清江壮歌》后，他曾约我到他的菱窠去，和我谈创作问题。他以为我的生活底子较厚，文笔也还可以，是可以写作的，应该把过去的生活写出来。后来有一次他竟对我说："你这个人，我看可以写文章'立言'，去当官'立德''立行'的事，恐非你之所长，让他们去干吧，你还是潜心于创作的好。"可惜我却没有实现他的希望。果然如他所言，我在立德立行上没有做出什么名堂，却耽误了我的立言工夫。在立言上我虽然写了十来本书，却没有写出什么经世之作，甚至还为此在"文革"中付出了惨重的代价。李劼人早离人世，也许是他的幸运，不然他也许要受大苦，至少不会比沙汀和艾芜在"文革"中的处境好一些。

我和李劼人相处的时间并不长，只有十二年，但是我们还算谈得来。在我的印象中他是一个没有名利欲望的人，一个免于低级趣味的人。除开公事场合，他一直穿着长衫（连参加省人民委员会议，有时他也穿长衫来），总以一个平民面目自居。他对人总是热心诚恳。他对于党和人民的事业，总是积极拥护的，虽然对我们的某些做法，不尽以为然。除了1957年他曾直陈对于知识分子工作的个人看法外，一般场合他对于党的工作都表示拥护。然而那一次却给他带来他想象不到的结果，他在人代会上曾经作过公开检讨。从那以后，他遇事多持沉默，但是我知道，他仍然没有改变他作为共产党的朋友的初衷。

这就是我所知道的李劼人。

李亚群

亚公——蜀中奇人

　　亚公——人们都这么怀着尊崇之情称呼李亚群同志——离开我们许多年了，但是我总觉得他还活着。

　　我仿佛仍然看到在四川省委宿舍的浅草坪上，有一个满头乱发的小老头，坐在藤椅里，背向着我家的窗口，在那里晒太阳，一两个钟头不作一声，似乎已经"入定"了。不知道为什么，我想象他的灵魂已经从这个干瘦的躯壳里升腾起来，用他的冷漠的眼神，在观察当时"妖风四起，乌云蔽日，狐蛇蝇鼠拦当道，松柏黄兰遭焚击"（他的诗句）的世界。他在思考，为神州倾危而忧心如焚，他呼喊："沧桑朝夕变，风雨黯神州。杞国非无事，天倾实可忧"（他的诗句）。然而他在深沉的思考之后，终于得到了历史的结论。他充满着信心地说："故宫狐鼠猖狂盛，肯信神州又欲沉！"坐在我的窗口下晒太阳的干瘦小老头，竟是这么一个铁铮铮的硬骨头。我为他的几首传统诗的风骨而震颤。

　　我知道李亚群这个名字虽然很早，真正知道他却是因为他和我有几段奇缘。第一段奇缘就是"文革"初，我和他还有沙汀，"奉命"被组织了一个四川的所谓反革命的"三家村"。虽然我们当时没有见面，却同时都受到造反派说该千刀万剐的大批判。

再一段我们的奇缘，就是他把谁也不愿意接手的四川文艺领导这个火红的"炭丸"交到我的手里，然后向我一揖到地，对我说："我算是找到了替代了。"

第三段我们的奇缘，就是在他即将离开这个世界的病床上了，虽然不断喘着粗气，却坦然地对我说："老兄，我要先走一步了！"就像我们在茶馆喝茶道别一样从容。

就是通过我们相交的这三段奇缘，我认识了这位蜀中奇人。就让我从我的脑中不甚清晰的记忆装置中抖擞出我和亚公相交的几段往事来。

我和亚公都先后参加了革命，进行过艰苦的地下斗争，九死一生，一同目睹新中国的诞生。我和亚公又先后担任了四川文艺工作的领导，又一同承受了史无前例的"文革"的生死考验。因为同命运，我们便常有往来。

我还记得我到他那在省委宣传部的办公室，似乎他从来不正襟危坐在宽大的办公桌前批阅文件。几乎每次去，总见他躺在那张陈旧的藤躺椅上，专心读他的文学作品。我对他打招呼，他好像没有看见我，只是呵呵两声，说一声："来了。"便坐起来叫我喝茶，闲谈起来。谈了些什么记不起来了，大概总是离不开文坛风云吧。现在还有点印象的是他对于省文联和作协老是扯皮的事很头痛。我们都有同感，不知道为什么要把这些文人弄成一堆，在一口锅里舀饭吃，瓢碗盆总难免碰得乒乒乓乓的，难说谁是谁非。他想和稀泥也和不好，却说了几句名言："一个和尚挑水喝，两个和尚抬水喝，三个和尚没水喝，我看不如叫他们散伙。"

我把他的经典语言，记在笔记本上了，至今还留着。他当然无权散伙，只是把文联和作协分成两摊子，各扫门前雪，才消停一下。可是更大的风暴"文革",却从文化部门开了头,我们两人都陷入绝境,我去蹲文明监狱,他到弯丘五七干校做养鸡专业户去了。

"那时候,五七干校革命领导看我身体虚弱,不能参加重体力劳动,叫我去养鸡。对我说:'你就一辈子在弯丘养鸡吧,死在弯丘,埋在弯丘。'我想一辈子养鸡不也是干革命吗?于是我去当'鸡司令'了。"亚公曾诙谐地和我谈起这件事。我也听到从弯丘五七干校回来的人对我当趣闻讲过,说这位老头,以养鸡为乐。一大群大鸡小鸡跟着他转,熟悉他的口令,叫走就走,叫回就回。在当时那种情况下,亚公苦中寻乐,真想养鸡终此一生了。他把他当时作的一首诗写给我看:"少年斗龙蛇,无米饲群鸡。弯丘风物好,此物最相宜。"

可是好景不长,弯丘五七干校被解散了,亚公只好告别他的群鸡,随大队回到成都。我和他同在宿舍外草坪上晒太阳。他竟然对我说,他没有死在弯丘,埋在弯丘,颇有几分惋惜呢。

他原来是四川省委宣传部分工管文艺的副部长。他管文艺工作二十几年了,很有经验,很有见地,本人又是一个颇有造诣的作家。他的诗文无论在思想水平上或学术水平上都是我早就敬重的。既然被"解放"回到成都,理应官复原职,管文艺工作,他驾轻就熟。于是我到他家去看望他,心想如能把我肩上管文艺工作的重任卸下交还给他就好了。

可我俩一见面,亚公似乎看穿了我的心思,他嘿嘿一笑,说:"老兄,你莫想我会上当,把你从那棵树上放下来,把我套上去了。"他一揖到地:"好,好,我算取到'替代'了。"("取替代"是四川一种风俗,说凡是凶死的人,比如跳河上吊死的,要想转生,就要引诱别的人去跳河或上吊,这样自己便取成替代可以转生了。)我无可奈何地对他说:"我真的给你当了替死鬼了。"亚公又是开心地一揖到地,而我只能是苦笑了。

"四人帮"垮台了，亚公欣喜若狂。他忽然变得生气勃勃，写了诗，还坚持下乡搞社会主义教育，声言要拼命干了。我打电话，用下命令的口气说："把他弄回来！"大家硬是把他的病体抬回来。他还埋怨我："你大惊小怪，我还死不了。"我生气说："我可不想给你开追悼会。"

　　他的身体每况愈下。送他进医院，度过冬天，开春又接他回来。他对我说："这一冬天又算蒙混过关了。"可是，1978年的冬天，他终于没有蒙混过关，奉命去"报到"了。

何其芳

走上革命道路的诗人

那是"文革"落幕前不久，我在四川省委宣传部工作。有一天，一个个儿不高微胖很斯文的人上门来找我，开口就说"我找马识途"。我说："我就是马识途。请问……"他马上说："我有事找你。我叫何其芳。"

哦，何其芳，有名人物。他说话的口音，听起来和我的家乡忠县的口音几乎一样。问起来才知道他是万县人，他家隔我家的距离不过几十里，一下就热络地谈起来。我早就知道他是老同志，文化界的知名领导人物，是一个书生气十足的知识分子，比较坦率和真诚。我接待他后问他有什么事，原来是为他的老友杨吉甫出版诗集的事。当时，许多事还没有开头，我无能为力。他虽然失望，却因为他知道我是作家，我俩又是同乡人，相见恨晚，真是如俗话说的"同乡见同乡，两眼泪汪汪"，我们便亲热地谈起来。

我们互相介绍身世，交流思想。我们都是为了寻找救国之道而走出三峡的知识分子，一直在摸索，不知路在何方，感到彷徨，是日本的侵略和出现学生爱国运动，才比较清醒，走上进步之路，参加革命。却又历经文坛风云。"文革"一来，更觉迷茫。我们谈了好一阵才分别。

"四人帮"垮台后，何其芳给我写了一封信来，说他欣喜若狂，一口气写了一首批判"四人帮"的长诗，叫我送《四川日报》发表，我送去了，却不知何故，未能发表。

大概是1978年我到北京，专门到他家去拜访。这一次可算是我们一生所做的最长的竟日之谈。我们都是作家，都担负过文艺领导工作，亲历波谲云诡的文坛风云。又是在劫后相见，有说不完的感慨，道不尽的苦衷。他充分表露他的诗人的气质，打开他思想的闸门，放言恣肆，滔滔不绝。三句不离本行，他讲得最多的是文艺思想和文艺理论的争论。

他说他把毕生精力放在研究中国古典文学，尊重文化遗产，主张继承而不泥古。他赞成厚今人但不薄古人。他能写很好的传统诗词，却提倡写新诗，但又对新体诗不大提倡格律而耿耿于怀。他说他和闻一多先生一样，主张新体诗也要有格律，他并有过格律新诗的尝试，却不成功。他熟读《红楼梦》，有自己独立的见解，却受到理论界如姚文元之流的批判，他颇不以为然。他说他不信神，不怕鬼，曾奉毛主席之命，编出一本《不怕鬼的故事》，奋起反击，敢搦战当时论坛新星。结果"文革"一来，当然对他新账旧账一起算，吃了不少苦头，他说他仍然坚持他的观点。

最后，他兴致勃勃地对我说，他正在酝酿写一部长篇小说，写一个中国的知识分子经过怎样曲折的道路，终于走向革命，却一直在不断痛苦地进行自我改造，反反复复的悲剧人生。我看他其实是想"夫子自道"吧，说的其实是我们这样的知识分子在这样的中国环境中的供状，结果他却溘然长逝，没有写成。

何其芳走了，大家给他盖棺论定是诗人、文艺理论家，一个固执于自己信仰的知识分子。据我了解，他非常看重"革命"二字，他以他作为一个小资产阶级知识分子能够走上中国革命的道路，能从一个文艺上的唯美主义者自我改造成一个革命文学家而十分欣慰。我不大赞成评价何其芳的一些论点，如说他的文学活动与思想嬗变有多么的复杂和矛盾，甚至说他是一个"在文艺上有争议的人物"，甚至以为他在改造中已失去诗人的品质而转化成为正统的文艺官了。

这样的观点，我不想苟同，我以为何其芳一生走的道路，实际上是在当时中国那样的历史环境中，一个有爱国良心的知识分子必走的和应走的道路，他是一个很有天赋的诗人，他更是一个响当当的革命文学家。革命对他来说是第一义的。他的文艺思想是正宗的马克思主义的文艺思想，并未离经叛道，并未违反文艺规律。他在长谈中，对《画梦录》这部作品的评价，以为那是一个还处于蒙昧状态的青年的感情的发泄，无可取处。但是文艺界却以为从艺术的角度上看，那是他最好的作品，在文学史上他的作品能留存久远的说不定就是这部作品。这问题我们没有继续讨论下去。让文学史说话吧。

沙 汀

四川作家的领班

　　1950 年初春，成都刚解放不久，我在川西区党委组织部工作。有一天，一位我不认识的人来找我。举眼一看，一个不怎么修边幅的中年人，由于清瘦，又穿了一件褪色的长衫，人显得特别顾长。他的脸上有霉晕，很容易被人误以为是烟晕。"怎么有抽大烟的共产党员来找我呢？"我一看条子上写的是"沙汀"，"他会是沙汀吗？"我有点疑惑，但我是长期在白区工作过的，知道地下党的同志为了掩护自己，常常是"其貌不扬"的。我怎么能说他不是沙汀？

　　一问起来，方知道他是奉南方局周恩来之命，隐蔽在四川他的家乡安县的。但是，我虽然知道他是地下党员，可他的关系是在南方局，和我们地方的地下党没有组织关系，按照规定，是不能接上关系分配工作的。这使我为难，我请示了贺龙老总，由于沙老过去和贺老总很熟，贺老总后来便把他调到重庆去筹办西南文联，再其后调到北京，过了几年他又调回四川，担任了省文联主席。

　　1959 年国庆十周年纪念节前，沙汀派人找我，让我为《四川文学》写一篇纪念文章。我写了一篇回忆录性质的小说《老三姐》交给他们，没想到在刊物上发表后，竟然引起沙老和北京《人民文学》的注意，《人民文学》还决定转载。

我没有想到就这么一篇小说竟把我引上了文学创作的道路。《人民文学》编辑部知道我是一个有长期革命斗争经历的老干部，像《老三姐》这样的故事一定不少，就派了周明到成都来，通过沙老的介绍找上门来组稿。周明组稿的办法很妙，大概也是沙老的主意，不是直接要稿，而是来和我摆龙门阵，听我摆过去的革命生涯，时不时地插进来说："好，就是这一段，可以写一个短篇小说。"我把一个找红军的故事写了出来，定名为《找红军》，他们拿去发了头条。从此更引起沙老的注意，他一直鼓励我写作品，说我的经历是别的作家少有的，很有革命教育意义。

说实在的，我不想涉足风雨文坛。我对沙老露了这个意思，他说："你写的都是过去革命斗争的故事，有什么问题？"说的倒也是，可是我还犹豫着。谁知不久我到北京去开会，不知道是不是沙老的关照，全国作家协会书记处的书记张光年、严文井、郭小川和《文艺报》的主编侯金镜来找我。张光年是原来认识的，在昆明我们一块儿办过文学刊物。他们是来约我去参加作协党组书记邵荃麟的便宴的。

在便宴上，主题自然还是劝我写作品。邵荃麟说，从我发的作品看来，我是有复杂斗争经验的老同志，同时又是有写作能力并且具有自己风格的作者。这样的老同志不多，应该参加进文学创作的行列里来。"这也是革命工作嘛！"邵老强调地说，"你写革命文学作品，对青年很有教育作用，你多做一份工作，等于你的生命延长一倍，贡献更大，何乐不为？"其他几位书记也赞同这个观点，认为这"等于你一个人干两份工作，生命延长一倍呀"。一个人能够做两个人的贡献，倒真有点令我动心。等我一回成都，《人民文学》编辑部便派编辑主任胡海珠来找我组稿。也是用叫我摆龙门阵的方法，一下就组稿几篇。不久作协书记处批准我入会的通知和会员证也送来了。这一切精心的策划，沙老在其中起了什么作用，他没有对我说过，但是我知道他是非把我引进，甚至可以说拉进作家的行列里来不可的。从此以后，沙老就更名正言顺地催促我，辅导我写作品了。他为了把我造成一个作家，花的功夫真不少，特别是在《清江壮歌》的创作上。

自从我那刚生下就跟母亲去坐牢、母亲牺牲后失散了二十年之久的女儿被找到的佳话传开后，沙老就把我抓得紧紧的，认为这是最好的写作素材，要我把它写出来，并且专门在省作协组织座谈会，请省里一些作家来听我摆那一段生活的龙门阵，大家听得都入神，鼓励我写成作品。这时我已经在《人民文学》《解放军文艺》《四川文学》和其他报刊上发了一些作品，引起广泛的注意。写我熟悉的《清江壮歌》那段生活，不成问题，而且我这时已经有了强烈的创作欲望。沙老很乐意给我当辅导，和我讨论过我写的提纲。我开了一百多个夜车，拉出一个大模样，并且因为《成都晚报》要连载，改出了五六万字，送给沙老去看一看。沙老看了，给我充分的肯定。这稿子在《成都晚报》上发表了几章后，在社会上引起了广泛的注意，沙老决定在《四川文学》上同时连载，他不辞劳累，细心指点，我获益不浅。我这篇《清江壮歌》的小说，就这样一边写，一边在《四川文学》和《成都晚报》上连载。后来出版社决定出版，沙老又专门为此召开一个座谈会，请了一些作家和评论家开了一天会，进行了认真的评论，对我帮助不小。

沙老为了扶植文学新生力量，推出新的作品，所付出的心血不知有多少。像《红岩》这部小说的三位作者罗广斌、刘德彬、杨益言，原来都不是作家，但是当他们写的《在烈火中永生》出版后，立即引起沙老的关注，后来一听说要写成小说，他更是极力支持。他不特热心地向重庆市委领导鼓吹，取得领导的支持，还许多次找罗广斌、刘德彬、杨益言谈话，鼓励他们，给他们出点子。后来写出初稿，他又把他们找来，一章一章地和他们研究如何修改。从初排稿本《禁锢的世界》直到最后定名《红岩》正式出版，沙老对这本书，一直寄予极大的关怀。《红岩》出版后，在海内外影响很大，发行几百万册，广播电台多次连播，电影、戏剧纷纷移植，风光无比。可这时的沙老，却是绝口不谈他和这部小说的任何关系。

沙老这个人，就是一个正直狷介以至于有些急躁的知识分子。他看到有不好的事，不合情理的事，就容易着急、生气，以至发起脾气来，甚至拍起桌子，开起"黄腔"。我总劝他不要着急，免伤身体，他却说难改。他对我说，大概由于这种性格，他在机关得罪过一些人，他也很失悔。我则说："你行得正，走得端，不为私，就是有点急躁，大家也会谅解的，有什么失悔的？"当然，话虽这样说，但着急确易伤身。沙老一听到艾老去世，九天后他也随之溘然长逝，恐怕就和他这着急的性子很有关系，甚至他的青光眼发作以致失明，也非偶然。不过，话又说回来，他的这种急性子，正是他的满腔像烈火一样奔突的热情的外露，如果他没有这一腔感情的烈火，也许就没有他的创作，也就没有今天的沙汀了。

1966 年，史无前例的"文化大革命"开始了，我竟然荣幸地和沙老、亚公一起，被组成所谓的四川"三家村"，绑在一根"反革命修正主义"的绳索上给抛了出来，被点名批斗。而且后来，我竟然还和沙汀、艾芜在省革委的文明监狱相遇了。

那时，我被关在院里上面一排的正房里，而沙老的"号子"则在另外一排矮房子里，虽然每天打水，打饭，放风，我们都能碰面，但却无法交谈。不过我却常听到他喊"报告"的声音。在狱里无论做什么，都要喊报告，出门喊报告，进门喊报告，上厕所喊报告，吃饭喊报告，打水喊报告。于是一院子里成天听到在喊报告。据说沙老就喊报告成瘾，这表面看来是他很守规矩，但也许是他有意而为之的开玩笑。为此他曾写过一首诗："不炼金丹不参禅，马恩列斯有遗篇。斗私批修诚盛事，报告声里又一年。"

沙老在这文明监狱里，虽然表现规矩，却没有少吃苦头。最恼火的可能就是背《语录》和背"老三篇"（后来发展到背"老五篇"）。那时候，如果背得不好，就被视为不忠，就得向牢房里墙上的那位老人家请罪。我当时还能对付背一些，就是请罪，我也可以做得比较标准些，因而少挨些夹磨。可沙老却由于年岁大一些，常背不好，被执行请罪仪式时，也不容易做得够标准，于是被按倒在地上，然后又被拉起来重做，折磨个没完。有一天晚上我就听到沙老不时倒在地上的声音，我心里既愤慨又担心。果然半夜里我听到他的隐泣声。再也没有比听一个老年人夜半隐泣令人痛心的了。

后来我搬到另外一排牢房，就不知道沙老的情况如何了。只是他上厕所总要从我的牢房外的土路走过去，虽然看到有点吃力，但他还走得动。当然我知道，那是由他的刚强性格硬支撑着的。

大概是 1970 年下半年吧，我突然得到通知，可以从这个文明监狱回机关参加"文化大革命"了，这自然是令我高兴的事（当时我并不知道回机关后又会被造反派关进"牛棚"）。但是我走以前，很希望和沙老和艾老告别。我在狱里写了一些旧体诗，其中有送沙老和艾老的，很想交给他们看，可狱规不容许。我正感到无计可施时，忽然看到沙老从我门前走过去，上厕所去了。我灵机一动，马上报告我要上厕所。得到允许后我匆匆地走进厕所，幸好沙老在解大便，还没有离开。我走过他面前，对他说："我要出去了。"然后把写着两首诗的小纸片塞进他的手里，说："我写了两首诗，送给你，作个纪念。"沙老马上把纸片藏到自己的衣服口袋里。我走出厕所，回到房里，不一会儿就有人叫我上车送我离开了。

我送给沙老的两首七律诗其中一首是：

夕阳满树噪昏鸦，古庙苍茫遇老沙。

对面无言同陌路，邻居咫尺若天涯。

我无宝剑雄三尺，君学诗书富五车。

努力加餐勤锻炼，他年古木发新华。

沙老后来终于也被"解放"出来了，可是不知是什么样的一条小尾巴拴住了他，出来了却不给作结论，也不分配工作。我为他上下奔走，不得要领。后来还是他通过北京有关系的人，也可能是周扬给四川打了招呼，才无保留地解决了。他来看我，对我说他的问题解决了。北京有意要调他去工作，征询我的意见。我极力赞成他赶快调走。1978 年初，他终于被调到北京中国文学研究所，去接何其芳留下来的所长职务。在那里一直干到他自动要求回成都养老，和艾芜又可以朝夕相处了。

1992 年 12 月 5 日，艾芜老去世了，我们还没有来得及给他办好后事，忽然传来噩讯，沙汀老也走了。相隔才九天，他们两个老人好似早已约好结伴同行一般。这太叫人难以置信，然而这是千真万确的事实。我赶到沙老家里去，那经常由他独坐的椅子还在那里，然而人去椅空了。

艾老刚去世时，我们很费踌躇。以沙老的身体条件来说，实在是不应该把艾老不幸去世的消息告诉他。可是沙老和艾老是生死之交，情同手足，如果事后他知道我们瞒他，以他急躁的性子，一定会大发雷霆，这于他的身体更为不利，况且还想请他口授一篇悼念艾老的文章，在报上登出来呢，所以，不告诉他是不行的。我们了解到沙老当时出院不久，住在家里，病情还算稳定，于是请他的家属做工作，试探着告诉了他。看来还好，沙老口授了一篇情真意切的悼文。

但是，沙老这篇悼文，是他强忍悲痛而作，内心却是经受了极大的刺激的。听说他晚上独自流泪，不断地呼号般地说："道耕太苦了，道耕太苦了。"汤道耕是艾老的原名，沙老的意思显然指的是艾老南行流浪，经历了难以名状的痛苦生活，后来又长期过着极清贫的生活，仍坚持写作，自奉甚薄，过着苦行僧般的日子。沙老想到这些，自然发出悲号，然而这却大伤身体，以致让他不起。虽然医生早就告诉过我们说沙老的确已经到了油干灯熄的地步，但是艾老的先他而去，却促使他吹灭了自己的生命之灯，艾老走了才九天，他就随之而去了。从这里正可以看到他们两位老人的交情之深了。

沙老去世后，我作了一首词悼念他：

念奴娇·悼沙汀同志

看君嶙骨，似铁梅，磊落一身奇节。冷眼看穿旧世界，巨椽肃清妖孽。沪海亭间，睢水关头，多少风和雪。其香居里，妙手文章新页。　　曾记昭觉同牢，面壁无言，好友成路陌。"赤匪"翻然成"黑帮"，"报告"声中年月。努力加餐，无过可省，壮志坚如铁。惜君先去，为歌悲曲声咽。

艾 芜
青峰点点到天涯

　　我知道艾老虽然很早，抗战时期，我读过艾老的作品，却没有见过面。我们见面迟到解放后的 1962 年了。

　　1962 年，艾老回到四川，暂住在五湖春招待所。那时我在西南局宣传部工作。我和罗广斌去看他，初次见面，给我的印象是，果然和他写的文章一样，那么平淡冲和，平易近人。从他那朴实的衣着和黄瘦的面孔上，实在看不出他的胸中有多少热情。但是从他那明亮的渴求的眼神，可以看出他总是在观察和思考所看到的一切，一谈起来，却分明感到他的热情炙人。

　　我们见面，谈得很随便，在五湖春的临河大花园里散步闲谈，谈些什么，早已不记得了。他虽然不是一个善于言词的人，但总是那么平和，那么诚恳，带着热情。

　　我们再一次见面，已是 1968 年初夏，"文化大革命"中，在昭觉寺那个文明监狱里了。那是"新生红色政权"省革委特意为我们"走资本主义道路的当权派"修的。我一直不明白为什么要把艾老、沙老两个摇笔杆子的文人，和几位省委书记、西南局领导以及他们认为的要犯关到一起。当时说我是四川地下党"叛徒集团"的头脑、周扬黑帮在四川的代理人，沙汀则是四川修正主义文联的主席，抓去关上，尚有可说，艾老却只是一个从北京回四川定居的作家，他有什么问题，如此看重？

那里是监狱，每个人被关进一个几平方米的小房子里，门被锁着，窗外还日夜站着一个小战士，除开打饭、上厕所和放风，是不准出来的，因此我们无法问讯。我们只是在放风时，用眼神做无言的交谈。沙老当时关在另外一排牢房里，我和艾老则关在同一排牢房里，他隔我两间。我上厕所都要从他的窗前经过，可以看到他坐在床上的身影。他除开劳动外，就是读书。我常见他坐在床上捧着一本大部头的书在聚精会神地阅读，真有"两耳不闻窗外事，一心专读圣贤书"的样子。后来才知道他是在读英文本的马克思的文集和《毛泽东选集》，他倒把那里当作英语进修学校了。

在放风时，我总见他那么坦然地散步，无牵无挂，优哉游哉，好像一切都不在话下。几次把他和沙汀老一起拉到大邑文艺界学习班去批斗，回来虽然看他很疲乏，却并不显出有一点儿不平之气或愤懑之色，还是那么君子坦荡荡的样子。这给我很深的印象。

后来我留心他在早晚放风时，十分专心地往院子里一棵高树张望，我才发现，他原来是在早晨谛听高树枝头的好鸟在唱歌，傍晚在看树顶上那一抹晚霞出神。有时，我发现他望着对面高墙边一派青葱可爱的翠竹，在风中潇洒摇摆，感到很高兴的样子。我马上也有所感染似的领悟了什么道理。这不是净化自己的灵魂，在危难中寻找自我超脱的好办法吗？于是我也学他那样，想努力在大自然中寻求自适之道。我也在放风时忽然看到那萧萧风竹，阶边芊芊小草，似乎都是有情的，与我们悠然相得。有一回，我突然发现几枝红梅翻过狱墙，它好像是想翻过狱墙来看望我们似的，我惊喜不已，于是写出了"开心最是凝眸处，一树红梅过狱墙"的诗句来。我甚至发现站在窗外监视我的有着稚气小红脸的小战士，也不那么可恶了。似乎我身处逆境，遭受冤屈，以至被拉出去批斗，受到侮辱和虐待，也不必在意了。天下自有公道在，我想他那种物我相得、物我相忘的境界，就是他能写出那么多感情真挚的作品的契机吧。

我们被长年关在监狱里，无所事事，韶光易老，令人难过。管理当局同意我们从事力所能及的体力劳动的要求。艾芜老参加了栽种蔬菜的劳动。我有意和艾老搭档，种起冬瓜来。艾老对于种冬瓜颇有知识，我就听他的提调。种瓜的活儿不算重，只是担水浇地麻烦。艾老和我两个一前一后抬水。我想他的年纪大了，悄悄把桶绳抹到我这一头一些，他马上发觉了，不同意，我说也不行，他用严峻的眼睛望着我说："这点活对我来说，不算重。"我只得依了他。我们种了一季下来，收获可观，收了几十个大冬瓜，有一个重达四十几斤。艾老抱不起来，却十分高兴。一个素来寡言少语的老人，竟像小孩一样，嘻嘻地笑了起来。

我们一块儿种瓜，常常相聚在一起说话。我向他提出一些文学创作问题，他都谦虚地但是诚恳地尽其所知，告诉了我。总的印象，好像是作品总要落到一个"情"字上，无情不成文。"文革"以来，他受到过那么多的批判，似乎他还是那么顽固地坚持他相信的人情味和人性，而且那么坦然地告诉我。

我是在这样的闲谈中，才得知他南行流浪的经过。腰无分文，从四川步行到昆明，生计无着，又流浪到群山苍茫的滇西，给人家当小伙计，干清理马粪的苦活儿。后来又流浪到了仰光，住在一个什么庙子里，认识了什么出家人，关系不错。后来他办刊物，参加革命活动，被驱逐出境，辗转到了上海。他在街上偶然碰到了沙汀。其后他们一同给鲁迅写信，受到鲁迅的鼓励，明确了创作道路，坚定了创作信心。他参加了"左联"的活动，被捕坐牢。经过沙汀请史良大律师出面辩护，才得以出狱。抗战中，他流落四方，从上海到桂林，回到重庆。他在"文协"坚守阵地，编刊物，写作品。他没有想到解放后回四川定居，却莫名其妙地被抓来坐自己人的监狱。

我们坐了几年自己人的牢，我先于沙老和艾老出狱，艾老又先于沙老出狱。我听到消息后到他的家里去看望他，他正坐在门廊下优哉游哉地在菜篮里择菜。我把在监狱里写的两首赠他的诗送给他，这两首诗都是七律，其一首是：

> 艾芜吾爱老方家，文锦织成富五车。
>
> 胡蝶泉边生彩翼，野牛寨上落绮霞。
>
> 巴山自古多芳草，蜀水尤堪濯锦华。
>
> 休叹声名百世累，青峰点点到天涯。

我那时已经得到"解放"，并且被省委指派到省委宣传部去管文艺工作。省文联恢复了一个刊物《四川文艺》，要我向艾老征稿。我亲自去了，艾老热情地写了一篇短篇小说《高高的山上》，发在刊物头条。谁知过不多久，"四人帮"的文化部发了通报，说《高高的山上》的发表，是复辟回潮的典型，于是又批了起来。我很过意不去，到艾老家去向他表示歉意。他说："这哪能怪你呢？让他们批吧！"没有把这个当一回事。

"四人帮"垮台后，1979年开全国文代会，我们四川的代表到北京参加会议，我和艾芜住在一个客房里。他的许多老朋友和景仰他的青年来看他，可见他的德高望重。大家都庆贺他安然无事，他却还是那么淡然处之。但是谈起话来却又是那么热情。我更看出来，他表面上如一泓清水，内心里却始终燃烧着炙热的感情。他的遇险不惊，他的宽宏大量，他的毫无名利和低级趣味之心，他的安于俭朴的生活作风，都给文学界留下深刻的印象。

他去世前留下一件他最关切的事。他是 1932 年参加"左联"的，按中央文件，他参加革命工作的时间应该从 1932 年参加"左联"的时候算起，享受应有的待遇。大家都在根据中央文件，填表申请，他却一声不响，没有申请。直到他去世前和子女谈话，才一再说他是 1932 年参加革命工作的。他只是希望纠正他参加革命工作的时间，而并无他求，足见他的高风亮节。

周克芹

很可惜的英年早逝的作家

周克芹，四川简阳人，是一个道地的从农民长成的作家，获过第一届茅盾文学奖，后来调到四川省作家协会接我的班，成为四川作家的领班人，诚恳老实，鞠躬尽瘁，勤于创作，大有可为，却英年早逝。

我认识周克芹已是在他得大奖之后了，我和沙汀商量调他来作协接班的事，我才得知他的情况。他是简阳土生土长的农民，却自小喜欢读书，好不容易考上四川农技校，得以进城学习专业知识，这是当时许多农村青年想"跳出农门"的唯一途径。他孜孜不倦学了三年，可以凭一技之长回家谋生了，因时逢1957年大鸣大放之时，他并未鸣放，却在毕业鉴定书上得了一个"政治不合格，不予分配工作"的结论。他的理想破灭了，只得卷起铺盖卷儿回到乡村。他始终不知道什么叫作"政治合格"。这个鉴定像一个镌刻在他脸上的"黄金印"，判他一生倒霉。

他被遣回农村，看来是他的不幸，结果却是他的大幸。他回到农村，一干二十年，反而对他起到磨砺和锻炼的作用。他整天和乡村的各色人交往，让他有深入观察生活的机会，整天是面朝黄土背朝天，融入到青山、绿水、白云、细雨、微风和浓密的庄稼，使他获得自然和乡情的恩赐，沉入到一个特好的创作环境。这些情，这些景，诱引他试用文字记录下来。他的灵魂和作品凝结在一起，便产生了《许茂和他的女儿们》这部作品。他写完了还不知道是不是能发表，先在本地小刊上连载，接着又为大城市重庆市的大刊《红岩》所赏识，终于为沙汀、周扬等大作家发现，成了一颗闪耀的新星。

我们文学界似乎有一种常规，就是一登龙门，身价十倍，在盐车下即使呻吟长鸣，无人理会，一朝伯乐识马，一鸣惊人。于是一拥而上的荣誉、提拔、歌颂，不胫而走。周克芹获奖后，领导重视，要改善他的生活处境，就必须把他调进城市里来，虽不能说从此锦衣玉食，反正生活条件大大改善了。我和沙汀研究是否调他到成都，沙汀很费踌躇，我也颇有迟疑。沙汀认为这个新苗，正应在那里生活中盯下去，还会有更出色的作品出世。一调出来，有了好待遇，地位变了，如能认识生活基地的重要，会自觉坚持在创作基地生活和创作还好，如不自觉自励，也许昙花一现，销声匿迹。这样的事，屡见不鲜。

我理解沙汀的正确想法，但我面对的是如不把他调出来，有个岗位，而窝在乡下的贫苦生活中，他的身体健康也很差，情何以堪？结论是为了改善他的生活环境，只有调到成都，进入省作家协会，吃住工资都解决了。还好，他进入城市，自觉不放弃农村生活基地，还坚持创作。他还有丰厚的生活积累，有作品可写。但是他调到省作协来以后，我看他却似乎并不惬意。他虽然坚持经常下乡，也写了和发表了在发表水平以上的作品，有的还较好。但我看来，终归不如得奖作品的气派了。

我一直失悔不该要他担负其实很不适合他担任的作协行政领导工作。他天天要处理各种会议、人事的麻烦事，他的创作时间被剥夺了一部分，他的身体也受到无形的损伤，终于五十四岁英年早逝。看起来调他出来提了职级，是照顾他，其实是伤害了一个正在成长的作家。我一直自问，调他出来，幸耶，不幸耶？

我后来和他不常见，见面时我看到他那力不胜任又无可奈何的感觉，知道失算了。谁知他得了病，直转直下，我曾到医院去看望他，已经是破船下滩的模样，得了不可救治的恶症了。

车 辐

成都的活字典

　　车辐，号称"老成都"，有人夸赞他是成都的活字典。我和他交往几十年，感觉他的确是一位交游甚广，淡泊名利，很有趣味的人。

　　抗日战争时期，许多流亡在重庆的电影演员到成都来演出谋生，处境十分困难。车辐为他们安排住地，组织演出，渡过难关，大家都感激他。曾经有一个演员病逝，无处安葬，车辐帮忙料理，把他的家里一块田地拿出来，作为安葬的地方。大家很感动。这些演员许多后来成为大明星，依然和他多有往来。

　　车辐建国前曾在一个报社当记者，也写点文章，不知为什么得罪了人，竟然被列入黑名单。建国后他到省文联工作，和我有些往来。他喜欢摆龙门阵，摆起成都的掌故来，如数家珍。我劝他写一本书，他果然写出一本书，还颇有卖点。

　　车辐九十岁生日，我去为他祝寿，并为他写了一首顺口溜："车老九（"文革"中称知识分子为"臭老九"），不能走。龙门阵，没摆够。一百岁，有盼头。我和你，一齐走。"可惜的是，车辐他终于没有熬到一百岁，却霍然而走了。

第二卷

友 人

袁永熙 ▎

一次偶然失误，浪费半生生活

1941年秋，我奉南方局之命，考入在昆明的西南联合大学隐蔽。我入学一进校门，便在右侧的大片粉墙上看到满是零落的墙报碎纸片，在风中飘动，感觉很冷落。我进校后打听，才知道半年以前这里的确是进步活动十分活跃。最活跃的一个学生组织叫作"群社"的，拥有二百多个社员，有好几十个地下党员，党组织的领导人名叫袁永熙。皖南事变之后，奉上级党组织之命，凡是比较"红"了的都撤退离校，只有很少数同志留下埋伏，不再活动。负责人袁永熙撤退回重庆，由南方局安排在四川长期埋伏了。

我突然感到孤独，但是我必须听党的话，"长期埋伏，积蓄力量，以待时机"，而且执行周恩来指示的"勤学、勤业、勤交友"的三勤方针。我除认真学习外，有意识地多交朋友，从中发现进步分子，积蓄力量。我相信那句谚语："石头在，火会出。"

正如党指示的，积蓄力量，等待时机，时机果然等待到了，全国的民主高潮在抗战晚期终于到来。西南联大作为一个民主堡垒，首先活动起来，不过两年便红火了。新的进步组织"民主青年同盟"（简称"民青"）最为活跃。我作为党的支部书记，深感力不胜任，向省工委书记请示，向南方局反映，于是南方局把袁永熙派回西南联大。他是老同志，驾轻就熟，得心应手。

在我这个支部之外，另组一个平行支部，由袁永熙任书记。为策安全，我们两个支部组织不予打通，但工作上却紧密配合，由我和袁永熙个别进行联系。到了1944年，民主运动大发展，"民青"组织已经发展到一百多人，原"群社"疏散出去到各县中学教书的，有的回来了，有的就地在中学发展"民青"，因此以西南联大为中心的民主运动大发展。两个党支部也从"民青"中物色、发展了几十个地下党员。许多被调往各地，有如种子散之四方。

这一段生活是我一生中最难忘记的，而更难忘记的是和我并肩战斗、含辛茹苦的袁永熙同志。1945年我调往滇南地区工作，袁永熙则随西南联大回北平复校到了北平，担任学生运动的负责人。我后来去香港听上级领导钱大姐说，袁永熙和王汉斌等同志在北平工作得很好，不过袁永熙和他的爱人陈琏却一起被捕，解往南京去了，不知吉凶。

全国解放以后，我去北京，会见了袁永熙，知道他两口子都在青年团中央工作。问起来才知道他们幸得陈琏的父亲、蒋介石的第一笔杆子陈布雷的力保，才免于被处决，放了出来。再问他在北平是怎么被捕的，他深悔偶然不慎，被牵连进去。原因是他和陈琏在北平结婚，大人物陈布雷的女公子的结婚典礼，当然被大操办。参加的客人不少，其中有一位给他一张名片，他随手放进口袋。谁知这位朋友后来出了事被捕了。这和他本来毫无关系。但是他在领导学生运动中，有个大学的领导党员到他家汇报，被特务追踪到他家检查，搜出"民青"章程，还偶然从他一件旧衣服里发现那张名片。一下就牵连到他，有口难辩，因而被捕了。他失悔说，他们本不该结婚大操大办，又不该把一个党员朋友的名片接下放在口袋里，忘了销毁。更不该让党员来家里汇报。这都是因为违犯党的秘密工作纪律而自讨苦吃的。要不是因为陈琏的家庭背景，恐怕他很难生还了。

他后来在清华大学做党的工作，一直升到党委副书记，但是不幸在反右派运动中被网进去，成为极右分子，被发配到农村劳动二十年，陈琏和他也被迫离婚。直到"文革"后平反，白白浪费了他的半生。80年代我们在清华大学再见面时，他已是一个颓废的老人模样，当年在昆明时那种飞扬跋厉、神气活现的面目早已不再。不过他说他在某化工学院做党委书记时，因旧关系由胡耀邦拉他帮助搞冤假错案的平反工作，总算老来发挥一点余热。但是一提起在西南联大非常活跃的女党员陈琏和他被迫离婚，"文革"中又自杀身亡，不禁唏嘘不已。

罗广斌
他从狱中传出《狱中八条》

　　罗广斌，这位中国作家的名字，现在的年轻人知道的恐怕很少了。如果说他是上世纪曾经在海内外轰动过一时的《红岩》的作者，可现在读过《红岩》这本小说的人恐怕也不很多了。但是如果要说2016年才去世受到领导和群众普遍称赞的音乐词作家阎肃，都会说："知道，他的《红梅赞》，我们正唱着呢。"但未必知道这首歌正是歌颂《红岩》这本小说的主要人物江姐的，而江姐的原型英雄正是和罗广斌一同坐牢英勇牺牲的革命英雄。这样，你该知道中国有罗广斌这个作家吧。

　　那么，罗广斌何许人也？

　　可以说他是一个奇人，也是一个畸人，在他一生中，有喜剧、闹剧、悲剧的演出过程。

　　罗广斌，1923年生于成都的仕宦之家。其父是一位晚清举人。其兄罗广文是蒋介石嫡系部队一个兵团的司令，显赫一时，最终在1949年率部起义，成为全国政协委员。在这样的家庭出身的小少爷，住在成都的公馆里，飞扬跋扈，不喜学业，却又天资很高，自幼聪慧。在初中读书时，便看上一位小家碧玉，他发奋追求，写了一本情书。我读了颇觉感情真实，有文学天资。他却因门当户不对，家庭不允，伤心分离，对我哭诉，几乎想出走。某天，他忽然醉心于模板飞机玩意，自学成才，在家里用夹层木片鼓捣一阵，竟然做出一架手掷在天空飞翔的小型模板飞机，在重庆少年比赛中得了头奖。

罗广斌的父亲和我的父亲是同学好友，两家往来亲密，在成都对门为邻，有通家之好。他家里大人都认为"学而优则仕"才是正途，便把他送到昆明读书，交给我这个西南联大的学生严加管束，要他争取考上西南联大。他正乐得不受家里拘束，飞了出来。

罗广斌到了昆明后，我们在西南联大校外租了一个小院，他取名"骡马行"。我给他补习功课，只几个月，也没费什么力，他便考入西南联大附中高中。那个中学里，有许多西南联大教授的孩子，都是学习拔尖的学生。罗广斌和这些同学交好，耳濡目染，他不学好不服气，于是学业大有长进。他是交际活动分子，打球、爬山、划船都是能手。又因为他好动，便常常跟着我参加大学里的进步活动。开初我并不在意，没有对他加意引导，心想他和我不可能同道，他参加进步活动，也不过是玩票而已。

他却偏怪，和联大附中的进步同学，同时也和我们大学的进步同学一起，认真读进步书，参加进步活动，成为积极分子。我们在大学建立了共产党的秘密外围组织民主青年同盟（简称"民青"），有如现在的共青团，接受共产党的政治领导，以《新民主主义论》作为纲领。我们在大学里发展这个进步组织时，罗广斌竟在联大附中邀约几个同学建立附中的"民青"，非要我承认不可。后来在"一二·一"昆明学生运动中竟是中学"民青"中最积极的，在中学学生运动中打先锋。他说他以能跟着我干革命为荣。

1945年夏，我大学毕业了。省工委书记调我去滇南工作，准备打游击，我去滇南建水担任滇南工委书记，以在建水中学当教员为掩护职业。罗广斌竟未得我同意，自己跑到滇南来找我，要参加革命，跟我去打游击。其实我当时并无意吸收像他那样的子弟参加革命，他却认真地向我提出，他要从"民青"转入共产党，而且十分真诚。我正考虑，虽然他出身不好，我不能阻止一个青年革命。他也很有理由说："你的出身不是也不好吗？为什么准你入党，却不准我入党？"我只能说他的情况不同。

罗广斌到建水后，先在建民中学做初中教员，他家里知道了大为不满，认为不从联大附中升读西南联大，却半途辍学，被我"赤化"，跟我革命去了，这还了得。他的当国民党兵团司令的哥哥，认为把弟弟送到我跟前，是大失策，因此给他发来一封严厉的信，限定他马上回重庆他大哥家，否则他将托在昆明部队的朋友派人来押他回去。罗广斌却想一意孤行，他说他不想回，认定革命路，永不回家了，决心逃走。

我看罗广斌的大哥会真的动武，这样对他对我都不好，于是我劝他还是回四川吧。我说："你下定决心走革命路，是好事，不过去哪里革命都一样，你回四川一样可以革命呀。"他说："我回去不认识人，谁让我革命？"我说："我可以把你介绍给已回重庆做党的学生工作的联大地下党员刘国志，而且我的好朋友齐亮你认得的，他也将去重庆到南方局工作，你可以去找他。"这样他才同意回重庆。他的哥哥正在重庆任警备司令，对他严训后，严加管束。对他说，跟马识途走，这条路是死路一条。罗广斌最终以要回成都看望他亲妈的理由，脱离了他大哥的管束，回到了成都。

后来罗广斌又回重庆到西南学院学习，那个学院实际上是党和民盟办的学院，民盟潘大逵正在成都招生，他就随潘大逵去入学。他在那里更露头角，参加学生运动，不久便和领导学运的刘国志联系上，并由江竹筠介绍他入了党，被派到秀山县去做农村工作。不幸的是，重庆市委书记被捕叛变，他闻讯走避回到成都，住进他家在成都柿子巷 7 号的公馆里。

我为保险起见，让他尽快离开成都到洪雅乡下去隐蔽。临离开他家时，我告诫他，在家期间不要接待任何生人来访，遇到紧急情况，从他家的通往金河街另一个后门出走，那后门一般外人是不知道的。罗广斌答应了。可是过了几天，我从别的同志那里得知，他仍然没有离开成都，我着急了，约他到成都祠堂街的书店见面。

我按照约定的时间到了书店，看见罗广斌正站在书架边翻书。我向书店里环视一下，没有可疑的人，便向罗广斌示意，要他先离开。罗广斌放下书自然地走出书店，顺着街边走过去。我随后走出书店，远远地尾在他的后面。走了一段，我确信他后面没人跟踪，才走上前，从他身边擦过时小声递一句话："城隍庙北海樽茶馆。"然后自顾自地走了。

我到了城隍庙的北海樽茶馆，先找一个边远茶座坐下，再次观察罗广斌进来没有带"尾巴"，才走到他的茶座边，装着忽然看到一个熟人的样子和他坐在一起。我问他为什么还没走，他说他母亲说没人敢到罗军长（罗广斌的哥哥罗广文）公馆抓人。我着急了，告诉他特务是不吃这套的，催着他回家拿了钱后就赶快离开，并且又一次叮咛他无论什么人找他都不能见，后门跑不了的话，就从他家竹林边翻墙逃跑。他家那墙外是贫民的烂草棚区，很容易逃掉。

可是没过几天，我就得到消息，罗广斌在他家里被捕了。后来才知道，因为特务从叛徒刘国定口中得知罗广斌是罗广文的弟弟，估计罗广斌离开重庆后会回到成都罗公馆，于是他们打听到成都罗军长的公馆的地址后，就到成都来抓罗广斌了。也不知道特务从哪里打听到我们马家和罗家的关系，知道罗广斌叫我五哥，于是他们便以"五哥找你"的名义从前门进入罗公馆找罗广斌。罗广斌当时也昏了头，听说是我派人找他，以为有要事，也没仔细想想，就从后面到了客厅。待他进到客厅发现不对时，已经迟了。特务不由分说，抓了他就走，并很快地解押重庆，关进渣滓洞监狱。

罗广斌被关进监狱后，大概因为他的哥哥罗广文对特务头子打了招呼，特务倒未对他动刑。他有机会在同狱的难友们中间活动。同狱的难友们自信必死，但料想罗广斌可能有机会被保释出狱，大家共同商议后，将在狱中总结的教训交给了罗广斌，希望他有机会出狱后交给党组织。

1949年重庆解放前夕，罗广斌和一些难友越狱成功，逃了出来，将烈士们"最后的嘱托"带出来交给了党组织。这就是《狱中八条》。这八条的内容是：一、防止领导成员腐化；二、加强党内教育和实际斗争的锻炼；三、不要理想主义，对上级也不要迷信；四、注意路线问题，不要从右跳到"左"；五、切勿轻信敌人；六、重视党员特别是领导干部的经济、恋爱和生活作风问题；七、严格进行整党整风；八、惩办叛徒特务。

罗广斌出狱后不久，我到重庆见到了他，我们都是九死一生，幸得再见，在宾馆里同床而眠，做彻夜之谈。他谈了狱中情况，说他出狱后即向重庆市委报送他写的几万言的详细报告，其中就有这《狱中八条》。他说这八条是狱中原来担任过领导工作的几个难友共同研究，针对当时地下党的真实情况总结出的经验教训而写成，交他背诵记住带出来，写进了他的报告的。

我听他谈了许多狱中斗争可歌可泣的事迹，很受感动。后来他和其他出狱的同志在重庆、成都各地向青年做报告，影响很大。我鼓励他们把这些具体事迹写成读物，出版了《烈火中永生》，全国发行，影响更大。随即在作家沙汀等同志的鼓舞和帮助下，几番努力，他们终于写成了《红岩》，一时全国风行，传到日本等海外各地，更出了名，以至日本要邀请罗广斌去参加首发式。

罗广斌出狱经过，解放后曾经经过党组织的反复审查，没有问题。但是当时的省、市委领导人对他总是怀疑，认为他可能是国民党特务有意放出来的，另有图谋。然而反复调查，却无实证，因此内定为"控制使用"。他本来在青年团工作很积极，在青年中很有影响，却不给他安排能够发挥作用的工作，地下党许多同志有意见也不敢提。一个党员在这样的政治环境中如何工作和生活，可想而知。我知道他十分郁闷，又无处申说，只能对我说心里话。他哪里知道我也暗受特别关怀呢。他后来被下放到长寿湖去打鱼，他竟在那里研究起养鱼学来，颇有收获。他对我说他终于有寄托生命、了此一生的办法了。这时因《红岩》的风行，日本邀请他参加首发式，收到组织命令不准他出国，这就公开证明他是一个不受信任的党员了。他大生怒气，只来对我诉苦，却不敢声张。

不久"文化大革命"开始了，群众起来造重庆市委的反，他释放怒气，跟着造反。结果他陷入了造反派的派系斗争中，被一派俘虏，虐待致死。还被传说为自杀，至今也没有结论。一个从豪门子弟转入革命队伍，忠心耿耿干革命而且颇有才气的青年，便在莫须有的怀疑中毁掉了。这样的悲剧在地下党中屡见不鲜。然而据后来对原地下党员反复审查，查来查去，就我所领导的地下党来说，没有查到一个叛徒。相反地更彰显了他们信仰坚定，斗争英勇，至死不屈的事迹。

罗广斌的悲剧，大概不会再演出了。

黎 强

为他证明他的"潜伏生涯"

　　解放前我们地下党有一个党员，他的真名字我也说不清，姑且叫他黎强吧。他是抗战初期在延安受特别训练后被派回四川，党组织设法把他送进国民党特务组织。他一直隐藏得很好，取得了特务机关的信任，被调到四川省特务委员会工作，在情报部门负有相当的责任。每次敌人的军警宪特召开联合会议，他有资格参加，因此特务的活动，我们从他那里得到机密情报。

　　1947年夏，国民党特务实行全国"六一"大逮捕。黎强把特务在成都要逮捕的地下党员和进步分子、民主人士一百多人的名单，设法送出来了。我就按这个名单，通知上了黑名单的地下党员疏散。凡是走了的都没有被捕，他为党立了一件大功。

　　1948年下半年，他被调到南京，被派往一个国民党整编师去做新闻室主任，就是那个师的特务头子。1949年初，那个师准备撤退到台湾去，他只得跟去。可是这个师在退往杭州附近时，为我解放大军围歼了，黎强也被俘虏了。他对解放军部队首长秘报，他是被党派往敌特机关潜伏工作的。这事由部队报告了中央军委，经社会部查实。他由部队护送到北京，又由北京转往武汉，和我们正要随大军进军四川的地下党员会合，进军四川。我们会师了，十分高兴。他把敌特内部情况，写了许多材料，其中有关成都的潜伏特务那部分交给了我。他随刘邓二野大军进军四川，解放重庆，在西南公安部工作。

我们去西安随贺龙大军南下四川，解放成都。我把黎强写的材料交给军管会公安处，他们按图索骥，照名单抓了一批潜伏特务，又从他们身上扩大了线索，又抓到了一批，给特务以致命打击。黎强又为党立了一个大功。

黎强后来被调到中央公安部工作，我们再无联系。后来在"文化大革命"中，他却受到了无穷尽的折磨。那时他已随公安部原部长王昭调往青海工作。江青打击王昭，就说王昭长期掩护了一个国民党潜伏大特务。后来王昭被整死，他也受到很大冲击。他有口难辩，因为中央社会部档案已被查封，无从查证，其他他能提供的证人健在的只有我一个人了。听说江青特批，作为一个特案，派人来成都找我查证。

这时我已经被关在昭觉寺那个文明监狱里，名为监护，实是因为诬我是四川叛徒集团的头脑，为我立了专案，进行严格审查。我便不明不白地坐牢。因为我长期做地下党工作，当时来找我"外调"的人很多。

有一天，看管我的解放军战士通知我出去接受外调，我被放出监室，却发现我被带到一间屋子门上写有"提审室"几个字的房子里去。我很生气，通知我时明明说是"外调"，怎么一下变成"提审"了呢？我不是判刑的犯人，为什么要提审我，谁来提审我？我拒绝进去，拒绝接受外调，一下和那两个来外调的解放军军官吵了起来。那两位大概凭他们是"御批"专案人员，气势汹汹，坚持要我进提审室。我就坚持不进去。吵声传到主管我们的解放军团长那里。他走过来，一见来的军官很高傲，我却不怵火，正在对吵。我问团长这是怎么一回事，怎么把外调改成提审了。我们是"被监护"的老干部，并非被捕判罪了，谁来审讯？团长好言好语说："马老，是他们说是大案，要提审，我们并没有要提审你。"他转身对那两个军官说："我们得到的正式通知是干部外调，你们怎么来提审呢？到外调室去。"

我们到了外调室。说是外调，却不是轻言细语，而是唇枪舌剑。我发现在我身旁记录的军官，在纸上写好的还是"提审记录"。我说："你们不改成'外调记录'，我就拒绝回答你们提的任何问题。"他们无奈，只得改了。然后他们介绍情况，说是王昭这个大走资派，长期掩护一个大特务黎强，案情十分严重。我插话："黎强是为党立过大功的地下党员，不是特务，他是党派他去特务机关潜伏的。"那个军官说："我们提审过在押的两个特务，他们说他们就是黎强发展的特务，黎强不是特务，他怎么能发展特务呢？"我说："这个好解释。他如果不发展两个特务，怎么能取信于特务头子？况且他不发展，别的特务也会发展，他发展了就控制在手里，少干坏事，而且事先是经过组织同意的。"他们说："凭你空口说的话，我们怎么能信得过你？"另一军官用讽刺的口吻说："一个叛徒证明一个特务，叫我们相信谁？"这个话把我着实激怒了。我说："谁证明我是叛徒？你必须说清楚，我拒绝你们的外调。"又吵了起来，又惹来监管团长。团长批评了他们："你们怎能这么说呢？这些老干部是你们吓诈得了的？你们这样搞外调，能完成任务吗？"结果是那个军官向我道歉，才能继续下去。我说："要证明黎强是好同志，其实很简单。根据他送出的黑名单，我通知疏散出去的地下党领导同志，现在大概也被打成走资派被监管中，你们去随便问几个，当时是不是因为我通知他们上了特务黑名单因而走避，免于被捕的？这黑名单就是黎强设法送出来的，一个特务能送出这样的黑名单给党的领导吗？"

他们只得同意这么办，我告诉他们几个地下党同志名字，听说他们果然去找他们外调，都说出时间地点，是我去通知他们疏散才得免于灾难的，他们又回来找我，我才同意在他们的外调记录上签字。

1978 年我到北京，在国务院第二招待所里见到了来北京治病的黎强，他说他终于平反了。后来他被调到公安大学当副书记去了，我还去看望过他。他给我提供了很多实在的素材，我据此写成一部长篇小说《魔窟十年》和电视剧故事《没有硝烟的战线》，本希望这个电视剧能拍出来让他看到，但是很可惜，他于 1999 年去世了。

张文澄
没有掌成权的人

　　张文澄是中共川东地下党的一位知识分子党员，担任过一个地区的领导工作，建国初期曾任重庆市沙坪坝区区委书记，不久就改任重庆市委宣传部部长。可以说是一个称职的宣传部长。

　　也许正因为他很称职，一个宣传部长出头露面的机会很多，不免有口头的和文字的记录。这些说过的话和写出来的文字，很难说都很合时宜，于是在不断出现的从鸡蛋里可以挑出骨头来的运动中，宣传部长难免不成为检举和批判的对象。张文澄于是在1957年的反右派运动中，"理所当然"地被打成右派分子，下放到一个砖瓦厂去劳动改造。他被改造到1979年才平反，才算像一个人样活了出来。他没有官复部长原位，却被选为重庆市的人大常委会主任，手握重庆市人民的最高权力。俗话说"一朝权在手，便把令来行"，张文澄上台掌握权柄，便想把令来行，结果呢？

　　我和张文澄建国前虽然都是地下党员，但不在同一地区工作，可是我们都做过地下党的领导工作，又都是知识分子，便很容易交往，结成所谓"一丘之貉"。我们都在南方局周恩来书记领导的系统之下，养成相近的性格，于是变成朋友，常有交往，而且颇为"谈得来"。

记得在上个世纪 50 年代某一届四川省的党代会上，他作为重庆市的党代表出席会议。这次会议选举省委领导，我们都参加了，不久我听到一个小道消息，说大会检点票数，省委领导正副书记的候选票数，副书记是全票，唯独书记差了一票。于是公安部门奉命清查谁少投了这一票。听说瞄准了两个代表，一个是省委宣传部的一位副部长，另一个就是重庆市宣传部部长张文澄。我听了真为他捏一把汗，如果是他，那就会大祸临头了，幸喜因为选票上既无记名，只画圈圈，没有笔迹可验对，只好不了了之。我后来问他，他说不是他。后来在"文革"中，才知这是四川省委宣传部一副部长所为，不过那时省委书记也已经被造反派打倒了。

　　张文澄被选为重庆市人大常委会主任，已经是上世纪 80 年代的事了。那时我也被选为四川省的人大常委会副主任。我们都干一行，而且都为人民掌了权了。我到重庆市去视察人大工作，由他接待，我们就在会上和在我住的宾馆里，畅谈人大工作。我们很珍惜这得来不易的权柄，认为要好好为老百姓掌权。张文澄很积极地设想出很多行使权力的想法，都很合理合法，这样才叫人民真的当家做主人。他在人大常委会上，宣示他的观点。可是参加会议的许多老同志副主任几乎并不以为然。从他们那种口气听得出来，就是告诉他，在人大工作，务必要注意党的领导。

　　过了几年，我们都因到"点"了，先后退下来成为无官一身轻的离休干部，安度晚年了。以后发生的事就是，我在北京时，我的侄儿从重庆打来电话，说张文澄在医院病危了。我叫我侄儿务必赶往医院，向张叔叔说我在北京，赶不来看望他了。据侄儿又打电话来说，他赶到医院，张文澄已昏迷不醒，但是当我侄儿在他耳畔说，马识途叔叔叫他代表来看望他，他居然把眼睛睁开了一下，似乎以为是我去看他了，然后又闭了眼，再没有睁开来。

贺惠君

我的永远遗憾

2005 年 7 月，我在北京接到李致同志打来的电话，说贺惠君同志去世了。我除开委托他替我送花圈外，什么也没有说，因为我为这个噩耗惊呆了。我放下电话，不禁长叹一声："晚了。"这一晚上，我不住地对自己说："晚了，一生最大的遗憾啊！"

是的，晚了。四十年来，我一直想对贺惠君同志说的一句话，终于没有对她说出来。没有想到，她竟先我而去，我永远没有机会对她说出来了，我将一生背负着一份沉重的负罪之情，无法自赎。

我认识贺惠君是在 1947 年。奉党的南方局的命令，我被调回四川，领导成都市地下党的工作。从当地同志的介绍中，得知有个在成都中学生中很活跃的"贺小妹"，年龄不大，却比较成熟，许多要求进步的中学生，都愿意跟着她走，叫她为"贺大姐"。所以后来成都市委下的中学区委，就由她负责了。我曾到她的家里去找过她，她那么年轻，谈起问题来却有条有理，无怪乎中学生中的进步青年尊她为大姐。这次见面以后，因为工作原因，我没有再见到她，但是她出色地领导成都中学青年工作的情况，我却是常常从成都市委的工作汇报中听到的。

建国初期，我在成都市委分管青年工作，她正在以彭塞同志为首的团市委工作，她的许多青年伙伴，也在团市委工作，我和他们见面的机会就很多了。我的印象是，他们做的青年工作十分活跃，而且有一个很亲爱团结的战斗集体。每次我到他们那里去，一进门就听到欢声笑语，十分欢快。我那时刚跨过青年的门槛，那在高级党政机关为一种不苟言笑的严肃气氛所包围的精神，像突然获得解放似的，我真感到是进了"青年乐园"了。他们不习惯叫我的官名，还是像解放前一样叫我"老马"，我也还是叫贺惠君为贺小妹。生活是美好的，心情是愉快的，工作也是主动和积极的。大家说，这才叫解放呢。贺惠君工作表现很好，后来被选为共青团中央委员。

但是这种"精神解放"的日子并不很长，在1955年突然出现的所谓"胡风反革命事件"中，他们中的许多人被莫名其妙地卷了进去，涉嫌成为胡风分子被审查。我所以感到"突然"，是因为建国以前在大后方，我们的上级党的南方局，从来没有告诉我们胡风是反革命或反革命嫌疑分子，只告诉我们胡风一群人是进步人士，和我们有联合进行斗争的统战关系。我们组织的一些青年组织和进步活动，有他们的一些人参加，他们的某些文学活动，我们的某些青年也参加进去。至于成都团委的这些青年党员，都是在我们党的培养下成长起来的。现在突然要把他们中的一些青年同志，当胡风嫌疑分子进行审查，他们感到不可理解，我也感到莫名其妙。其中就有贺惠君。

他们被七斗八斗，被说成是胡风嫌疑分子，或者叫受胡风思想影响的分子。有的被开除党籍，逼得疯了。而贺惠君大概仅是属于受过胡风思想影响的人，算过了关。但在后来的肃反运动中，贺惠君对于机关肃反中的"大胆怀疑"这种过火做法表示异议，对于她又受到清查而表示不满。于是在1957年党的整风运动开始，号召大家大鸣大放、帮助党整风时，贺惠君又对肃反中的事提出不同看法，并且对省委个别领导同志对于地下党的不公正对待，表示异议。……接着整风还没有开始，便转入疾风暴雨式的反右派运动了。这一下不得了，贺惠君当然成为斗争对象，被押上批判台，被大批特批起来。

一次示范性的省级批斗大会在红照壁大礼堂举行。各机关的领导同志都被通知参加，各单位反右派的批判者和被批判者都有一部分代表到会。贺惠君是大会批判重点。我当时自然也到了会。

我怀着忐忑不安的心情到了礼堂，这不仅因为贺惠君是我所熟知的地下党的同志，还因为我那时也正陷于一种不知前途如何的狼狈的境地。在大鸣大放时，我作为一个知识分子成堆的单位的领导，也说过一些鼓励大家给党提意见、帮助党整风、号召大鸣大放的话，如果有人要把我说的这些话加以编织，汇报到领导面前，而省委领导意欲理抹我时，那后果就不堪设想了。我不知道什么时候我会被揪出来。我那天就是怀着这种不安心情，参加批判贺惠君的大会的。

我进了礼堂坐在前面几排里。不知道是偶然，还是有意而然，我们的省委书记看到了我，特意招呼我，叫我坐到他的身边去。真是想躲也躲不脱。我心里惶恐，却装得乐于从命的样子，坐到他的旁边。除了一般寒暄，他没有说什么，我更不敢说什么，只是心情更紧张。

批判大会开始了。我不记得是不是第一个就批斗贺惠君，反正她是这次批判大会的主要批判对象，是无疑的。她被弄上去站在台上一边，并没有低头，还是那么冷然地望着台下。我不敢抬头看她，生怕她看到了我。我心里正在琢磨着，为什么省委书记要把我叫到他的身边去，莫非是我有什么问题，到了时候，将被他点名站到台上去？这样突然被他点名站上台去检讨的事，过去是常有的。

我的心里乱七八糟，胡思乱想，竟然不知道贺惠君按规矩先自我交代些什么，也没有听清楚已经有多少批判勇士上台去批判贺惠君了。我只是听清楚了有一个批判者正声色俱厉批判贺惠君的话，说她诬蔑省委书记对待地下党不公平，在政治上不信任地下党，无端怀疑有的地下党员为反革命，说她这是无耻谰言，是对于省委书记和省委的恶毒攻击，典型的右派言论，如此等等。这时，省委书记忽然对我说："你是地下党的领导，你应该上台去批判她，看我对你们地下党到底怎么样。你不是被提拔为建设厅长吗？她不是被推举当了团中央委员吗？"

我终于明白，省委书记那么热情地招呼我坐到他的身边去，是早有预谋的。是要我充当他的打手，上台去批判贺惠君。这对于贺惠君来说，可以说是致命的打击了。省委书记点名要我上台去批判自己的老部下，我该怎么办呢？说实在的，贺惠君"攻击"省委书记对待地下党不够公平，是反映了许多地下党员的心声的，我不仅听得很多，我自己就有同感。省委书记对于地下党一直有一种令人难以理解的看法。在解放初期安排工作时已经有些歧视，在反胡风和肃反运动中更有明显的表现。我现在却要上台去，在大庭广众面前，特别是在许多原地下党员同志面前，睁起眼睛讲假话，昧着良心去批判自己很熟悉的老部下，情何以堪？

当时我的心里真如十五个吊桶七上八下，不知如何是好。很显然，如果我拒绝了省委书记的指示，后果不堪设想。我的上级工业部长就坐在我旁边，他是一直对我这个知识分子党员有看法的。如果我不上台去批判贺惠君，他把我鼓励大鸣大放的话加油加酱，再加上我在审查单位右派时的"右倾"行为，可以很轻巧地把我推上台去打成右派。真是生死祸福就在一念间。省委书记那看着我的眼神，在我看来，不仅严厉，甚至凶残，如剑锋一样对着我。我该怎么办呢？

没有办法了，我只好横下一条心，走上台去要求发言。我不知道在台上都说了一些什么，反正是照省委书记的提示，说他如何重视和提拔地下党员，我被他提拔当了建设厅长，贺惠君被提拔在省团委负责，且被推荐为团中央委员一类的话。批判贺惠君胡说八道，有意攻击省委书记，是反党的行为，如此等等。讲了几分钟就下台来了。我一直不敢看贺惠君，下台的时候从她的身后走过，连她的背我也不敢看一眼，简直是落荒而逃。但是省委书记却感到很满意，以微笑迎接我入座。然而那微笑却叫我寒心。

散会了，我几乎难以从座位上站起来。我想，贺惠君的心里一定流着血，或者她正在心里痛恨我，不讲良心，这么卑鄙！是的，我是卑鄙，然而我的心里也流着血。这算什么呢？我上台去说的那些话，就像刀子一样，把一个一直尊敬我对我好的同志伤害了。他们一定会把我的批判作为主要的根据，把贺惠君定为右派。贺惠君这个右派是我冤枉打成的。我为了害怕自己被打成右派，便冤枉了好人，我算个什么玩意儿呢？我还有脸再见地下党的同志吗？

果然，不久就听说贺惠君被打成右派了。从此以后，一个沉重的思想包袱在我的心上挂了起来，不得解脱了。从此我再也不敢看到贺惠君，连在她周围和她要好的地下党的同志也尽量避开见面，避不开的也尽量少说话，生怕他们会戳到我的痛处。然而我的心还悬着贺惠君，打听她的下落。后来得知她在《红领巾》杂志做编辑，我才稍微安心。然而我还是怕见她。可不想见到她，她却偏偏来看我了。她到我的机关门口传达室，说是为她们杂志社一件什么事要来采访我。我当时心里七上八下，不知如何是好。但她既然已经来了，而且是为了公事，我是不能不见她的，只好请她到我的办公室。

她一走进我的办公室，我努力掩盖我的不安的神色。她却还是像过去一样，笑眯眯地和我打招呼，好像已经把那件不愉快的事抛诸脑后了。我没有想到她被打成右派后，精神状态还这么好，还勤奋地努力工作。采访完后，她向我告别。我真想向她表示我的歉意，但是我面子作怪，话到口边又收回去了，心里自我宽解，也许她早已忘掉我那次对她的不光彩的表演了。她告辞走后，我心里却一直忐忑不安，我在那样的大庭广众之中，对她进行无情的揭发，对她被定性为右派，一定起了关键的作用，她怎么会轻易地忘记呢？她不过是给我面子罢了。我心上的疙瘩还是没有解开。

一直到"文革"之后，对右派开始平反了，我正巴不得她会很快平反时，便听到她已经平反的消息。不久听说她已经恢复工作，到省旅游局担任党组书记了。我很高兴，似乎我心头的包袱也因此而减轻一些了。然而我那羞愧的烙印，却深深地刻在我的心上，无法平复，一想起来，便觉不安。总要当面向她道歉，才能叫我放下思想包袱。以后我们在各种会议上见面，甚至在地下党和民协的纪念会上见面，是有机会向她表示我的歉意的。可是在那稠人广众之中，我却始终放不下自己的面子，公开向她道歉。甚至我在讲话时说到这样的意思，也不敢提她的名。我心里想，时间还长呢，机会有的是，再找一个合适的场合吧。就这么拖延下来了。

有一回，地下党的少数同志且是熟朋友在人民公园聚会，有王宇光、彭塞等参加，也有贺惠君和她的老伴詹大风参加。我们谈起地下党的一些往事，甚至也谈到省委个别领导对地下党的不公平。这本来是我向贺惠君表示道歉的好机会，但是在大家把过错都放到省委书记的头上时，我也顺着这么说，而自己那次不光彩的表演，却总说不出口，就这么含糊其辞地混过去了。

然而我心上的包袱并没有解下，愧疚之情总是时时啃噬我，叫我难安。我们的年纪都越来越大了，虽然她的岁数比我小得多，会比我晚"走"，在我的有生之年，总还是有机会的，但是总得抓紧才好。这与其说是我向她道歉，叫她尽释前嫌，还不如说是我必须向她道歉，才能解除我心头的惭愧和不安。可是，一切来得那么突然，2005年的这个夏天，李致同志传给我的是贺惠君突然离去的噩耗。

于是我失去了自我赎罪的机会，而且永远地失去了。我将带着这种失悔走过我的一生，忍受羞愧的啃噬。即使我从北京回到成都，在医院里见到贺惠君的爱人詹大风，向他吐露了我的羞愧负罪之情，追悔莫及之情，以致流涕，都无济于事了。那又有什么用呢？贺惠君没有听到，而且永远听不到了。

这是我一生中永远的遗憾。

洪德铭 ▊

革命战士洪德铭

2009 年 4 月 1 日，我接到可可从三亚打来的电话说："老马，老洪昨天走了。"可可，是新中国成立前在成都我发展的女共产党员，当时地下党成都市委书记洪德铭的爱人。可可用凄苦的声音告诉我这个噩耗，我早已预期它即将到来，然而我仍然感到震悼，不觉泪下。

2007 年的初夏，我接到洪德铭从上海打来的电话，他说他已确诊得了肺癌，且到晚期，医生考虑他的体质和病情，认为不宜动手术，只能用姑息疗法了。我想这等于是向一个人宣布死刑缓期执行了，这该是一个多么大的精神打击。可是他却还像过去和我谈平常事情一样用十分平静的声调说："要来的事情就让它来吧。"他又用诙谐的口气对我说："老领导（他过去常这样称呼我），我这不是来向你告别的。告诉你，我要战斗！"最后几个字说得斩钉截铁。我明知这是无望的战斗，但是我支持他，同意他去各方求中医试试，以至找了无用的偏方。不能轻易认输，这是他历来的性格。他果然即使要忍受极大的痛苦，也要坚持和凶恶的癌魔战斗。他终于经历了两年的苦斗，最后坦然地甚至从容地离开了这个世界。

我回忆过去我们六十几年的交往过程，忽然有两个字出现在我的面前："战士"。对了，洪德铭就是一个战士，一个当之无愧的革命战士。

我认识洪德铭，或者准确地说我知道洪德铭，是 1944 年在昆明西南联大。那时我在西南联大从事学生工作，担任地下党的支部书记。西南联大这个一直有民主运动传统的最高学府，在全国形势逐渐走向民主高潮之际，一直走在运动的前列，号称"民主堡垒"。在学生中各种进步社团、系级学会纷纷出现，我们地下党就是通过由支部联系的各进步社团的领导同学，构成一个进步网络，领导学生运动。在同学中出现了不少公开的、秘密的进步组织。教授中也建立了民主同盟。昆明的民主运动蓬勃发展。

这时候我忽然接到一个党员的报告，说一、二年级中有同学在酝酿组织一个叫民主青年同盟的青年组织，并已得到民主同盟教授的支持。我马上进一步了解，知情者说是一个历史系新来的叫洪季凯（后改名为洪德铭）的同学发起的，并说这个同学思想表现很左，肆无忌惮地到处活动，不知道他的根底和来路。有进步同学怀疑，是不是特务在搞"红旗政策"，设立陷阱？

我马上将此事向云南省工委报告。工委书记老郑非常重视，他派人进一步靠近洪季凯，深入了解后告诉我，这个人是从新四军跑回来的，政治上大概没有问题。他正在组织的民主青年同盟，民盟中确有人想收入他们旗下，但是洪季凯不干，他想找到共产党。因此云南省工委请示南方局，南方局同意组织一个党的外围相当于过去共青团的青年组织，可以叫民主青年同盟，简称"民青"，并且把疏散出去现在调回来的地下党员袁永熙派去和洪德铭他们接上关系，建立民青和党支部。从此我和洪德铭认识了。

洪德铭工作很积极，经过批评，原来他那种无所顾忌冲锋在前的作风，也改得比较沉稳踏实了。1946 年夏，洪德铭随校去北平，参加领导学生运动，后来又调到上海，在党的上海分局钱瑛所领导的青年工作组下仍然做学生工作。后来他又调杭州市做工委书记。他一直工作得很好。我于1946年秋调到成都做川康特委副书记，从上级钱瑛口中得知，洪德铭做开辟工作大刀阔斧，是其长处，可是有时莽撞，是其缺点，所以要有熟悉他的人多关照点。钱瑛就想到了我，把洪德铭调来在我们川康特委下的成都任市委书记。

1948年春洪德铭到了成都，老朋友一见如故，我们能再一度合作共事，共同战斗，非常高兴。他一来到各大学和基层了解情况后，向我说他感到我们在大学的党员和"民青"同样的青年进步组织"民协"，还是圈子太小，缺乏活力。他果然看出我们过去争取中间群众不够的老毛病。能否用各种组织形式和活动方式把广大的中间分子吸引到我们的周围，是决定运动斗争能否胜利的关键。因此他努力向大家宣传昆明西南联大和北平上海等地关于团结进步分子、争取中间群众、孤立顽固分子的组织形式、活动方式和斗争经验，供大家研究学习。他这一套果然灵验，在大学、中学和教师职工中开展起来，见了效果。但是他的某些急躁情绪又出现了。

诚然，群众是需要在斗争中锻炼提高的，但要看斗争的内外环境。成都的环境和昆明显然不同，和有国际影响的北平、上海更不同。加上初到四川上任省主席的有"屠夫"之称的"王灵官"王陵基这个斗争对象也不同，而且答应袖手旁观的地方势力也是看风使舵的。洪德铭来后不久，便组织了一次"四九斗争"，结果在群众冲入省政府时，王陵基大肆镇压，打伤许多同学，抓了一百多人，其中许多是我们的骨干。我刚从乡下回来，特委和市委迅速研究，认为不能消极对待，应以斗争对斗争，不仅大学动员教授学生声援，也动员和王陵基有矛盾的地方军阀、有影响的地方士绅及参议会等要求放人，因为学生要求平价米是合理合法的。王陵基只得全数放人，斗争胜利收场。但是老洪的急躁冒进的老毛病，给群众带来某些损失，也是值得记取的。这就是成都的"四九血案"。

洪德铭在成都市委工作只一年，却卓有成效，培养了一大批进步骨干，领导了几次有理有节的斗争，并且为特委提供了许多名到农村去做农民工作的干部。我们合作得很好，正要大展身手，却因重庆出了大叛徒波及川康特委，特委书记被特务逮捕一周后也叛变了，这当然给川康党组织特别是成都市委党组织带来十分紧迫而极危险的局面。

我和洪德铭成为主要追捕对象，但是我们不能不冒极大风险，组织党员疏散，堵住漏洞。我们是冷静沉着的，也随时准备牺牲。经过半个月和敌人斗智斗勇，终于把在我们手中的组织都安全转移了，其中经过的风险一言难尽。

当时，我是比较谨慎的，凡事深思熟虑，洪德铭却比较冒险，还常上街。我告诫他，因他是跛子，如果叛徒叫特务把全城的跛子都逮起来，他就坏了，他却不在乎。因此我下命令要他马上离开成都，叫他带近十个党员的工作组转移到重庆去，在重庆相机开展工作。我后来途经重庆准备去香港向上级报告时，见到洪德铭，得知他却在那里成规模地干起来，还颇有进展。我到香港向上级钱瑛汇报后，她批评我没有严厉约束洪德铭，说他一直冒失，这很危险，再不能受损失了。她马上派人坐飞机到重庆，命令洪德铭带市委领导全部撤退到香港。

后来我随钱瑛大姐到了刚解放的北平，不久又随她南下参加接收武汉。她任华中局组织部长，我被派到华中总工会任副秘书长实习接管。不久洪德铭跟着来武汉，和我见了一面。他说钱大姐派他去尚未解放的长沙，准备组织青年迎接解放。他一去长沙好多年，我们不通音讯。后来他又到了湖北。直到我到北京开会路过武汉时，我到华中工学院才找到他，他正忙着办教育，走上新的战斗岗位，只说他很忙。

但是谁也没有想到，这么一个勤勤恳恳为革命斗争和工作的人，却莫名其妙地陷入1964年的灾难，真是祸从天上落呀。又一个以阶级斗争为纲的牺牲者。这个消息是武汉市市长黎智打电话告诉我的。黎智曾是和我一块儿做过地下党工作的老朋友，并且在北平领导过洪德铭工作，我就托他从内部打听一下是什么问题，有办法帮他改变处境否。黎智去打听一下，告诉我说是洪德铭从新四军皖南事变后逃回家乡后的事。他说本来像洪德铭这种回家避难，处境艰难的人，难免和地方权势人物交往，巧为应付，以求生存，寻机出走，没有什么大错。事实上他逃出到昆明，继续革命，并且向组织作了交代的。可是在当时以阶级斗争为纲的大局下，有些人就是扭住他不放，取消了他的党籍。黎智做工作也无效，最后是把他调到一个学校当教员去了。就这样洪德铭冤沉海底。两年之后，"文革"来了，我被打成反革命修正主义分子，关了起来，更不知道洪德铭的下落。

直到1978年，我到北京开会，记不清怎么和他碰上的，只记得我和他一起去看望还没有"解放"的西南联大老朋友王汉斌和彭珮云。老朋友灾后重逢，说了些什么，也忘记了。只记得在王、彭家里吃过晚饭后，我两个打地铺睡了一夜，其实通夜未睡，吹到天明。无非是我们这种知识分子参加革命不容易，说不尽的悲欢离合，生离死别，过不完的山穷水尽，柳暗花明，现在总算见到了光明和希望。

洪德铭终于被平反，却已到快离休的年龄了。但是他不服老，还到一个大学去当党委书记，发挥余热。最后还应教育部之聘，参加大学巡视工作。他尽心尽力，难改"臭老九"我行我素的老毛病。后来我每到武汉，必去看他，他来成都，必来看我。一见必天南地北地吹个不完。我知道洪德铭还是洪德铭，他能干什么就拼命干，不打退堂鼓，不减当年战士风采，直到他走完他的人生道路的最后一程。他和癌魔战斗了两年，临终了还坚持战斗，把他剩下的唯一武器——遗体，向国家做出最后的奉献。

这就是战士洪德铭！

王松声 ▌
我的北京"联络站长"

"告诉老马，千万不要来看望我。"这是和我有六十几年深厚交情的老朋友王松声，在医院临终前的病床上，嘱告去医院看望他的我们的共同老朋友李晓说的话。

2001年12月，我到北京参加全国作协第六次代表大会。会后我去看望李晓，才知道王松声得了重病，已近垂危，待在家里。于是我立刻到和平门外前门西街文联宿舍去看望他。我没有先告诉他的家人，熟路熟门，一直爬上四楼，敲门而入。我见他形销骨立坐在沙发上。见我进门，他挣扎着要站起来迎接。我几步趋前，和勉强站起来的老朋友相拥相抱，无言相看良久。

大概他没有想到我会到北京，而且会去看望他。因为他事先已得知我得了癌症。他当然知道一个得了癌症的人，会是什么样的面目和举止。怎么忽然一个得癌症的人还能爬楼去看望他呢？而且看我还面不改色，行动自如，和他拥抱，他真有点吃惊的样子。他待我在他身旁坐定后问我："你怎么到北京来，身体怎么样，怎么还来看我？"

我说："我是到北京来参加作代会的，听李晓说你重病，我怎么能不来看你呢？"

142

他问我的癌症病情如何。我回答："我今年 6 月已经在成都华西协合医院做了手术了，活检确诊的确是肾癌，只是还是早期，没有转移，手术做得很成功，我现在是孤圣（肾）人。"

他看到我还很健康愉快的样子，很高兴，不过还要我注意，斗癌魔可不是小事。我说："肾癌虽然很凶险，不过我不在乎。我们那些年在一块儿九死一生地进行战斗，早就把生死置之度外，我们都已多活了几十年了，还怕什么？"

他看我乐观的态度，很高兴。他的儿子在旁说，他爸也是一直带病还在努力干事，关心这事那事，也是很乐观的。我听了也高兴，说："让我们一起，面对任何严峻的考验吧！"

我不想久坐让他费神，起身告辞，他坚决要站起来送我，并且一直坚持要送我走出他的房门。他由孩子们双手托起扶着，硬送我出房门，倚立栏杆，看我下楼。紧握手时，还叮嘱我："老马，注意身体。"

我告辞下楼，站在院坝，回头望，松声还立在阳台的栏杆边看我。他那样依依不舍，恐怕真是在想，我们还能见面吗？我的眼睛止不住要流泪。我不想让他看见，硬起心转头便走出院子。

当时已近年关，我的大女儿留我在北京过年。大概是春节前的某一天吧（时间记不清了），李晓打电话给我，说："松声已送到医院抢救了，看来已到了油干灯熄的关头。他却勉力告诉我，要老马不要再去看他。"我知道，松声从来是一个多关心别人的人，临终前还没有忘记我这个得了癌症的老朋友。

不几天，好像是春节的假还未过完，李晓再次打电话，告诉我松声安静地走了。我得此预想到的噩耗，仍然不禁叹息："松声呀，我欲哭无泪呀。"我本想去参加他的告别仪式，李晓一来担心我做了肾切除手术才半年，二来怕我激动，影响身体，劝止了我。

我和松声见最后一面时，他还叮嘱我注意身体，十几年了，我居然安然无恙，可惜松声无法知道了。

　　我和北京的几位老朋友在一起，常怀念松声，评价松声，都认为松声似乎天生就是来为人服务的。他生性热情到我们批评他喜欢揽事。他参加各种活动，不知疲倦地一揽到底，不计个人得失。他又特别为人和气放达，与人相处不久，便像被人黏住。他很会一见就和人交成好朋友，不计尊卑贵贱。

　　大家都说到松声当年被毫无道理地下放农村劳动，为他的不在乎，且勤恳工作，在那里助人为乐、怜老惜贫所感动。他无私救助一个贫病的老人，在自己并不强壮的身上，抢着给病人输血。他很爱惜人才，发现并扶植一个爱吹笛子的邮递员于海山，结为终身朋友。

　　最令我震惊和感动的，莫过于松声年轻时在贵州山区旅途中救死扶伤、倾心救人的故事。

　　那时，交通是极为不便的，松声远道从昆明到西安（我依稀记得是去西安和他的恋人王效兰结婚），半道上，他从翻车的受伤人中发现一个重伤濒于死亡的伤员。他虽然并不认识这个人，却在后来的旅途中，坐在车上，一直毫不动摇地把这个人抱在怀里，避免这位头部重伤者颠簸。到了泸州，松声和一个本也是有要事去成都转西安的叫杨荣（也是西南联大的同学，趁暑假去西安看望未婚妻）的同路人，为了挽救一时清醒一时昏迷将去重庆的这个陌生重伤员，义无反顾地改道护送他去重庆。他们两人都无钱雇滑竿送伤员上轮船，便买了两根竹竿和一条草绳，扎成一副简陋的滑竿，两人抬着上了去重庆的轮船。轮船到了重庆朝天门码头，他们又抬着伤者下船上岸，爬上有好几十级的陡峭的朝天门石梯。他们两人都不是下力人，身体也不是很好，又正值酷暑，弄得汗流浃背的。他们气喘吁吁，几步一歇，总算把伤者抬进城里，送进一个私人医院进行救治。随后他们又按伤员口述的地址，寻找到他的亲戚，在医院把一应事务交割好了，才离开重庆一同去西安。

这个十分感人的离奇故事，不是什么人编的，而是实有其事。五十年后，更离奇的故事在北京上演了。那个被松声他们救助的伤员名叫苏哲文，也是西南联大同学。更巧的是，他也和松声一样，是中共地下党员，不过是老资格的清华大学的地下党员，在西南联大复学的。那次他去重庆，就是要去党的南方局接组织关系的。他和曾经救过他的王松声重庆一别，再也不知下落。他苦苦追寻这个叫王松声的救命恩人，直到1985年他在水电部副部长的岗位上离休了，还在找寻恩人。一个偶然的机会，人家告诉他有个叫王松声的人的住址，于是他们相约见面，不胜欣喜。

我听到这个真实故事，感到震惊，更很感慨。我之所以不厌其烦地记述这个故事，是因为这件发生在我的一个亲密朋友身上的好事，过了五十几年，我竟一无所知。北京那么多的好友也无人得知并告诉我。是王松声和苏哲文重逢的事传开了，我才得知。松声和苏哲文再见时，松声说，这件事他早已淡忘了。这样救死扶伤的事，本是一个人为人的天职，不值一提。从这一句话就可以看到松声是怎样的一个人、怎样的一个共产党员。我也才理解他为什么五十年不告诉我和亲密的朋友。

松声的品性、为人，就这一件事就够说明了。可以说，他是一个真正的好人，且从不计较个人的得失和名利。当年，他在西南联大时从事进步活动，新中国成立后，他又放弃当剧作家和学者的愿望，服从组织分配，为开展和促进北京市的文化活动而尽心尽力。可是他却被目为政治上"太右"，因而受到不公正的永远"姓副"的对待。许多了解他的人为他不平，他却依然故我，不当回事。

这里，我还想说一件让我永远也不能忘记的事。

"文化大革命"中，我在四川被最先抛出来为"文革"祭旗。我被造反派抓起来，关在成都一所大学内。我使出我当年地下党的功夫，从严密看守我的一个二层楼上跳楼逃出，惶惶然如丧家之犬，在亲戚们的帮助下，辗转经贵阳、衡阳、武汉、郑州逃到北京避难。在我小姨妹家住了一段时间后，得知省"革筹"派出抓我的人已到北京，我已无处可逃。当时，北京朋友们都已落难，有的已经关进"牛棚"，而且他们的家不是在机关宿舍就是在学校宿舍，不方便躲藏。我想到了松声，他的家和单位不在一处，于是我便让姨妹去求助松声，想去他家躲藏。那时，松声的日子也很不好过，他每天也必须到机关接受批判，可是他一口就答应了，我真感激涕零。可是在我正准备逃去松声家时，却被北京市"革委"的人抓住带回公安局，交给了来北京的四川省"革筹"专案组的人，被带回成都，关进文明监狱里。

1972年，我被"解放"后，去北京逍遥游，到松声家去看望他，才知道当年松声是准备以死救我的，我还能说什么。松声就是这么侠义成性的人，连到了他生命垂危之时，还不忘记托朋友带话要我保重。

以后我每次去北京，都会先到松声家，由他通知北京朋友们来参加他主持的欢乐聚会。在会上少不了他这个特别富于幽默感的人制造热闹气氛，让大家快乐。他说："我本来是唱戏的嘛。"松声，就是我的当之无愧的北京"联络站长"。

李曦沐

为李晓送行

我的好友李曦沐走了，对我来说有如惊天霹雳，真的，不是夸张，我真像头顶响一声炸雷。

他的女儿皎皎从北京打电话给我的女儿万梅，转告这个噩耗："爸爸走了！"我听闻后不觉惊问："什么？李晓（我们一直沿用他在西南联大的名字称呼他）走了，这怎么可能呢？"就在得知这个消息的前两天，我和他还在电话中交谈了很久，有说有笑，更几天前，我女儿将他从微信中传来的照片拿给我看，他精神饱满，毫无病容（这照片现在还保留在我的平板电脑上），怎么忽然就宣告说他走了？这真是应了古话"天有不测风云，人有旦夕祸福"呀。

上世纪四十年代，我在昆明西南联大结识的最熟悉的二三十个好友也是战友，除有几个在解放前夕牺牲外，近十年来，陆续在离我而去，我这个当时比他们都长近十岁的老家伙却依然健在，一次又一次地接到恶讯或讣文，一次又一次地为他们而悲怆不已。2015年满 100 岁的生日时，我写了一首诗《怀远》："年逾百岁意迷茫，绕膝子孙奉寿觞。蜡烛滴红怀故友，金杯未尽泪满腔。同舟每忆波澜起，夙夕常思风雨狂。每读讣文肝欲裂，几人再聚话炎凉。"蜡烛滴红，如烈士鲜血，金杯溢酒，如悼亡之泪，真是感慨万千。

2016年底，我把这首诗所在的诗词集也寄给了李曦沐，他收到后打来电话，一来向我祝贺新年，二来感谢我寄给他这本新出版的诗词集。他说他读了我那首《怀远》诗，回忆起当年我们那些战斗岁月，为战友们大半凋零不胜唏嘘。他很关心我的健康，我告诉他我还行，还在爬格子呢，除了去年完成了《那样的时代，那样的人》一书外，现在正在写《夜谭续记》。他听后不胜惊叹，说："一个百零三岁的老人，还坚持创作，不断地有新著出版，老马，你真行啊！"他与我通话的声音还在我耳畔回响，很有底气，想来他应该是健康的。他是西南联大北京校友会的常务副会长兼总干事，一直在忙西南联大校友会的事，我从寄来的《西南联大北京校友会简讯》60期中，还看到他的"工作情况报告"，知道他正在参加西南联大90周年纪念会筹备会的工作，怎么他忽然就走了呢？

曦沐和我有七十几年的深厚友谊，那一桩桩一件件往事并不如烟，常浮现在我的眼前。

我们初次相见是在1941年的秋天，我们同时考入西南联大，曾长期同住一间宿舍。1941年12月，我和他同时莫名其妙地卷进一个本不该发生的学生"讨孔运动"。我们两个在那时相交相知，并成为有共同进步理想的青年。他那时不是共产党员，却有加入共产党的强烈愿望。那时，正是政治革命低潮时期，国民党特务疯狂地捕杀共产党员，有些党员或由组织安排隐蔽，或自动脱党，像曦沐那样在那种恶劣形势下偏要求入党的人是不多的。我认为他在我作为联大地下党支部书记从事的学生进步活动中，帮助我在学生中做了很好的工作，是够条件加入共产党的，因此，1943年初夏，我带他在一个校外的坟场里，对他作了正式的入党谈话，准备向上级请示后举行入党仪式，吸收他入党。但是当我向党的云南省工委请示时，才知道那时党的南方局已决定在国统区暂停发展新党员。可我对他已进行了入党谈话,该怎么办呢?经过请示,省工委领导对我说,叫他为"党外布尔什维克"吧。"党外布尔什维克",这样一个奇怪的从权办法,曦沐接受了,且更加努力地工作。1945 年,终于在允许发展党员的决定传来后,我第一批就发展他加入了共产党,那已是 1945 年 9 月的事了。

1945 年我奉命到滇南做工委书记,准备在那一带发动农民游击战争,配合解放大军解放云南。曦沐就和齐亮、许师谦等党员,随我一起到了滇南。曦沐自愿到一个僻远乡村小学去当教员,在那里发动农民准备武装斗争,不久他就在一个乡掌握政权和武装队伍。他正干得起劲,却因为我党进军东北,很需要干部,他是东北人,于是奉命调往东北工作。其后他在教育部门及先后在党的黑龙江省委和东北局办公厅担负领导工作。他是一个很好的笔杆子,也正如他后来对我说的,当然地和大家一起犯了不少并不了解的错误,"文革"一来,当然免不了和主要领导人一起遭受莫须有的罪状和批判。后来几经折腾,也一起被"解放",又走上了工作岗位。

1974 年,被"解放"后担任四川省委宣传部副部长的我,为电影的事出差到长春,回来时路过沈阳,便到曦沐家去看望他。曦沐向我谈到辽宁许多"文革"中的怪事:把干部全部赶到农村去永远落户,弄得乱七八糟,生产困难比关内还大些,传出所谓"陈三两",居民每月每人只供应三两油,粮食尤其是大米、白面更是十分紧张。

但是我在他家住的头两天,他们天天给我在客房里开单份,吃的都是白米饭,我感到很奇怪。第三天我吃罢饭无意走到厨房,看他们一家正在厨房里吃饭,大人小孩吃的全是红色高粱米。我尝了一口,高粱米饭很粗糙,实在不好吃。我吃惊地问曦沐这是怎么回事。他才告诉我说，沈阳全市居民每月的配给绝大部分是粗粮（高粱米、玉米面），细粮（大米、白面）很少，也就几斤而已。我这才知道，曦沐把他们全家当月配给的大米全数拿来给我一人吃。我大为惭愧，同时也生气，责备他说："家中的大米你不给小孩子吃，都拿来给我吃，还不让我知道，你咋能这样对待我这个老朋友呢？"曦沐用话搪塞："你们四川是吃大米的，怕你吃不来高粱米。"我还生气："李晓，你这样待我，太不应该，我们是什么关系？是生死之交呀！"他只得认错，允许我和他们一起吃高粱米。奇怪，我和他们一家人一起吃饭，同甘共苦，竟然不再感觉到高粱米难吃，而是津津有味了。

1980年，曦沐被调到北京，先是在建设部工作，后来又到国家测绘总局任局长，我们见面的机会就多一些了。我每次到北京，几乎最先去会面的就是曦沐和松声了。

1980年秋，我到中央党校高研班学习，这个高研班，学员都是省级干部，又基本上都是才被"解放"不久的。大家虽然都有怨气，可是争论最多的是关于社会主义的问题。我把研讨班的情况对曦沐说了，他说他也正在思考，到底什么是社会主义，我们实行的是什么社会主义。

我们在一起讨论很多，也有争论，但有一个共识，就是我们过去实行的和现在正在探讨实行的，恐怕都不是马克思所说的作为共产主义前过渡阶段的那个社会主义，我们称之为完全的社会主义。但是我们现在只能也必须有适合于中国当前情况的社会主义，一种特殊的社会主义，即向完全的社会主义和共产主义前进的社会主义。曦沐提出是前社会主义，即有中国特色的社会主义。这和后来邓小平提出的我们仍处于"社会主义的初级阶段"的说法，竟然是不谋而合。初级阶段的社会主义就是中国社会主义的中国特色。曦沐有这样的思考，我也很是赞同。

曦沐已经走了，他的敏睿的思考，却令我不忘，我们现在来追思曦沐，无妨将他的思考说出来就教于老朋友。

曦沐已经走了，他不是一个什么有名人物，但是他的为人，他的品性，他的关心中国之命运的思考，是我永远不能忘记的。

李 凌

敢亮学术观点的人

2015 年 11 月，我到北京，有朋友告诉我："李凌走了。"我大吃一惊，两个月前我们还通过电话，互道平安的。前一年，我得到"黎章民走了"的信息，现在李凌又走了，于是西南联大有名的"三剑客"就只剩下王汉斌一个人了。"三剑客"中，当时和我往来最多的是李凌，我一直叫他小老弟，他一直叫我老大哥，叫了几十年。最后一次电话他还这么亲切地叫我的。

我和李凌在西南联大分手后，一直没有往来，只听说建国后他曾到空军部队做文化工作。就因为这个文化，不知道他是怎么做的，忽然被打成"右派"，于是被弄去劳动改造了。直到"文革"后期，他努力劳动改造，脱掉了"右派"帽子，才有了工作，是去养猪场养猪。他为了良种猪苗的事到成都来，我们才再见面。当然是面目全非，原来那么一个谈吐文雅、潇洒倜傥的广东青年，变成一个粗手粗脚的农村下苦农民，一个养猪能手了。

我们相见，唏嘘不已。李凌却不谈往事，一心要我给他写一封去隆昌县委的介绍信，好去一个养猪场买良种猪苗。他似乎要在乡下养一辈子猪了。他是多好的一个由好大学培养出来、学养深厚、读过不少理论书籍的青年学者呀。

幸喜他终于熬出了头。"文革"后不久他即获得平反，被调到社会科学院去工作。他主办了一个名叫《未定稿》的理论刊物，按期寄给我，里面颇有一些尖端文章，醒人耳目。于是我每次到北京和好朋友们见面会餐，高谈阔论时，他必参加，热络得很。他似乎要补回他那段青春时光，发奋地著书立说。他不断发表文章和出书，而且全都寄给我看。

2006年12月，他在一个著名刊物上发表的文章《建国初期"三大改造"得失之我见》，引起我的特别注意。我称赞他的一句话叫"有胆有识"。有识，且不说吧，他的一个有识的观点，正引起学术界许多人研究和讨论。这也是我于1980年在中央党校高研班上和许多老同志在读马克思主义经典著作之余，引起讨论以至辩论的问题。我也要称赞他的"有胆"。当时对这个问题讨论虽多，却少见像他那样，直言不讳。在著名刊物上亮出自己的观点，是要有一点胆量的。李凌，真可算是有胆有识的学者。

其实他引用《〈政治经济学批判〉序言》书上的那一段经典语言，也足以作为他立论的有力佐证，为他助胆了。那段话是这么说的："无论哪一个社会形态，在它所能容纳的全部生产力发挥出来以前，是决不会灭亡的；而新的更高的生产关系，在它存在的物质条件在旧社会的胎胞里成熟以前，是决不会出现的。"

李凌这位小老弟走了，我就以他的这篇"之我见"礼赞他"有胆有识"来纪念他吧。

李 定

统战工作不好做

　　2000 年 5 月 30 日清晨，我接到北京电话，是老朋友李定的儿子杨松涛（小伙）打来的，他告诉我说："我爸爸走了。"

　　这话叫我不能相信，我前几天还收到李定寄来的他和他的老伴李美全的照片，怡然自得，神情健旺，怎么说走就走了呢？我本来和李定约好，下半年我到北京时，由他做东，请好友们相聚，还是进行一番纵论天下、臧否人物的清谈。看来也做不成了。真是人生如梦，祸福无常。

　　李定的生平，他的事业，他的为人，特别是他在西南联大参加和领导"一二·一"学生运动的前前后后，他加入"民青"，后来入党，并在北平、天津从事党的地下工作，迎接天津解放，直到在天津市委任统战部部长、市委秘书长，以及后来调任中央统战部任副部长兼全国工商联副主席、党组书记，工作上取得的辉煌业绩，他的朋友们都知道，毋庸我赘言。我曾和他有过几次关于如何对待民族资产阶级和如何发挥私营工商业者的积极作用的恳谈，印象深刻。证之于今日的事实，更见他曾经对有关中国之命运的问题，即对待民族资产阶级问题做过深层次的思考。然而他却未敢向人布露，至今深引为憾。

1973 年，我到天津去看望在天津大学上学的女儿，在李定家里住了几天，他对我分外热情。我的女儿说李定和美全把她当作亲生女儿一样照顾，无微不至，充分发挥云南人热情好客的习性。当我向他们表示感谢时，李定却说："你是我们的革命老大哥，你引导我们走向革命，怎么说感谢的话？"这么一说，我再也开不得口。李定和我闲谈，坦诚布露心声，敢说真话，我印象深刻。

李定那时担任天津市委秘书长兼统战部部长，自然就说到天津的民族资产阶级和工商业者的情况。我谈到 1949 年我在天津时曾经听过刘少奇做的大报告，大谈新民主主义时期，要充分发挥民族资产阶级的积极性，利用他们的资本、技术和管理才能，迅速恢复和发展生产，做到公私兼顾，劳资两利，发展生产，繁荣经济。刘少奇还和天津的资本家们见面座谈，他说明关于新民主主义社会的工商政策不是一时权宜之计，是一直要坚持下去的。可惜我们后来并没有坚持下去。如果后来一直坚持这样的政策，何至于弄到今天这样的局面？李定说他做统战工作，天天面对资产阶级和工商业者，工作实在难做。就像坐在一个跷跷板上，要寻求一个不翻跷的平衡点，非常困难。稍有偏差，便是右倾，后果不堪设想。到底统战工作的目的是什么，他也弄糊涂了。我说，我做宣传工作，天天面对的是知识分子，就是要给他们戴上资产阶级分子帽子，也很为难呀。

我们两个都面对同样为难的事。其实就是面对一个中国往哪里去的问题。这就不是我们两个能够回答的了。我们只能是相对唏嘘，叹息而已。

又过了几年，李定在本来就感到天津市委统战部部长难当的时候，却被调到北京任中央统战部副部长。我多次到北京，他必定做东，和一些老朋友喝茶闲聊。他谈到十一届三中全会实事求是、解放思想的思想路线确立之后，情况已经发生根本的变化。走市场经济的经济建设路线已逐步确立，我们在"文革"中相会时所不理解的道理，现在基本弄明白了。有中国特色的社会主义建设，大规模地启动了。叫李定高兴的是，工商业者的积极性和知识分子的积极性得到了比较充分的发挥，私营工商业正如他所想的一样，有了较大的发展，日益在国民经济中占到重要的地位。虽然在前进的道路上，还有许多磕磕碰碰的事，但是走有中国特色的社会主义道路已经定了。他作为统战部副部长将大有可为。

　　谁知我们正在兴高采烈庆祝中国进入新世纪，谈新政策，畅想中国前途无限时，李定却撒手而去了，伤哉。

何功伟

何功伟二三事

　　我第一次见到何功伟同志，是在松滋县李逊夫同志的家里。那是1939年秋天，湘鄂西区党委在那里开会。1938年我在武汉职工区委工作时，就知道功伟是在武昌做党的领导工作，还在湖北战时乡村工作促进会工作过。

　　我们第一次交谈，他就留给我很深的印象。当时，他介绍怎样去发动农民，将农民作为我党在农村的主要依靠力量，来准备抗日游击战争，同时也谈到不应忽视知识分子，要他们起桥梁作用。到现在，我还记得他非常强调地说："主体是发动农民，依靠农民，才能把抗日战争真正坚持下去。必须把知识分子、学生作为桥梁。我们只有这样进行工作，才可能打开工作局面。"我虽然在鄂北做过一点儿农村工作，但我感到功伟做农村工作和搞农民运动的经验比我多得多。我和他是同年生的，他还比我小九个月。言谈之中，我了解他读了很多书，马列主义著作也读了不少。我们谈得很愉快，那次相聚半个月，后来就分手了。

　　湘鄂西区党委会议后，按照会议决定，1939年10月，鄂西特委组成，我去恩施主持鄂西特委，任书记。

鄂西是老革命根据地之一。贺龙同志当年领导红二方面军在这一带战斗过,影响很深。抗战初期,中共湖北省工委派雍文涛同志带领汤池训练班的同志,到鄂西办合作事业,来这里开辟工作。后来,魏泽同、徐远、魏西等同志也领导过这里的工作。前一段党的工作重点放在城市,主要是在学生(主要是中学生,也有部分大学生)和小学教员中发展组织。农民中间虽有些组织,但比较零散。

为了加强农村工作,党给我们的任务是发动和组织农民,准备敌寇侵入鄂西时开展游击战。我到鄂西后,到各县跑了一趟,发现学生中党的力量相当强,但是没有和农村结合,农民党员也不多。这种情况使我联想到功伟同志在松滋的那次谈话,我感觉到这确是一个问题。后来我们把工作重点转移到农村去,但工作做得还很不深入。

1940年夏天,南方局派钱瑛到恩施来,召开新的鄂西特委会议。何功伟任特委书记,我任副书记。新的鄂西特委会议就在我的住屋开会。

当时全国形势有很大逆转,党中央在5月确定了党在国统区工作的总方针是:"隐蔽精干,长期埋伏,积蓄力量,以待时机。"我的爱人刘惠馨把党的这个文件写在一张小纸上,通过了层层检查,安全地带回来了。钱瑛同志主持会议,传达中央的方针,组织学习讨论。

这次会议开得很成功,功伟给我的印象十分深刻。他到任后检查工作,十分仔细,对下面同志不是指责这、指责那,而是商量研究。

我记得特委开会的前夕,我和功伟同睡在我们外间的一张床上,我们一头睡。在黑夜里我们谈得很长很深。他提出前段鄂西特委工作的问题,是农村工作没有抓好,基本上在知识分子圈子里转。他非常冷静地与我分析问题,他说前一段在知识分子中工作,虽然有成效,看起来有力量,斗争也很红火,"三青团"把我们没奈何,国民党也压不倒我们,群众在我们这一边⋯⋯但是,这不可靠。他说:"知识分子有他的弱点，在大风暴面前，在突发事件面前，有的不一定顶得住。根基不巩固，可能组织上会散……"他考虑得很深很远。后来他提出来，从现在起我们要把重点转向农民，在农村中建立巩固的可靠的阵地。加强农村工作，以适应当前形势的需要，一方面是贯彻党的方针"隐蔽精干，积蓄力量"，一方面是准备将来打游击战。为了这个，他着重地说："我们的工作必须做根本的转变。"他启发我的思考，与我酝酿谈心，像老朋友一样，谈得很亲切，谈得很冷静，谈得很有道理，使我信服。他在这个重大方针问题上比我清醒得多，我完全接受了。

这次会议上，功伟在开会前很随和，开会时很严肃，分析问题一点也不含糊，很有原则性，就是批评，态度也是同志式的。他的这些工作方法，我认为非常好。这次会议给我的印象很深，我感到真是受益匪浅。后来，我在昆明、四川等地做地下工作时，功伟同志在工作上的原则性、工作的作风以及工作方法，对我有很大的启发和影响。

在鄂西特委会上，功伟还和我们讨论另外一个重要问题，即统一战线问题。功伟常谈知识分子起桥梁作用，在鄂西没有知识分子做桥梁，开展农村工作有困难。有了桥梁，工作方法还要注意。功伟说，这不是红军时代，不能打土豪、分田地，也不是抗战初期，不能通过合作指导员去接近农民。现在是动员农民抗日，而官绅对农民的压迫和剥削是深重的，也是现实的，打日本还遥远。所以现在做动员工作，还得拐弯子。农民组织起来了，就会提出合理负担、高利贷等问题，需要进行某些斗争，不进行是不可能的。到农村去，首先得维护农民的经济利益和政治权利。因此不可避免地有某些斗争，而这种斗争得按统一战线原则办事。

在钱大姐和许云同志走后，功伟同志还住在我们那里，天天在一起，我们谈了许多事情。他不但理论水平高，文学水平也很高，古文很有基础，造诣很深，他会背诵许多诗词，能作诗填词。他能作旧体诗，也写新诗。他富有感情，很会唱歌，不能大声唱，他就细声唱，他对我说："我简直想到塔上去放声高唱！"

1941年1月，我正在南路几个县巡视农村工作，当功伟和惠馨被捕消息传来时，真如晴空霹雳，我真不愿相信。这不仅是对我个人的打击，更是对鄂西特委的一个巨大打击。南方局在得知消息后，虽然设法组织营救，但我们都明白他们不会活着出来了。那年冬天，功伟和惠馨英勇牺牲了，消息传到南方局，周恩来同志向党中央作了汇报，延安各界在八路军大礼堂为功伟和惠馨举行了追悼会，《解放日报》还发表了《悼殉难者》的社论。

功伟和惠馨都是知识分子出身的革命家，在生死关头，表现了共产党人的崇高气节，坚持真理，视死如归，他们虽死犹生，千秋万载，永远活在人们的心中。

陈俊卿 █

特种材料铸成的人

    陈俊卿，一位老共产党人，三十几岁年纪，四川峨眉人。他一直在他的家乡一带进行革命活动，从来没有要求回家去看看，也从来不说他的家庭情况。一直到他牺牲以后，建国初期，他的父亲来领取烈士证，才知道他家尚有老父、妻子和两个孩子，家道还比较富裕呢。

    我初次和他见面，表面上看他是一身贫苦农民打扮，朴实憨厚，其实他的内心却充满热情和智慧。他亲口对我说，1930 年左右，他奉命去领导一个地方的农民暴动，失败后他被捕了。特务看他那么个农民打扮、憨头憨脑的样子，没有杀他。国民党刽子手正在那里一边审一边杀共产党，临到了审问他："你是领导暴动的共产党县委书记吗？"他机灵地回答："我大字认不到几个，咋个去当书记呢？"那时的乡、县政府是有抄抄写写管文书工作的书记的。听他这么一说，刽子手以为他连县委书记和乡文书都分不清，不会是共产党的县委书记，准备放他。但是据他说，"清共会"的刽子手还是怀疑，便要他脱去草鞋看他的脚，看他的大脚拇指是不是分叉的，如果是分叉的，就证明是常穿草鞋的农民。再叫他伸开手，手板上的确有干壳茧，就证明是经常下力的苦人，不会是共产党的县官，便没有枪毙，只把他关起来。他在农民中工作时经常参加劳动，所以过了这一关。

抗战开始了，他被放了出来，监狱虽然折磨了他的身体，却没有摧毁他的革命意志。他一出来就参加党的工作，在成都、雅安、西昌这一带农村活动。一直到1946年，我到川康特委工作时，便和他接上头见了面。

他负责整理和领导从雅安到乐山一带各县党的工作，川康特委任他为雅乐工委书记。他仍然是扮成小贩，背起货郎筐子，在四乡农村游走，和贫苦农民交朋友，党组织有了一些发展。他每次来成都和我接头，总是住在满是跳蚤和臭虫的小栈房里，在街边小摊子上吃"冒儿头"。我见他坐过牢的身体十分消瘦，身上还生了疥疮，脚板也被长途步行打烂了。我陪他去小馆子吃一顿好饭，要他搬到好一点儿的栈房去住。他却拒绝了，他说他的打扮只有住在这样的地方最安全。他还打趣说："我就是要消灭这些跳蚤、臭虫，连带全国的跳蚤、臭虫。"我们每次谈完工作，他背起他的杂货筐子，穿上草鞋，卷起裤脚，又上路了。

1947年，中央号召发动农村武装斗争，他亲自领导的仁寿县北借田铺的农民暴动又失败了。他做了善后处理，把在家乡蹲不住的农民遣散安排完了，仍然在雅安乐山一带进行潜伏活动，整顿和领导党组织，一点也没有气馁，还是那么笑呵呵的憨厚的样子，在四乡奔走。

1948年夏，乐山他的下属——一个叫杨子明的同志赶到成都来报告，和我见了面，据他报告说老陈被捕了。我问怎么一回事。他说，陈俊卿到乐山来活动，有一天，在牛华溪公园的一个茶馆里，他正准备和一个要求入党的青年谈话。那个青年不懂规矩，拿出一件入党申请书交给陈俊卿，叫陈俊卿不知如何是好。本来照秘密工作纪律，他应该不接受这份申请书，迅速离开公园，销毁申请书，再找地方进行谈话的。陈俊卿失策了，他只是把申请书藏在内衣里。事出偶然，难免有些张皇，就这一下被坐在茶馆里喝茶的特务怀疑，要把他们抓去盘查。在押走的路上，陈俊卿想摸出申请书丢进身边的流水沟里，却被特务发现。特务到水沟里捞起来一看，是共产党入党申请书，便把他们押进乐山城的特务机关去了。

特务们以为拿到真凭实据了，要扩大逮捕线索，便把陈俊卿吊起来毒打。不只是要他招供共产党身份，还要他供出其他的党员和上级领导同志。特务要赶时间，立刻用毒刑来压他叛变。上老虎凳，踩杠子，往鼻子里灌辣椒水，不行，灌煤油。陈俊卿就是不说一句话，一身是流血的伤口，也不哼一声。特务用土电刑，把他的脚肚子肉弄得一块一块掉下来，骨头都露出来了。他在这些刑罚下昏死过几次，还是没有惨叫一声。他对特务说："从共产党的口中，你们是不可能得到什么的。"特务叫嚣："我们倒要看看，看你是铁打的，还是钢铸的！我们有美国的新式刑罚工具，看你扛得住不！"陈俊卿回答："老子就是特种材料做成的！""特种材料做成"这句话，那时据说是从苏联传过来形容共产党的，当时相当流行。

成都的特务头子听说了，赶去乐山对乐山的特务说："你们不要搞得太凶，把他搞死了，什么也得不到了。要把他押到成都去，慢慢来消磨他，要他开口。"于是陈俊卿再也没有受重刑。特务反倒给他医伤，同时用好话诱惑他，给他许愿。陈俊卿是老共产党人，对特务的软硬兼施这一套早熟悉了。他仍然是不开口，只承认是共产党员。他除开大骂特务，还想警告那些小特务，告诉他们："我们在东北、华北已经把你们打垮了，华中就要打垮你们，你们的日子不长了。你们还要作恶，人民是不会宽恕你们的。"

那个想入党还没入成的青年，后来被取保释放了。放出来后对党员领导杨子明说，他出来前陈俊卿叫他出来传话，说他起初进来时，心里有些担心，不知道自己是不是扛得住。但是什么刑罚他都受过以后，他自省他已扛过来了。特务不会马上把他整死的。叫他告诉外边的同志，不必按纪律规定撤走同志了，工作照样干，不必担心他。还说特务要把他押解到成都去。

那个出来的青年还说，陈俊卿威武不屈，什么刑都压不垮他，有的警察局的看守士兵悄悄对陈俊卿伸出大拇指说："你哥子是这个，英雄，佩服你。"陈俊卿英勇不屈的事迹在乐山一带传开了，说共产党了不起，什么刑都用了，一句也不说，真不知道是什么材料做成的。

这些传说使特务也着了慌，决定赶快偷偷押到成都去。此时，陈俊卿也把他的这个分析传出来了。

果然不久特务就偷偷武装押运陈俊卿到成都军统特务机关。这是个高级特务机关，能用的凶狠刑罚更多，也有更多软硬兼施的手段，陈俊卿是想象得到的。陈俊卿这位老党员和他们斗智斗勇，英勇不屈。成都的特务把他莫奈何，于是只有把他押解到重庆去，关在歌乐山的渣滓洞监狱。他和关在那儿的难友们一起进行更严峻的斗争，最后在已听到解放军攻重庆的炮声时英勇就义了。

吕 英

一失手成千古恨

　　吕英同志是和陈俊卿同志在狱内、狱外一起战斗过的英雄。他曾长期和陈俊卿一起在成都、西昌一带工作过，是雅乐工委的委员，和陈俊卿一起领导过农民暴动。他是在成都被捕的。他和陈俊卿一起被押往重庆，一块儿在监狱进行英勇斗争，一块儿英勇牺牲。他不畏危险，奉命去抢救陈俊卿，我一直没有忘记他。

　　那时我们从乐山党员处探得消息，成都的特务到乐山，决定把陈俊卿押到成都，继续审问。我们决定在特务押解中途，实行突袭，把陈俊卿救出来。我们把和陈俊卿一起工作过认得陈俊卿的吕英同志叫来。吕英同志在不久前协助陈俊卿领导农村暴动失败后，带着几个武工队员撤退出来。我们把他们隐藏在成都。我和吕英商量营救陈俊卿的事，告诉他乐山的同志探听到特务要押解陈俊卿到成都，这是个营救机会。吕英不仅赞成营救，且特别积极地提出一些具体办法。他说他带着有手枪的两三个武工队员，亲自去突击营救。他在乐山到成都的公路沿线经常走动，很熟悉。他选定中途的河渡口行动。那里没有桥，汽车一定要在那里上渡船，汽车上下渡船时，是最好的突击时机。在那渡口兜卖香烟瓜子的小贩很多，岸边有几间茶馆，他们装成在渡口卖香烟瓜子的,趁汽车上下渡船很慢,最好动手打杀护送的特务,抢出陈俊卿,立刻转进树林逃走。他亲自去渡口踩点回来报告,认为可行。我们批准了这个计划,由吕英亲自执行。吕英提出的问题是沿途有几个检查站,三支手枪带在身上怎么混得过去。这的确是个难题。从仁寿农村暴动疏散出来正在成都隐蔽做下力人、也是雅乐工委委员的邹玉琳自告奋勇,他来说他有办法。他正在那一路给一个"袍哥"大爷挑运货物,他知道实际上那个袍哥是私运鸦片烟土的,十分诡秘。老邹亲眼看他在日用货物里藏烟土。这个袍哥看来很有势力,一路上在和人打招呼,他一招呼,叫"拿言语",检查站就睁一只眼闭一只眼让他过关了。老邹说他可以把手枪藏在私货里一起偷运过去,问题解决了。乐山打探消息的同志也来了,报告押解时间和路线。我问这消息可靠吗?他们说是从警察局的熟人那里打听到的,特务们要警察局调出一班警察护送。看来这消息可靠。

一切都已准备好,吕英带两个空手队员,先期到了渡口,真的当起小贩,混得熟了。老邹果然也把三支手枪夹带货物中运到那里交给吕英。吕英就等日子一到,等打听到的乐山警察局的汽车来过渡,在渡口上动手,可说万无一失的。我们在成都等好消息。

可是说好的日子已过了几天,不见他们送好消息回来。乐山的同志来说,上当了!特务故意给警察局放出押解日期和路线,并要警察局准备派一班警察护送。特务却暗地用他们自己的小车提前从另一条路押回成都了。吕英抢救陈俊卿终于失败了。他懊恼至极,我们也很失望。

不久,我们调吕英去大邑,到川康边临时工委李维嘉同志那里去工作。那里也正在准备从农民中拉起一支游击队拖进大山里,以土匪的面目活动。1949年1月,吕英回成都向川康特委汇报,汇报完了正准备带老邹和几个青年回大邑去。这时川康特委却出了大问题,特委书记老蒲和委员小康被特务逮捕了。更可怕的是老蒲被捕几天后，他单独领导的几个统战关系，有个姓傅的党员也被捕。这证明书记老蒲叛变了。这是震天动地的大变故。

我作为特委副书记，面临如此严峻的危险局面，按照党的纪律，我除立刻用约好的暗语电告上级外，和特委委员王宇光、成都市委书记老洪等同志做了紧急疏散工作，把老蒲知道的一切党员，迅速撤退。总算堵住了漏洞，保住了党组织。老蒲因为不管具体党组织，只知道我们在大邑一带有党的组织活动，却不知详情。但是他曾见过回来汇报工作的吕英，而且知道他的临时住处。到底吕英被老蒲出卖没有，我拿不准。但是我有责任去通知吕英赶快撤回大邑。抢救同志，义不容辞，我只得冒险了。可以肯定，因为各级具体关系都在我手里，老蒲一定出卖了我。但估计老蒲尚没有被特务放心放出来在街上咬人，没有一个特务认识我，因此我暂时是安全的，还可以出去通知同志撤退。当然我不会直接去吕英的住处，我在周围几条街巷转悠，仔细观察。凭我的能基本识别特务的经验，我没有发现特务的活动，估计吕英的住处尚没有问题。于是我小心地走进那个小院子，我去找房东问一下有空房出租没有。谈话间我从小院坝中斜眼瞟一下吕英住房，从玻璃窗望进去，看吕英安然地坐在那里。于是我托故到吕英房里去，马上叫他快撤退，什么都不要带，立刻走！我说完就退出那个小院走了，我终于冒险抢救了吕英。

但是过了几天，从跟吕英有关系的党员那里没有得知吕英已走的消息。罗广斌的姐姐去探视被捕的罗广斌回来，说罗广斌要她转告我，吕英被捕了。我一直不明白，我去通知他后，他是出走了的，怎么终于被捕了呢？

一直到1950年，罗广斌从特务集中营逃出来，我们见面时，他谈到许多在狱中见到的难友的情况，其中就有吕英。他说吕英告诉

167

他，他的确得到我的通知，叫他马上撤离，他也是立刻走出家门了的。可是他忽然想起，他来成都向上级汇报工作时，写有一个提纲，其中有些大邑川康边临工委的事，名字虽都是化名，可是仍会被追索。他想回去取出，大概只要几分钟就可以出来了。可是他没有想到，一进家门就被守候在他家中的特务抓个正着。他进成都特务看守所后，非常自责，觉得对不起党。他想打破电灯泡触电而死。可是他一触灯泡丝就断电，他被打落地上。特务发现了，狠打了他一顿，骂他："你想这么死讨便宜？休想！"罗广斌说，在场许多难友都听到毒打吕英的声音，很凄惨，也敬佩他的英勇。罗广斌这么一说，我才知道吕英为什么出走后又被捕了。

吕英一生革命，曾几次冒险为党办事，从不迟疑。结果还是没有能够逃出敌人的魔爪，最后被押解到重庆渣滓洞监狱，和他的老友陈俊卿一同英勇牺牲了。他和陈俊卿一样，称得上是特种材料做成的共产党人。

舒　赛

红颜多薄命

说到半个世纪以前的事，许多印象都模糊了，但说起舒赛来，却仿佛仍然有一个活鲜鲜的人站在我的面前。有着两个小酒窝的瓜子脸儿，无须脂粉便总是白里透红，弯弯的眉眼，弯弯的嘴唇，苗条的身躯穿在剪裁适度的旗袍里，纤纤素手，葱葱手指，还有一头秀发。无论从哪一点看，都是一个在深闺养成的大家闺秀，像上海出版的美人画上的美人一般。我和舒赛第一次见面的第一个印象便是这样。

不过，1937 年冬在湖北黄安县七里坪党训班里再一次接触舒赛，这个印象全变了。她已经完全抛弃了闺阁形象，以一个新时代的新女性面目出现在我们中间。头发已经剪成那时女学生表示革命决心的短头发，在头上纷飞。她已经没有"巧笑倩兮，美目盼兮"、顾影自怜、笑不启口的小姐形象，而是眉宇开展、一脸笑意、谈笑风生的革命女青年了。她身上的每一个细胞似乎都具有特别的活力。她总是那么无忧无虑地坦诚地笑着，那么无休止地参加各种活动，打闹取笑，手舞脚蹈。她似一时不说笑，不歌唱，不活动，便活不下去一般。对我这个她封为"大哥"且已有女朋友的同班同志，更是又亲热，又调皮，和我动手动脚，无所顾忌。我也自然以小妹来看待她了。她把我的女朋友刘惠馨当作大姐一样地亲热，一块儿学习，一块儿活动，一块儿爬山，一块儿下乡去宣传，一块儿坐在草垛边谈人生的理想和价值，谈去敌后打游击的希望。在她这个活跃分子看来，似乎一条坦直的胜利之路正在她的面前伸展开去，铺满阳光和欢乐。

在训练班结业之后，我们和她一样，没有实现到敌后去打游击的愿望，而是在班主任方毅同志谈话之后，被派到陶铸同志办的汤池训练班去了。我们一共十来个同志，一块儿从七里坪出发，由我带队，步行到河口，坐船到黄陂，然后从那里一直步行到应城汤池。有好几百里路呢。那时常下雨，那泥质乡村土公路变成池塘一般，我们在那泥泞中挣扎前进。虽然没有一个人发怒，对从未走过这种烂路的青年学生来说，却也是一种痛苦的考验。我知道舒赛恐怕比我还吃力。但是她似乎意识到这是对她的考验，她坚持着，哪怕常常在泥泞里跌坐下去。甚至她还发挥她的喜欢说笑的特长，为大家去忧解劳，说："哈，又卖了一个坐蹾。"（四川话称猪后腿以上和屁股之间的肉为坐蹾肉。）惹得大家笑一笑，顿觉轻松。

我们到汤池还不过半月，陶铸同志通知我说，省委调我去武汉做工人工作。我和舒赛他们分手了，从此不知道她干什么去了。只是她的热情、积极、正直、忠诚和胸怀坦荡的印象，还长留在我的记忆里。

1949 年 5 月，我在武汉参加接管工作，忽然看到舒赛也在那里参加接管工作，我们又见面了。她还喊了我一声："马大哥。"可是当年的舒赛模样早已没了。她比较冷淡地谈起她后来参加五师打游击，还干过公安工作，出生入死，在鄂中洪湖一带活动过。她只简单地说一句，她曾被许多同志追逐过，包括领导同志，她一概谢绝了，和一个一般干部结了婚。她说她为此给自己带来意想不到的遭遇。什么遭遇，她一句也不说，只摇头。我想她可能有难言之隐，不再问她什么，只觉她有落寞之感。我们武汉一别后，我再也不知道她的下落。

很多年以后，我突然收到关于舒赛的讣闻，才知道她已于1971年去世。她正当英年，大有可为，却与世长辞了。我不胜震悼，也很悲痛。这样一位忠诚的革命女战士，不死于抗日的烽火中，不死于敌人的刑场上，却死在自己人的监狱里。而且不是为了别的，只是为了"文化大革命"之初，她反对野心家林彪抢班夺权。她早于1966年便被捕入狱了。1971年被迫害后死于狱中。后来听说，在党中央关怀下，才得以平反昭雪。这一切有多少的潜台词，可以让人去深思，去探索呀。我只能在哀悼之后，喊出：苍天无极，我复何言！

那天晚上半夜里我难以入睡，舒赛五十年前的往事，一幕一幕涌现到我的眼前来。她还是那么天真烂漫，那么热情活跃，那么真诚坦率的小妹妹。忽然我又回忆起1949年再见时，在她的眼神中，虽然她还把我当成她的大哥那样热情，我却看到她的脸上某些疲乏和忧伤。我忽然浮想联翩，种种景象在我眼前展示出来：我仿佛看到在各种"运动"的批判会上，她正在严肃认真地为自己辩解，她绝不能让她对党的忠诚、对革命的信心受到误解，受到歪曲，受到侮蔑。我更仿佛看到她在那灾难的1966年，林彪这些小丑跳梁之际，她不惜生命、与之抗争的情景。我看到她接受造反派的围攻和挑战，她勇敢地揭发她所知道的林彪这些野心家的阴谋。她在林彪一帮的法庭上义正词严地辩论、驳斥、批判、抗争。自然，她的精神变得越来越伟大的过程中，身体却变得越来越衰弱了。她面对死亡，义无反顾，为她的理想、正义，而含笑献身……

记不清是哪一年，我在北京参加文代会。有一天，一个什么歌舞团的演员来找我，说他是舒赛的小弟。他谈起她姐姐，因为长得好模样和活泼的性格，面对权力和诱惑却偏不识相，给自己带来许多麻烦，以致铸成冤案，难以申雪。后来又因不谙世故，以一个共产党员的良知，写大字报反对当时最为气焰嚣张的法定接班人的林彪，注定只能冤死狱中。这个演员弟弟说的是不是真实，无从查考，但看他那感伤的模样，我选择相信。

一定是这样的，我越想越相信。像她那样的人，那样的性格，在那样的年代里，有那样的遭遇，红颜多薄命，自古尽然。只能是那样，不可能是别样的。何况她是一个怀着赤子之心的女共产党人。她虽然受死在黑暗的监狱角落里，然而她的灵魂早已穿过狱墙，进入我和知道她的人们的心中。

舒赛有知，可以安息了。

理如军

敢说公道话的人

"文化大革命"开始,我被领导抛出来祭旗,除了在四川的报纸上头版头条点名批判外,西南局机关的大批判也是少不了的,最多的自然是西南局宣传部机关的批判。

既为宣传部,当然都是搞宣传的人,习惯性地有一套搞大批判的程序。首先是领导确定我是大批判重点,定性为修正主义反革命分子,宣布对我撤职监管(实际上就是关押),然后是铺天盖地的大字报,开大会对我大揭发大批判。

昔日拍肩称战友的同事,按领导安排事先做"战前通气",交出批判资料(已经印成本子分发,号称"炮弹"),指定发言人的先后次序和批判题目,自然还有呐喊助战的队伍安排和口号内容。一切准备就绪,批判大战开打了。

这一切程序我过去也搞过,驾轻就熟。我自觉地首先检讨,估计不过十分钟,大炮虽然没有响,机关枪可是打响了。批判勇士十分踊跃,表现形态不同。有的声严色厉,似乎和我有不共戴天之仇;有的轻言细语,条理不明;有的则是言不由衷地应付几句。不少人来批判会场时抢坐后排,有的在看书,女同志也有利用时间打毛线的,我则不敢岿然而言，要低头做沉痛认罪状。

我预想的种种程序，都由有领导斗争经验的部长领导，顺利进行。快到中午去食堂打饭的时刻了，我预计到了收场的节目开始了，大家起哄，说完我"不老实！""避重就轻！""自我粉饰！"等等习惯语，部长当然宣布我不老实，检讨不深刻，要我下一次继续交代。于是休会吃饭。如此二次三次以至不知开了多少次的大批判会。我也抱定"死猪不怕开水烫"，反正领导早已确定我是定了案的叫我为"死老虎"了，机关枪大炮一齐开火吧。

但是有一次批判会进行中途，却发生了事故，宣传部理论处的处长理如军发言，大唱不和谐音，一时会场大乱，有同意的，有反对的，闹哄哄弄得出了意外，部长也慌了神。

理如军这位理论处长，读过不少马列主义的书，中国的古书读得也不少，能一套一套地说个子丑寅卯。他是党内大家公认的书呆子，喜欢掰"弯弯道理"，说话冷言冷语，幽默讽刺，很伤耳朵。他本来是部长早已鉴定为不可救药的"老右倾"，他曾经因为他的一句名言"现在大家都在走钢丝，从左边掉下去是沙发，从右边掉下去是茅坑"被部里系统地批判过，他满不在乎。

在批判我的大会上，他一直坐在中后排，从未发言。部长终于点名，说"你是搞理论的，总能说几句吧"。他终于发言，他首先说："我一直在听大家发言，我怕对不上大家发言的'口径'，所以一直未发言，现在指定我发言，我就说几句吧。"他照本宣科地说了几句流行的批判话，却转弯抹角地为我辩护，说有些批判话不够实事求是。他举例说，我当时说的某一句话，不是那么说的，我发表的某一篇文章不是那个意思，我写的小说是歌颂革命的并不是反革命的，不要断章取义，不要无限上纲，要实事求是，与人为善嘛。他说得有理有据，引经典语言求证，实在不好反驳。所以他刚说完，全场一时沉寂，不知道是应该批判，还是应该鼓掌。终于有赞成的以亲见亲闻作证明，有反对的说"老右倾"的话哪个肯信，弄得主持会议的部长只得说时间到了，下次再说，终于下了台。

我是分工管文艺处的，理如军是理论处的，我们往来不多，对他有时讲理论，我觉得他有一些独到的见解，只是和流行说法不大一样，我是不反对的。他在一面倒批判我的会上竟能直言，讲公道话，为我辩护，我很感动，没有机会对他感谢。

我在西南局宣传部任职，同时又是中国科学院西南分院的党委书记，因此科分院的大批判矛头也一直指向我，机关大楼满墙满壁的大字报都是批判我的。有一天忽然听说要查找反革命，原来是分院的造反派发现有人在批判我的大字报上竟然批上"胡说八道"几个字，分院闹开了，要追查批写这几个字的人。可是造反派查遍分院就是找不出是谁批写的，后来听说是西南局宣传部的人来批的，正要清查，理如军却自己"跳"出来，他居然敢又来分院在批判我的大字报上批长文为我辩解。造反派们找他理论，他对大家说："你们敢出来和我辩论吗？摆事实讲道理呀。"结果分院竟然没有人敢站出来和他辩论。理如军是属于造反派群众的，"走资派"的帽子戴不到他的头上去，造反派把他莫奈何，只把那张大字报撕了，平息了这场风波。

我听到这个风波过程，不仅感动，还真想当面向他致谢。但是我被监管了，没有人身自由，无法去找他表示感谢。"文革"后听说他调到省社科院工作去了，我一直没有见到他，因此想当面感谢他没有实现，深有歉意。

吴国珩 ▌
短命的诗人

吴国珩，扬州人，家道殷实，父为国民党中央党部组织部的科长，那可算是一个大官。他出身名门，又长于花柳之乡，多情善感，聪慧过人，注定是一位情痴情种。

我们认识在1941年时的西南联大。我考入西南联大，报到后分配住进一个宿舍。那时的宿舍挤满了上下铺双人床，两个床四个人分为一组。我在一个双人床的上铺放好行李，准备和下铺的同学打招呼，却看到一个长得很标致的青年躺在床上，在看什么书。我想和他套近乎，问他："在看什么书?"并顺手撩起书看了下封面，《红楼梦》。他很不乐意地看着我说："讨厌! 你管得着吗?"便翻身过去，不理我了。

第二天早上，他起来得晚，对着放在窗口上的小镜子梳头，很认真，还抹上香油。他把穿在身上的新的洋布长衫扯抻，才和我们同组的三个同学一块儿去大饭堂吃早饭。但是我们都在抢舀饭时，他却站在一旁看着，不屑于的样子。原来他是回去享用他带来的高级早点。从此以后，我们才知道这位公子哥儿自有他的养尊处优的生活习惯的。每天早上起来，梳头、修面、剪指甲，擦皮鞋，吃零食，穿新衣，是他的必修课。他常卧床看书不语，有时无端地悲伤，有时在窗口痴望，不知道在望什么。

后来，我们才从在中大附中时的一个同学口中得知，他在中大附中时与一贫家女热恋。那个女同学家道贫寒，却长得很漂亮，小家碧玉，多愁有病，也喜文学。大概和吴国珩梦想的红楼女儿近似吧。可是吴国珩的家长不许，不仅门不当户不对，而且一个弱女子抬进家，对于吴家传宗接代大有不利，于是老太爷坚决要他切断关系。吴国珩就是不干，不吃饭，要寻死寻活。老太爷先下手为强，强迫把吴国珩押送昆明交给官方朋友管制。好说歹说，强迫他报考入西南联大读经济学。他是考上了，可是对经济学毫无兴趣，自己入学登记，转入中文系，因此和我们住在一起。

我们这一组四个人，我、齐亮、吕德申、吴国珩所选课程基本上一样。我们天天一同去听教授们上课，一起吃饭，上茶馆，做作业，买零食，一起游乐，不久就结成好朋友。吴国珩有的是钱，开销大半都是他掏腰包。我们四人都喜欢文学，一块儿读西洋文学名著，也读中国古代文学名著。吴国珩特别喜欢读《红楼梦》，不特是"红迷"，简直是"红痴"，颇有点儿想学贾宝玉的样子。林黛玉所有的诗词他都能背出来，特别是林黛玉的《葬花词》和《秋窗风雨夕》。他一念到"侬今葬花人笑痴，他年葬侬知是谁？"便掩面流涕。他神经质到这样，真是看花流泪，见月伤心。有一次我和他在草地上躺着晒太阳，我听见他在隐泣，原来是他卧看草茎上的蚂蚁匆匆上下。我问他在哭什么。他说："它们那么奔忙干什么？"

他回去以后，马上伏在小桌上，一面隐泣，一面走笔疾书。结果写出一篇轰动的好诗，大家说他是一个多情善感的才子，未来中国的普希金。

这位倜傥哥儿、多情种子，我们在文林街茶馆喝茶，他倚窗望街头联大女生来往，老在发呆，似在寻寻觅觅什么。原来是他看中一位校花而不可得。却颇有追求他的女生，特别是那种所谓 Bus girl 老来缠他，让他烦恼。

后来他在我们常去喝茶的茶馆里，看上一名叫作茶花的扬州小女子。他听她讲扬州家乡话，特别高兴。他不特坚持要我们和他一块儿到这个叫"夜来香"的茶馆去喝茶，而且喜欢要茶花姑娘给他上茶，听她说扬州话，他还常给茶花姑娘买花钱。我们发现他似乎是有点爱上这个娇小玲珑的小妞了，一问他才知，原来茶花姑娘和他在中大附中热恋的女同学长得很相像，又是扬州人，莫非是有缘。

他送给茶花姑娘的花，被那家女老板发现后取走了。他仍送花如故。茶花姑娘也慢慢对他有意，向他道出她的身世。原来那个女老板本来是在扬州开半开门私窑子的鸨母，把和她有同乡关系的茶花招来。因为年纪小，不能接客，一起逃难来到昆明开一个茶馆为生。被吴国珩看上的茶花姑娘虽自知不配，却又难以拒绝，只好背着老板与吴国珩幽会。终于有一天被老板发现，茶花姑娘被老板痛打后，被关在老板的另外一处出租房里，她自知不能长久，吞鸦片烟自杀了。吴国珩得知这个情况后，痛哭发狂，亲自为茶花姑娘设奠送葬。此后他痛哭流涕，常常发呆。我们真怕他发精神病，拉他到远处茶馆去喝茶，百般劝慰他。我们仍然引导他从事文学创作活动，互相交换和评论。

后来在西南联大发生"讨孔运动"，我们引他参加"讨孔运动"。他本来很痛恨国民党官僚主义，所以他很激动。他和我们办板报，写诗作文，我逐步引导他思想走向进步，他开始愿意和我交朋友，叫我"马大哥"。

我因被特务注意，走避乡下去了路南，一时不能回联大，吴国衍便决心跟我下乡。我不许，他却自去乡下狗街中学教书，表示再也不想上学了。我和齐亮去看望他时，他却一心在写诗。那时我也写了一首长诗，他便和我一起修改我的长诗《路》。他写的诗和散文诗很好。他修改我的诗也改得很好。从我现在出版的《路》上，还能发现他为我修改的艺术段落。他不回联大，他家不给他钱，他偏就不回，在乡下教书自食其力。

后来西南联大的学生运动兴起，他才听我们劝告，回来继续读中文系。1944年冬，昆明的"一二·一"学生运动爆发，他是参加的积极分子。他在罢课委员会里担任特刊编辑，劲头十足。齐亮介绍他入了党。随后他转到建水建民中学教书，准备参加武装游击战争，想继我转战滇南。我认为他其实是一个浪漫主义诗人，一脑子的幻想，哪里是一个搞政治、特别是搞凶险玩枪杆子的人。就不应该让他参加共产党，不应该到滇南去打游击。我劝他还是回联大到北京上北京大学读文学，发挥他诗人的天才，可是他要去拼命。1946年夏，我被调到成都做党的工作后，就不知道他的情况了。

新中国成立后，昆明的同志告诉我，当国民党李弥部队逃滇南出国时，吴国珩带着一支他奉命去改造的土匪队伍，在金河县武装守住要路口，死战不退，被李弥强攻，全部被打死，他是最后一个被子弹击中而死的。还有一说，是土匪先打死他，投国民党残部跑了。我为他的不应该发生的悲剧而悲痛，一个很有希望的诗人没了。

不过，我后来发现，吴国珩的名字出现在北京大学石刻烈士榜上，这也差足欣慰吧。

吕德申
马克思主义文艺家

我认识吕德申是在 1941 年秋天。我们同时考入昆明的西南联合大学，入学报到后分配在昆华中学宿舍同一间寝室的同一个小组住宿。我在上铺，他在对面下铺。我才把被卷铺好爬下架子，就看到他和对面床上躺着的吴国珩一样，也正躺在床上专心致志地看着一本书，不理不睬。原来看的是朱光潜教授的《文艺心理学》。我想他大概是中文系做学问啃书本的老夫子吧。

吃中饭的时候到了，我和齐亮、吴国珩拿起碗筷，叫他一块儿到食堂去进行"抢饭斗争"。那是抗日战争最艰苦的时刻，学生伙食团能分到的糜米也不够数。伙夫把大甑子抬出来，同学们便一拥而上，围着用饭碗去挖那甑子里的"八宝饭"（所谓"八宝饭"，就是糜米夹杂着糠壳、稗子、草根、泥沙做的饭），这真是一场"生死斗争"。我和齐亮挤进去了，吴国珩却不屑地站在一旁冷笑，吕德申还谦虚地站在圈外，等待机会，这样一来，他挖到的饭自然就不多了，但他却并不像别的迟到的同学因为没有吃饱而大声埋怨。

当时，党的南方局让我隐蔽到联大，准备长期埋伏，相机做学生工作。根据南方局的"三勤"方针，我首先要做的是和同学交朋友。

我和齐亮一见如故，这是我首选的工作对象，吴国珩像个公子哥儿，我当时没有打算对他做工作，而吕德申是贫苦出身，为人老实，他也是我的工作对象。

我和他们三个人朝夕相处，一同听课，一同吃饭，更要紧的是把他们拉到街上小茶馆里去喝茶、读书、走棋、打扑克、闲谈。那时西南联大的同学把课余时间大半打发在校外的小街茶馆里，喝茶或阅读。我们四个人很快成为朋友。对齐亮，我几乎没有怎么下功夫，便心心相印，无话不谈，后来才知道他在南开中学时便已经是地下党员了，只是组织关系还没转过来。他说，一看我就知道是大有来头的人。我们两人都决定对吕德申做工作，至于对吴国珩只是相机行事。

出乎我和齐亮的意料，"无心插柳柳成荫"，吴国珩倒是从爱好文学而思想迅速进步起来。而吕德申，真是"有心栽花花不发"。我们想催促他走向进步和革命，他止于进步，不想参加革命。他一门心思向往西南联大萃集的大批大学者大教授，想从这些大师们那里讨得真学问。他甚至放弃了以写散文成家的愿望，一头扎进书堆里去，直至 1945 年以优异成绩在中文系毕业，不久即被杨振声教授（曾是中文系主任）引到北大，担任助教和研究生，从此他如愿以偿，真正走上了文学研究的道路。这是我建国以后到北京开会，回到北大和吕德申见面才知道的。见面时他没有谈他的学术研究，却特别对我说他入党了，很引为自豪的样子，同时又有些抱歉地对我说："我在联大时，辜负了你和齐亮对我的栽培，你们费了大力气，我却冥顽不灵，没有跟你们走上革命道路。直到 1949 年快解放了才下决心加入共产党。"我只是淡淡地说了一句："革命不分先后嘛。"

本来吕德申以为告诉我他入党的消息会叫我高兴，其实那时我的想法却是希望他在学术研究的路上走下去，不一定要卷到政治里来。我在四川当了地方官，混了几年，才知道搞政治并不是我们这些知识分子、特别是当年在白区工作过的地下党知识分子好过的事。有些事并不如我们在大学里特别是像西南联大这种民主、自由、开放的大学里所向往和追求的一样，我感到并不愉快，老想回到学术研究部门工作。我在联大中文系学的语言文学专业，我们系主任罗常培是这门学科的权威，建国后他任中国语文研究所所长，我去看望他时，他就有意要我去他在的那个研究所当党委书记。他说："我当所长，我的学生来当党委书记，那是最理想的了。"而且他真的通过科学院来调我，我也曾很动心，但因我当时是四川省的建委主任和建设厅长，忙于第一个五年计划建设工作，地方上哪里肯放我走，想归队也没能如愿。偏吕德申却入了党，还当了党支部书记，还很自豪地告诉我，他却不知道我以为像他这样的知识分子，还是专搞学术研究为好。

以后我每到北京，都要和吕德申交谈这方面的事，我知他的甘苦，也知他付出了多少心血。可以说他所参加的马克思主义文艺学的研究和学术活动，称得上起中流砥柱的作用。他们所编辑出版的有关马克思主义文艺学的教科书式的著作，即使时移事迁，恐怕至今仍然是大学和学术界研究马克思主义文艺学的重要参考书，假如不能说是经典著作的话。吕德申付出毕生的精力，总算有过辉煌的成就，也就死而无憾了吧。

黎　智

一个奔忙不息的人

我认识黎智，或者说我知道本名叫闻立志的黎智，早在 1939 年了。那时他在鄂西三里坝省立高级中学读书，我初到恩施担任鄂西特委书记，学生工作是我们很重要的工作。我进行了解，知道这些学运工作中，又以在武汉就有进步传统的三里坝省高中最有成绩。那里拥有一个几十个党员的强大组织，进步势力在学校里始终居于优势，当然斗争也最为剧烈。我首先到那里去视察，见到了总支书记闻立志。我听说他是一个年轻气盛、很有魄力和办法的青年同志。

不久，国民党掀起反共浪潮，将在学校实行大逮捕。闻立志是最"红"的，必须马上撤退。因此把他调出来，到利川担任县委书记。

1941 年皖南事变发生后，国民党特务疯狂搜捕共产党和进步人士，恩施一下便逮了四百多人。最不幸的是特委书记何功伟和妇女部长刘惠馨因叛徒出卖而被捕了。当时我正在南路的几个县巡视工作，刚到利川便得到这个噩耗。虽然我们对何功伟、刘惠馨的坚定性充分信任，但还是要照党的规矩，迅速进行整个组织的疏散和转移。事不宜迟，我把利川县委书记闻立志找来，向他布置工作，除开利川县本身的应变措施外，还要替我去向来凤咸丰中心县委紧急传达，布置应变措施。我之所以叫闻立志去替我传达，是我对他完全信任，相信他是会沉着冷静、临危不惧地去完成任务的。结果他日夜兼程奔走几百里，胜利完成了任务，并赶回向南方局报告。其后他被送到延安去了。

1948 年，我到香港，老上级钱瑛同志告诉我，当时平津学运工作做得很好。她说："领导平津学生运动的人你认得，你猜猜。"见我猜不出来，她才说："是黎智，就是闻立志，是你在鄂西的老部下呀。"哦，闻立志到平津去领导学运了，至此我才得知黎智的下落。

1949 年，我随钱瑛南下接管武汉，暂时在华中总工会工作。有一天，一个粗壮汉子，穿着军服，挂着盒子炮（二十响的手枪），到华中总工会来找我。一见面我们拥抱，我惊呼起来："你做了大官了，还挂着盒子炮，带着警卫员哩。"原来黎智回到武汉任青年团市委书记了。他说："我这个打扮，初入城的干部都是这个样，为安全的。"其实我是知道的，不过和他开玩笑。

从此以后，我和黎智一直有了来往。当然，工作地区不同，工作岗位不同，见面的机会不多。只是我每次过武汉时，总要去看望他。他还是那么忙进忙出，一副虎虎有生气的神态。还是那么一个朴实厚重、诚恳和辛勤的风貌，好像什么事情他都是可以解决的那种自信的外貌。

上个世纪 80 年代，我到武汉见到黎智，他告诉我说他是武钢党委分管 107 号轧机工程的指挥长，并硬把我这个对什么轧机兴趣不大的作家，拉去看他的宝贝轧机生产流程。我真是为他的热情和工程人员的精彩解说所感动了。我听他说到武钢的将来要发展成为一个怎么大的企业时，那么眉飞色舞，把过去走过的弯路、个人受到的困难，全都置之脑后。我被他那种豁达大度的精神所折服，心想我们中国多么需要这种解放前不计生死，一心革命，解放后又不辞辛劳，不要名利，不怕困难，一心扑在事业上的革命实干家呀。

后来他不在武钢干了，去做武汉市的市长，为国家管更大的家业。我相信他，不管干得如何，他是会尽心尽力、无悔无愧地努力工作的。中国太需要这样的忠诚老实的"长"字号人物了。中国太不需要一旦当"长"，就孜孜于搞自己的形象工程、光彩工程、数字工程之类，为自己寻求上进之路而奋斗的"官僚"了。

黎智退下来后做了什么，我全然不知，只听说他为纪念他的叔叔闻一多先生而热心奔走，这很令我钦佩。他并不是为了他的家族的什么人，而是为了这个中国知识分子的典型人物闻一多先生树碑立传。发扬闻一多先生的动天地惊鬼神的战斗精神，这实在是太应该了，我也积极参与进去。后来他主持出版了《闻一多先生全集》，还送了我一套。

得到黎智去世的消息后，百感交集，我把我的感怀，化为一首七律诗，写在下面，以作纪念。

七律　怀黎智
（闻立志，小名闻六郎）

立志舍身闻六郎，投笔从戎慷而慷。

烟云武汉飞飙起，风雨鄂西恶浪狂。

平津城边雷电吼，青山脚下钢花扬。

白头相看不言老，余热誓言献小康。

袁用之 / 于　产

一个非共产党员发展共产党员的趣事

　　袁用之和于产都是六十年前我在西南联大的革命斗争中结成的生死之交。他们两个都比我的年纪小，身体自然也比我强。本世纪初，袁用之来成都到我的家里来看我的时候，我感到他除了思维比过去显得迟钝一些外，身体看来却还是很健壮的，我拍着他的肩膀说："老弟，你还是其壮如牛呀！"其壮如牛，这是当时在大学里大家对用之身体的评价，然而一转眼间却知道他已去世了。

　　六十四年前，我到昆明西南联大以上学为掩护，进行地下党的活动，做学生工作。二年级时，我住进联大的一栋简陋的土坯茅草宿舍26号里。这种宿舍面积不大，却挤住着四十个同学。上下铺四个同学一组。各组用旧布围着自成一个小天地。我和地下党员齐亮、同学吴国珩住在最头一组。对面就住着袁用之（当时叫袁成源）和于产（当时叫于立生）。隔几组住着李晓（即李曦沐）、张光琛（即张彦）、何扬和王松声，还有其他一些文学院的同学比如袁可嘉等。这些同学自然就成为我和齐亮工作的对象了。

　　西南联大本来是一个有北大、清华、南开学生运动传统的大学，自由民主的学风很盛，昆明又是一个政治环境比较宽松的地方，许多具有爱国主义思想和追求民主自由的青年都是为追求自由民主而考入联大的。所以当我们本着南方局的"三勤"方针（勤学、勤业、勤交友）活动时，发现许多同学本来就是思想进步分子。我和齐亮有意识地和他们交成好朋友。我们几乎没有做很大的努力，便在党支部的周围，结成强大的进步势力，推动和参加了昆明的民主学生运动。

当时，南方局还没有开始允许发展党员，云南省工委书记郑伯克就告诉我，中央还没有入党解禁的通知。因此许多进步分子要求入党，我们支部也没有接受。直到1944年底1945年初，在学生运动蓬勃发展起来、相应地建立起党的外围组织"民青"两个支部后，联大的地下党才开始分别在其中发展了一批党员，其中自然有袁用之（他是恢复组织关系），于产则是1946年夏他从磨黑回昆明后由我发展加入共产党的。然而他俩在这之前，却闹了一个非共产党员要发展我这个共产党员入党的笑话。

记得大概是1943年的冬天或1944年的初春，有一天中午，我拿着一本书到宿舍外的草坪上坐着晒太阳。不一会儿，袁用之也拿着一本书出来，和我坐在一起晒太阳。我两个都是四川人，自然就套近乎闲谈起来。那时学校里政治空气开始活跃，许多壁报开始出版，我鼓励何扬几个把原来由群社办的进步文艺刊物《冬青》恢复起来，借此可以团结许多进步同学。我知道袁用之和于产都是已参加了的，而且于产被推举为社长。他们两个都是和我说得来的进步分子，彼此都信得过。

袁用之刚坐在我的身边，就和我说起进步青年的苦闷，他率直地说到找不到最进步的组织来领导他们。他问我："你有认识那边的人吗？"我当然理解他说的"最进步的组织"和"那边的人"是什么意思。我也早已把包括他和于产在内的团结在我的周围的进步同学，作为我们党支部工作的对象，准备时机一到，便发展他们为党员。我对袁用之还不能暴露我的党员身份，只能用当时对要求入党的进步分子的通常说法，说："我不认识那边的人，但是我们分头去找吧，找到了就互相通气。"

过了几天，袁用之约我一块儿晒太阳，他对我说："我已经找到了。"当时我听了很奇怪，我是西南联大的党支部书记，并没有一个党员向我说起要发展袁用之的事呀。我问他："你找到什么了？"他说："就是我们那天说的分头去找那边的人呀，我找到了。"我问他是谁，他不肯说，只说如果我愿意的时候，可以去找"那边的人"谈话。我倒要看看到底是谁，便同意了。

过几天他带我到一个茶馆喝茶。原来他找到的"那边的人"就是于产。于产是和我住在同一个宿舍的同学，年纪很轻，十分活跃，无事喜欢和同学打堆，说说笑笑，对于国家大事，喜欢高谈阔论，比较幼稚。他看我老成持重，不苟言笑却言必有中，对我比较尊重，叫我老大哥。无疑这是我们的一个工作对象。但是我奇怪，我们党支部里可没有于产这个党员呀。并且云南工委并没有通知我们开始发展党员呀，怎么于产就来和我举行入党谈话呢？且不管他，且听他怎么谈吧。

于产很严肃地对我说："我们有几个同学是失去了关系的党员，老袁就是一个。我们决定先成立一个支部，完全按共产党的要求，过严格的组织生活，遵守党的纪律，学习党的文件，参加学校的进步活动。将来找到共产党后，他们一定会根据我们的工作情况，承认我们的党籍的。"原来他们是自发地组织的一个所谓的党支部。当时我没有说什么，并且想听一听他的入党谈话。于产真是正经地和我谈起话来，很严肃的，并且要求我保守秘密。

我把这个事情向云南省工委书记郑伯克报告，他说他已经知道这几个失去关系的党员，但是现在照中央规定，不能马上和他们建立正式党的关系，不过我们也已经有党员（后来知道就是吴子良）和他们建立进步关系，介绍他们到乡下办中学去。后来于产、黄平、陈盛年等几个便到磨黑教书去了。

袁用之还没有走，我问他失去党的关系的情况，他说他是在成都协进中学读书时受到许多共产党教员的影响，思想进步的，1940年入了党，但是不久便失去党的关系，随后他就到西南联大上学来了。这种情况我知道当时很普遍，我告诉他，现在不能恢复组织关系，可以和我建立联系，努力工作，将来重新入党。1945年5月，刘国志到重庆接关系再回到昆明时，把袁用之的党的关系带了回来，转给了我。我告诉袁用之，他的关系已经转过来了。他的关系就这么接上了。

袁用之和于产虽然和我闹了一个非党员吸收党员入党的笑话，但是可以看出，他们都是真正的热血革命青年，诚心诚意要把自己的一生贡献给革命的。1945年袁用之在联大毕业后，被介绍到磨黑中学教书，那里是我们滇南党的一个据点。当时我被调到滇南任工委书记，准备发动农村武装游击战争。我曾派和我一块儿到滇南工作的齐亮到磨黑、墨江、元江一带巡视工作，曾和陈盛年、袁用之等同志有联系。

1946年根据南方局的安排，我调到四川工作，袁用之在滇南和昆明工作的情况，我虽然不很清楚，但还是大略听说一些。特别是1947年7月昆明学生运动中，他被调回昆明，领导"民青"工作，曾经和一些"民青"盟员和进步同学在国民党监狱里进行英勇坚决的斗争，并胜利出狱。但是其后他又回到滇南参加滇南游击战争，做过一个支队的政委，解放后在临沧地委任副书记以及后来反复挨整、载沉载浮的不幸遭遇，我毫无所闻。

上个世纪80年代初，我到昆明参加西南联大党史座谈会，才见到了袁用之。但是他似乎羞于谈过去的事，我也不得其详。不过我发现，在他身上再也看不到过去在西南联大时那种谈笑风生、生龙活虎，还有几分傲气的影子。他明显地变得沉默寡言，甚至有几分神不守舍、答非所问的样子。但是我很理解，当时在云南工作的另外几个地下党员身上，可以看到同样的神情。甚至在其他地方和部门工作的地下党员，也有相同的情况，比如入党后调去做外事工作的于产身上，也可以同样看到，甚至在知识分子的地下党员身上几乎普遍看到。

　　袁用之和于产这样的曾经是天不怕地不怕、一心向往中国革命，以至没有找到党时敢于自立党支部进行革命活动等待党来寻找的革命知识分子，在加入中国共产党后尽心尽力参加革命斗争的共产党员们，在后来的风雨历程中，变成为诚惶诚恐、不苟言笑，以致似乎随时准备接受批判斗争的半痴呆的人，幸耶，不幸耶？

张华俊

一个过于克己的人

　　我知道张华俊同志是在抗战初期的武汉，真正认识却是 1940 年的秋天在鄂西的咸丰县。当时我任地下党的鄂西特委书记，他调来担任来（凤）咸（丰）中心县委副书记。我知道他是清华大学的学生，参加过"一二·九"学生运动，于 1936 年就入党了。我们见过几次面，每次晤谈甚欢。

　　1941 年夏，我考入西南联合大学，到了昆明。有一天，我在校园里忽然和张华俊碰面了，他非常高兴，要求我和他接上关系。我说："你的关系我已经交给南方局，现在不在我的手里，我没有办法接上你的关系。"但是我告诉他，他虽然现在没有组织关系，但我和他曾是上下级关系，而且我以为他是可信的，因此今后可以在我的领导下在学校进行革命活动。从此他就在我的领导下，在西南联大工学院一面学习，一面进行革命活动。他的工作是积极的，工作是有成效的。这样一直工作到 1945 年毕业。我给他办了重新入党的手续，调他到滇南工作。从此他一直在滇南，担负党的领导工作，参加游击战争，直到新中国成立。但是建国后的原云南地下党，面对过许多复杂的情况。据说张华俊在咸丰中学以教书为职业掩护时，曾经集体参加过国民党，因此他的党籍被停止了。

据我所知，这样对待他是不对的。当时党内有通知，在那种情况下，可以参加国民党，事后向党报告过就行。他是向我报告了的，我也写了证明的，就是不被承认。张华俊同志是清华大学参加"一二·九"学生运动的人中最早一批入党的，和他同时入党的许多同志，解放后成为部级以上的领导干部，而他就因为这件事，在工作上没有得到恰如其分的安排。建国前他在云南省工委的领导下，就曾担任滇南一个地委的书记，在游击战中叱咤风云，立了大功。

这当然不是说，一个共产党员可以争名争位。实际上很多地下党的同志建国后安排工作，一般都要低于原来的一至二级，大家都自知当政经验不多，需要重新学习，没有人发什么怨言。然而张华俊同志却是因为莫须有的错误而被有意贬抑的，这却失之公平。而且他不是一个没有文化没有工作能力的人，如果放在更适当的岗位上，让他心情舒畅地发挥作用，他会为党做出更大的贡献的。这不能不是令我遗憾的事。

然而最使我吃惊的是，张华俊同志对于这样的对待，却是当作一种对于一个共产党员的考验，受之不惊，泰然处之。他并且真心诚意地努力从自己的出身、没有改造好的知识分子、自己思想的确还不纯等等方面，进行认真反省。希望从一些细枝末节中去挖掘出自己思想上的问题，下决心和自己的过去决裂，洗心革面，重新做人。他时时事事总好像要从自己的身上找出不是，仿佛这样才是一个共产党员党性坚强的表现，他太克己了。

我没有想到这么一个老共产党员，在几十年的不断"运动"中，特别是达到登峰造极的"文化大革命"中被改造得如此洗心革面，如此自我否定，如此不敢去要求为自己平反，因为害怕被罪加一等。我想"文革"中之所以产生了如此大量的冤假错案，给我们党在十一届三中全会后带来如此巨大数量的平反工作，就是因为有太多的好人，真以为自己是罪人，只能卑躬屈膝地忍受和认罪。张华俊便是有这种心理状态的好人。

同样的，我们很多身经其事的党员们，并不以自己的遭难而耿耿于怀，大概以为这是中国革命历史必须经历的过程，是我们必须付出的代价吧。问题是我们必须从这种惨重的代价中吸取教训，在思想上进行认真的反思，在体制上进行认真的改革，使错误不会重犯，历史不会重演。我们的党就会永远立于不败之地。

一个庄重的政党是能够改正自己的错误的，过去许多错误已经改正，冤假错案已经不断平反，张华俊同志的历史问题已经澄清，一切都已经成为过去。"文革"以后，我们几次相会，他说他已经被安排为云南省科技厅厅长。我们谈得很欢，他并不以他所受过的委屈为念。

林温如 ▮

意味深长的淡然一笑

1948年5月，在成都发生"四九"血案不久，国民党的《中央日报》登出一个通告，叫成都各大学的"奸匪"和"奸盟"分子限期到国民党新成立的一个什么"特种刑事法庭"去报到，听候审理。要四川大学、华西大学等校在他们制造的"四九"血案后他们认为的共产党员和民盟成员出庭受审，"依法"判处。

在这个名单中，华西大学的学生林温如名列其中，而且是第一名，可见其"罪恶滔天"，非要严办不可。林温如怎么也没有"弱智"到相信杀人不眨眼的特务会让学生在法庭上公开辩论，还是赶快疏散吧。林温如通过一个进步同学、刘文辉的儿子刘元彦的关系，到雅安刘公馆去躲了一阵，后来去川北工委工作。解放后回到成都。

建国初期，我在成都市委工作，新建立的党的纪律检查委员会和成都市政府的监察委员会合署办公，我兼任书记和主任。这两个单位的干部条件要求较严，一时难以配齐，我正为难，刚好林温如来报到，就安排他到这两个单位去工作。当时我工作很忙，纪委和监委的工作，几乎就是他在顶起干，他为人正派，秉公执纪，下面反映不错。看来干这个工作是胜任的。他有这样的水平，继续干下去，将来可以做副手顶杠子干了。

后来我调到四川省建设厅工作，就不知道他的情况如何了。"文革"后有一天，我在省科委开会，看到了他，他说在科委做处长，搞科普工作，别的什么也没有说。看样子寡言少语，过去那种活跃样子没有了，这是建国后地下党员的常态。

上个世纪80年代中，我早已离休。地下党员之间，往来较多起来。有一天，林温如和他的爱人彭宗萍来看我，说他们也离休了。我们闲谈起来，彭宗萍才把林温如建国后一直受冤枉、在政治上一直得不到重用、窝囊一生的情况告诉了我。我才得知，他在成都市纪委干得好好的，却被调到党训班去学习。就因为历史上有一段失去党组织关系的事，把他的党籍取消了，这是没有道理的。一直拖到1957年，幸得王叙五（原地下党川北工委书记）证明，才恢复了组织关系。不然永远是党外人了。

原来林温如受了这么大的冤枉，一直受压。像他这样一个工作一直积极也颇有能力，且对党忠诚的老干部，当时本可以从市纪委顶杠子干，受到重视而进入市的纪监委领导层的，却被党训班莫名其妙地取消党籍，从而不受重用，一直不得发挥才干。这样的事，在地下党中何止林温如一人。

我们的话说到这里，林温如只是淡然一笑，他这淡然一笑，意味深长。

彭 塞

留得丹心一点红

老彭走了，走得如此仓促，没有向朋友们告别，也不容朋友们去向他告别，甚至连他自己也不知道，是何方猖魔，对他突然袭击，索去性命，他至死也不知道是被胰癌所害。

老彭究是何人？

老彭姓彭名塞，是我的老朋友。亲热地叫惯了老彭，不想改了。老彭自幼受良好的家庭教育，倾向抗日进步，1936年加入"民先"，1938年去延安学习，入了党。后奉派回四川做地下工作。1947年曾任成都工委书记，后任成都市委副书记，直至新中国成立。建国后他任青年团省委副书记。后来我们工作不同，少有往来，却心性相通。

他秉性冲和而工作实干，为人比较厚道，做事稳重，从不张扬蹈厉。团委绝大多数干部，都是原地下党成都市委下面的青年同志，这些青年在老彭的领导下，形成一个愉快的团结战斗的集体，无分上下，生龙活虎地进行青年工作。闲时跳舞、唱歌、打球，十分热闹。老彭成为他们的领班人，工作起来自然是十分得力。这恐怕也是老彭最愉快的一段生活了。

1952年后，我调四川省建设厅工作，老彭也调到成都市委任常委、统战部长。我们工作不同，接触也不多，可是有时见到，看他谨言慎行、不大说话的样子，和他在青年团时代大不一样了。我想他大概是在生活中遇到一些麻烦。大概和其他地下党青年同志的遭遇一样。果然，在反右派的时候，我听说他正在"过关"，很不好过。最后以留党察看两年，行政降两级，到一个小工厂去工作收场。从此我们很少往来，各人都有一本难念的经在那里念呀。直到"文革"后拨乱反正，老彭才平了反，到省医药管理局主持工作。许多老朋友可以接触往来了，我们才恢复了往来。

一次在人民公园的地下党同志的聚会上，王宇光、老彭都在，我们开怀畅谈，老彭虽然说话不多，却都切中肯綮，说到是处。后来他从医药管理局调到省委党史工委主持工作。党史工作是一件十分重要、政策性极强却又十分棘手的工作，他毅然去担负起来。他召集了好多次党史座谈会。党史中有许多难以弄清的糊涂账，他和党史办的一些同志，都本着实事求是的精神，理出了头绪，出版了许多资料。直到离休，我看他是胜任愉快的，这恐怕是他认为为党做的一件最有意义的工作了。一个党员，一生能为党做一件最有意义的工作，也就不愧此生了。

许多年后，我写了一个条幅送给老彭，在那上面我写了一首《采桑子》词，他很珍爱，装裱起来挂在家里。这其实可以概括他一生。

　　南征北战年华逝，戎马倥偬，正气长虹，阅尽风流在险峰。　　老来更觉春光好，绵薄全奉，夕照匆匆，留得丹心一点红。

陈孟仁

陶行知的信徒

　　我的初中校长陈孟仁老师是一个极其普通的人，一个孜孜不倦地把一生奉献给教育事业的普通教师。然而正像无数的农村中学老师一样，就是这样不求闻达、含辛茹苦、甘作孺子牛的普通教师，载负着中华民族几千年流传下来的文化、科学、道德、情操，以至浩气正气、民族的自信心和自尊心，将之传达到下一代。他们不愧是国家的脊梁和民族的精英。他们是甘于清贫默默耕耘的孺子牛，他们真是像鲁迅所说的，吃的是草挤出的是奶。

　　陈孟仁老师是这些孺子牛中的一员，而且是在战乱频仍、贫寒落后的四川小县的乡村，播下新思想的老师。

　　八十多年前的事，还历历在目。孟仁老师从南京高师（即后来的东南大学）毕业，回到了故乡四川忠县。和他一块儿回来的，还有他的"下江"夫人胡老师。孟仁老师穿着很有精神的紧身制服，胡老师穿着圆摆的洋布短衫和黑长裙，这都是当时最时髦的装束。他们两人在乡镇街上并肩扬长而行，引来一街惊奇和羡慕的眼光，给这个守旧的古镇带来了新风。

　　那时候，陈孟仁老师放弃了城市生活，接受聘请，到我父亲担任董事长的、新开办的农村中学当校长，要把这个学校办成一个新型的初级中学。我也就跟着转学到这所学校学习，直到毕业。

这个学校的创业是艰难的，没有校舍，也没有什么可靠的经费来源。我的父亲在本地一批开明士绅的支持下，根据他们的建议，把杨家寺一座空荡荡的大庙里几个苦守的老和尚迁到别的庙子去，就把地方腾出来了。区政府派人把房舍整修了一下，作为宿舍，再用纸糊的竹篱笆把大殿里的泥菩萨隔起来，大殿便成为学校的礼堂。再没收乡村一些富裕庙宇的田产作为新办中学的财产，来解决学校的经费问题。曾发生有的大庙拒绝交出庙产的田租，大龄同学成队去和僧徒打架的事。这在当时算是一种勇敢的行动了。

开学以后，孟仁老师用古拙的大字在一块大木板上写上"诚朴"二字，放在大殿正中，宣称这便是"校训"。这两个字虽然是来自孔孟之道的道德规范，但他给我们解释为报国要忠诚、为人要老诚、对人要心诚、生活要俭朴、思想要质朴，却在我们的心灵上注入了新的精神。

这还不算奇特，最奇特的是孟仁老师把他在南京就极为崇拜的陶行知先生的"生活即教育"的思想进行实践。首先，他把陶行知的"农夫的身手，科学的头脑，改造社会的精神"作为学校的信条，要全校师生身体力行。他要求我们每个学生入学要带一把锄头来报到，给我们规定了正规的劳动时间，用来修校园、筑马路、平操场，还种植水稻和蔬菜。他还主持把操场边一个小荒山开出来，种上树木花草，修个茅亭在顶上，立刻显得很气派，成为我们清早起来做早操、背古文、读英语的好地方。

他还把学生各宿舍改名为某某村，各寝室改名为某某里，村民选有村长，里民选有里长，实行学生自治，管理学习、起居、道德规范。学校不再有执教鞭的训育主任了。果然学生间互相鼓励学习，规范德行，秩序井然，这也是陶行知思想的实践，于是学生们学业品行都有起色。

孟仁老师要求同学衣履整洁，却不尚华丽，他严厉批评不修边幅的学生。他要求我们把教室和宿舍收拾得整齐干净，检查时窗棂上摸到一点儿灰也不行。每周星期天早晨，都要进行全校性的自检、互检和评比。在优胜者的门上挂上"最整洁"的牌子。他说这是表现一个新民族里有出息的青年的精神面貌的。

他并不鼓励我们读死书。他批评说："死读书，读死书，读书死。"据说这也是陶行知的话。他提倡班级的唱歌比赛，黄昏时分，一班又一班，此起彼落地唱得很欢。他还提倡做操、跑步和打球，甚至排演新戏，如像《孔雀东南飞》《前狼后虎》之类。因为没有女同学，女角都由长得标致的男同学扮演，那也算是开天辟地的事。他容忍有些同学阅读当时从武汉、广州、上海等地寄来的新书新刊。还让同学在附近农村办了识字夜校。逢到国耻日（那时的国耻日是很多的）去农村做演说。我也跟着大同学参加过这样一些活动，从中获得了政治启蒙教育。

但是这并不意味着孟仁老师不重视课堂教育，相反，他对于课堂教学是抓得很紧很紧的，对于我们的学习要求十分严格，因此同学们在三年的学习中都取得了很好的成绩，以至我们学校参加川东十几个县在万县举行的毕业会考，不仅包揽了前五名，而且占合格毕业生的几乎一半名额。这个名不见经传的农村中学在川东一下出了名，以至外县学生闻名转学来校学习。这证明陶行知的"生活即教育"是成功的。

孟仁老师办学有方，还由于他聘请了好多位学识优良、思想进步的年轻教师，并不计较政治态度。可惜的是国民党特务来我们学校"清共"，几个好教员被赶走了，包括三位共产党员也逃走了，还有一批同学被抓走了。特务说这个学校已经"赤化"了，宣布停办。孟仁老师并不是共产党，被调到县立中学当校长，他在那里仍然办得成绩突出。这个中学至今还是每年有几个学习好的学生考入著名大学。

　　1931 年我在这个学校毕业后，便出川求学，寻求救国之道，参加革命，一直没有回家。直到新中国成立后，我回到成都，得知孟仁老师担任了省政协委员，到成都来开会，我才得机会去拜望他。后来他每次到成都来，我都去看望他，我始终把他当作我的老师，他感到很高兴。他的身体已经大不如前，思想却有了新的进步。他说过去只怀抱一股热情，报效祖国，却始终没有找到路子，现在才算走上了光明大道，愿意鞠躬尽瘁，做一名教育战士，做一个有良心的知识分子。我从他的身上仍然看到他当年那种朴实无华、安贫乐道的精神。不幸的是，这样的老黄牛不见容于"四人帮"，竟以老病之身，遭到不公平的摧残，以致屈死。"文革"结束后总算昭雪，以一个"人民教育家"盖棺论定。孟仁老师可以安息了。

卢诗于 ▌
我的发蒙老师

　　我幼年的生活景象，许多已经从我的记忆中泯灭了，有的则沉积在我的记忆的底层，不去挖掘，也记不起来了。但是我对一位我幼年时代的初小教师，却没有忘记。只要一回忆，便觉得他的形象就在跟前。他的打扮、面貌、举止和气度，都和山区地带的一个朴实的农民差不多。他的头上缠着一条乡下人喜欢缠的白帕子，脚上穿着一双宽头的、很结实的土蓝布鞋。他的身上的确流着贫苦农民的血。和一般农民不同的是他穿着一件那时我觉得很长很长的长衫，虽说那件用土蓝布缝成的长衫已经洗得发白，早已失去光彩，然而这便是在乡下有知识的"先生"的标志。他是不可一日不穿上这件文明衫的。现在回忆起来，还觉得他高大个子，宽宽的脸，但是眼睛好像不太好，害着那一带农村人民很普通的火眼病。他的表情虽然是比较严肃的，然而我总觉得是很宽厚和仁慈。——这便是我幼年在神滩溪小学上学时一位老师——卢诗于老师的形象。

　　我努力从我的记忆中，去搜索当时的印象。然而搜索到的只是一些从事实中凝析出来的抽象印象。这些抽象印象约略说来就是：他热爱祖国，又忧其贫弱，对于我们这幼小的一代寄以满腔的热忱，希望我们长大成人，外抗强权，内除国贼，振兴中华。他尊崇祖宗的礼教，同时却主张维新，提倡新学。他希望他的学生将来不坠中华古国衣冠，而又学习富国强兵的舶来科学知识。他是一个既严厉又仁慈的老师。

凭这样一些抽象印象，我回忆起几件具体的事实。

第一件印象深刻的事是，我们常常偷爬在他的卧室的纸糊的格子窗外，用手指沾口水戳开一个小洞，看他睡着了没有。睡着了我们就可以不去背书了。但是很失望，老听他在唉声叹气，口中自言自语："国亡无日矣。"于是他在我们课堂上教导我们说，中国是军阀横行于内，祸结连年，列强虎视于外，伺机瓜分，危在旦夕。你们这些娃娃还不努力读书，将来奋起救国？接着他就讲朝鲜被日本灭亡后的痛苦事实，说每家住一个日本人，还说几家人才能共用一把菜刀，如此等等。他慨然于亡国灭种的惨祸就在眼前。他那无可奈何、泪眼迷糊的样子，我至今还没有忘记。

怎么救国？他一方面给我们讲一些古圣先哲、明君良臣的事迹，作为我们学习的楷模。他带我们去祭过孔子，让我们向孔夫子叩头如仪，继承道统、忠孝仁爱之道，也教我们读并且背诵一些古书。另一方面他很关心新学，因为这是富国强兵之道。为了学习新学，他不得不用新课本。于是他采用上海商务印书馆出版的新教材。新教材的识字课本上用的新编的有点像日文那样的注音字母，他不得不读好了来教我们。他摇头摆脑地念那些他很生疏的拼音字母，那么认真，那么执着，终于自学成功了。看着他勉强费力地读那些注音字母的苦心，我们也不得不努力学习课本。他还为我们订阅一些上海新出版的《小朋友》之类的新书刊，至今我还回忆得起我曾沉醉于那五颜六色的有着一种特别清新的新闻纸气味的新书。那些新书讲了不少堂堂中华如何伟大、宣传爱国主义的话，激发我们的民族自尊心。

特别使我回忆起来的是他既讲中国的贫弱、日本的凶狠，又讲要走日本明治维新的道路，修铁路，造轮船，开矿山，办电站，铸大炮，坚甲利兵，抵御外侮。我还想起来，他用他那点儿可怜的科学知识，给我们讲火车和电灯的事。他其实没有见过火车和铁路。他自出心裁，想当然地用一张纸折成一个凹槽，再用一张厚纸剪成圆轮，放在凹槽里滚动，颇有点儿像中药铺的铁碾槽一样。他说这便是火车在铁路上行车的模样。我们当然都相信了。他又给我们讲电学，他只知道摩擦生电。他用双手紧紧搓擦，然后放在鼻孔下一闻，他说这带一点儿煳味的气味便是电的气味。他教我们也那么搓手，我们照办，而且深信不疑，这便是电。总之，为了富国强兵，他热心地想教我们一点儿科学知识，虽然他的科学知识，我们后来知道是多么肤浅，甚至可以说有些荒谬。然而我们并未觉得可笑。他是那么严肃认真地在向我们这些小学生讲科学呀。

还从几件小事，我们看出卢老师提倡新学的苦心孤诣。有一次，一位同学家里出外求学的兄长，带回一个留声机。他家离我们学校只有一条小田冲，放留声机的咿咿呀呀的声音传到我们学校里来。那位同学到学校里来说，有人关在一个木匣子里唱起戏来了。卢老师听说后也大为惊奇，经过交涉，他带我们去欣赏这件洋玩意儿。大厅内外，挤得水泄不通。我看到一个方盒子上有一个黑盘在飞转，从一个大喇叭发出咿咿呀呀的声音来。那玩意儿上有一张一个哈巴狗坐在一个喇叭口前的商标，我们不怕和狗居于同等的地位，也挤在喇叭口前细听，真是开了洋荤。虽然听到的不过是"一马离了西凉界……"之类的京戏唱段和一段特别令我们轰动的《洋人大笑》。卢老师回来还是用他自己的理解，给我们讲解留声机的道理，证明并不是有一个京戏班子或者一群洋人被关在盒子里，不是他们在那里面大叫大笑。但是他也说不出一个道理来，他只说这是科学。他再三强调地说"科学，科学！"他用那点可怜的知识，虽然没有给我们讲清楚留声机的原理，但是他那么认真地讲科学，却使我们肃然起敬。

他还为了要一洗东亚病夫之耻，提倡锻炼身体，因此他发动我们跟他一起，把校门外一块学董捐赠的田，改造成为足球场，并且买来足球，教我们踢球。在幼小的学生眼里，这真是开天辟地的事。那么老态龙钟的老头，那么认真又有点滑稽地和我们小娃娃一块儿踢球，我们感动得真是要流眼泪。

卢老师给我留下的最深刻的印象，恐怕要算他曾对我实行体罚，打我屁股的事了。卢老师的确是一个慈和的人，但是在对待学生的学习和德行上却是一个十分严厉的人，而且他是古训"黄荆棍下出好人"的信徒。他认为只有在教鞭下才能出好学生。他的手里经常有一根白夹竹做的教鞭，这是他进行教育的随身武器。谁要不好好学习或者品行不端，犯了学规，他就要按照情节的轻重，由他施行不同程度的体罚。最普通的是打手心。打多少下以至打多么重，要由犯规的学生的认错态度和他当时的情绪来决定。打得重的可以多达二十下，可以一下就在手板上打出一条红肿的道道，火辣辣的叫你十分疼痛。如果你不表现得俯首帖耳，恭候体罚，他生起气来，也可以在你的手上、背上以至头上胡乱抽起鞭子来，那就更不好受了。然而大家认为最重的体罚是打屁股。只要他叫一声："端板凳来！"这便是说要打你的屁股了。你就乖乖地端一条长条板凳放在教室前面他的面前，而且自动地扒开裤子，露出光臀，爬在长条凳上，听候他的发落。竹鞭才沾在臀部上，被责打的学生便大哭大叫起来，表现出极大的痛楚，以博取卢老师的怜悯，希望他手下留情。其实卢老师打得并不重，按他讲的道理："这只是打你一个羞耻。"被打屁股算是一种公认的耻辱，使你记住犯过大的错误。

我在学校其实不能算作顽劣的学生，学习成绩和操行都不算是差的，但我竟然也蒙上这个耻辱，被卢老师打了屁股。

有一回我和几位同学到校外山坡上去偷人家杏林里那又酸又涩的青杏。我是带头的，罪魁祸首自然是我了。杏林的主人告到卢老师那里。这还有什么说的？卢老师的脸气得发红："端板凳来！"全班同学被集合进教室。我自知罪孽深重，便自觉地把我坐的长条板凳搬到卢老师面前，爬在凳上，等待卢老师的发落。我有承受最大痛楚的心理准备，可是卢老师却是举得高，下得轻，我并不感到难受。我是在哭，却没有喊叫。卢老师边打边叫："看打你不痛，打你不死！"看起来，我不痛哭大叫，这场打屁股是不好收场的。但我偏偏犯了牛脾气，就是不大哭大喊，只是流泪。卢老师暗示我一样地继续边打边叫："看你不痛，看你不叫！"我看我不大哭大叫，是收不了场的，只好又哭又叫起来。卢老师打完后把我拉起来，搀到教室后面他的卧室里去躺在床上，他坐在床边，用手抚摸我那被打得红肿起了许多猪儿虫道道的屁股，凄然地说："哪个叫你这么……"我明白打在我的身上，痛在卢老师的心上。这时我才感动得真正哭了起来。卢老师一边摸伤，一边安慰我："以后再也不犯就是了。"然后他站起来，说："我去给你扯几片苦楝子叶来咬烂了敷上。"便走出门去了。

"卢老师！"我真的大哭起来。

涂光炽

光炽光犹炽

　　我平生最感到"不枉此一生"的经历之一是，我于 1941 年至
1945 年在西南联大有一批在革命战斗中结成生死之交的朋友，经过
几十年的风雨，往来依然如故。涂光炽就是其中之一。

　　我的这一批朋友都是当年抗战烽火之中矢志救国的热血青年，在
西南联大这个最高学府得到名师教导，成绩优异，思想自由，倾向进
步。当时我奉中共南方局之命，到西南联大隐蔽，执行"勤学、勤业、
勤交友"的"三勤"方针，认真读好书，广交朋友，逐步积蓄进步力
量。我很快结交了一批能推心置腹、倾向进步的朋友。其中不少同学
经过了斗争考验，先后入了党。

　　涂光炽便是我们这一群党员中学习最有成绩的朋友。他在联大地
质系学习，成绩优异，被选送去美国深造得了博士。新中国成立后，
他回国在地质部门供职，是拔尖人物，曾被公派去苏联学习，又得副
博士。因为他经常去野外出差，后来又远在贵阳任中国科学院地化研
究所所长，因此他参加北京老朋友们的聚会不多。后来他调到中国科
学院任地学部副主任，我每次到北京时，才能通知他参加好朋友们的
聚会。他每次都争取参加，即使在外地，也打电话告假。

我还记得 2007 年初的那次，我们一群老朋友们在一个文雅的餐厅聚会。

我最积极，第一个到了餐厅，其后陆续来了十几位，有的是由儿女搀扶来的。大家又是一番亲热，两句调侃，几番唏嘘。过了好久，我举眼看去，不见涂光炽。我问李晓，他说涂光炽是说好一定要来的。他在外地出差，一定要赶回来参加。正说着，涂光炽由老伴扶着进来了。我不禁叫道："涂光来了，我们的院士来了！"涂光是我一直对他的昵称，几十年不变。我迎上去和他拥抱，他也喘着气向我问好："老马，好久不见，听说你来了，我一定要来和你见面。"

我和涂光炽在餐厅接待间就坐下来，白头相对，谈了起来。人老了总容易回忆过去。我们都很珍惜西南联大那段决定我们人生道路的日子。我说他是我们这一群好友中在专业学习上最有成就的人。他在联大不仅在地质专业上出类拔萃，还有时间参加我们所组织的学生进步活动，而且也是积极分子。我没有忘记，为了把华北抗日根据地八路军活动情况介绍给美国在昆明的飞虎队员，并通过他们介绍到美国去，把《新华日报》上的一些文章翻译成英文，我们组织几位英语较好的进步同学参加。涂光炽本来很忙，却也愿意参加这样的活动，翻译了不少文章。他后来去美国留学攻读博士学位，自然是很紧张的，但也听说他还是找到了在美国留学生中的共产党组织，并参加进步活动。我听说了很感动，我把准备送他的一本我新出版的书《在地下》拿出来给了他。

涂光炽在科学院贵阳地化所任所长时，本在我当时任党委书记的中国科学院西南分院的领导下，但他经常到野外出差，我们一直没有见面。只有后来他调任中国科学院地学部副主任，在科学院开会时，我们才见了面。其后就是近年来我和北京朋友聚会时，他才和我又见了面。但他也因在野外工作时间多，难凑巧参加，所以他听说我到了北京并要和老友们聚会时，他虽在外也努力赶回来见面。我说："古话说，君子之交淡如水呀。"虽然这么说，我和他似乎都特别珍惜这次见面的机会。我们都是霜发满头了，来北京的时间不多，见面不多了。我明显看出来，他自己也感到身体状况不好，甚至很不好，说话虽然像过去那样的温文尔雅，却显得有气无力的样子。他说他身体近来很不好，大有今日一别，明年此日知谁健的预感，却不肯道出内心的这种感受。果然，那次聚会成为我们的最后诀别。几个月后，我就听到了他的噩耗。

涂光炽老友谢世了，伤哉。

谢文炳
从支持革命到参加革命的教授

　　谢文炳是一个很有学问的老教授，是我的一个淡交如水的朋友。他一家人革命，且有为革命牺牲的。他的弟弟谢文煊是从抗日战争初期起便和我一同搞地下革命斗争的同志，唯独谢文炳当时还是如他后来告诉我的"白丁"。记得 1948 年的某天，我到川大谢文炳教授的家里找文煊，初次见到了谢文炳。一眼看去他是一个安于清贫、乐于做学问的十足的知识分子，老实诚恳，谈吐耿直。听他讲话，我知道国民党当局这个反面教员用倒行逆施以及加于川大学生的暴行，促使了他的觉醒，他正在探索当时许多知识分子都在探索的人生道路。我告诉文煊转告川大的地下党，要加紧对他进行工作。吸收这么一个很有影响的教授入党，对川大工作大有好处。果然他就在这一年入了党，在川大的学生运动中进行了卓有成效的工作，直到新中国成立。

　　建国以后，众望所归，他理所当然地担任了川大校管会主任，接着改任为副校长。他凭着一个知识分子的良心和热忱，投身于学校建设和教学工作，真可算是呕心沥血了。这时我们往来比较多，不仅在各种社会活动中经常见面，我去川大和他私交谈心的机会也多起来，还常同他一起陪领导打网球，休息时闲谈也不少。当时我就发现，他

210

对于教育、文艺都有自己的特别见解，对于党的某些同志的领导作风，也颇有微词。我虽然劝他，作为一个知识分子又是地下党员，要有自知之明，并且对他提出按当时的规格，他要进行自我思想改造，他却仍然怀抱赤子之心，以磊落耿介自持。这便是中国当时知识分子的悲剧性格，我很为他担心。果然，不久，先是批判他的作品《再生记》于前，接着他就无端地被打成极右派。我当时自己且检讨之不暇，当然无法替他讲话。我唯有悔恨，不该把他吸收入地下党，卷进政治旋涡中来。他老实地当个教授，潜心学问，一定会有很好成就。结果却默默无闻，落难了二十几年，才得平反。这对他本人和对西洋文学的教学研究，都是一个巨大损失。

在那二十几年中，我们很少见面。平反以后，我去看望他，他已是八十高龄，明显地衰老了，但是他却并没有显得垂头丧气。对于他受到的不公正的对待，他当作中国历史的沉重包袱，每个人都得承担一分来看待。他作为一个决心革命的知识分子，又是盗火者的共产党员，就更该有"我不入地狱，谁入地狱"的精神，承受住一切的灾难。我当时听了真有惊异，继而我一想，马上理解了，这正是中国知识分子的可爱和伟大之处，那就是"虽九死其犹未悔"的对于祖国和人民的赤子之心。

他和我谈的不是怨恨、失悔，而是他还打算用有限的余年，干点什么。他告诉我，他打算把他的一生，用自传体的小说，写出六卷书来。他立意要通过他的一生见闻，把多灾多难的中国知识分子的面貌刻画出来。我看着他那白发和憔悴的面容，不能不怀疑他的雄伟创作计划的现实性，然而我还是极力鼓舞他抓紧进行创作。不久他的小说便开始在《四川文学》上连载起来。后来我去川大看望过他。文联春节联欢会，他不怕爬六层楼，赶来参加，我们又谈及他的创作，他还是那么精神勃勃，决心很大。我当然鼓励他坚持写下去。但是不久听说他病入医院了。他到底写成了多少，我也不得而知。从讣闻上看，他这时期还编写了有关英语语言文学的教材和专著多种，只是抽出点时间从事文学创作，想必他根本没能实现他的创作宏愿，实在可惜。

文炳同志去世了，但是他那勤奋好学、诲人不倦的工作作风和严谨的治学态度，还留在他的后学们的心中；他那坦荡胸怀、高尚情操还留在我的记忆中；他还把一颗中国知识分子的赤子之心长留在人世间。

刘宝煊

参加革命的云南乡绅

　　时间虽然已经过去几十年，但是在滇南建水建民中学那短暂的一年生活，却给我留下难以忘记的美好记忆。那个时候，一同在那种清贫生活中，为人民的解放和新中国的催生而努力工作的朋友们，至今还常常来到我的回忆中，其中就有建民中学校长刘宝煊同志。

　　我于1945年8月，奉党的云南省工委之命，到滇南去做地下党的领导工作。出发以前，省工委书记郑伯克同志对我说，我下去的任务，就是把分散在滇南那一大片地区各地的党员，接上关系，组织起来，并且大力发展党员，广泛联系群众，争取地方势力，占政权，抓武装，准备游击战争。省工委刘清同志向我介绍情况并带我下去跑了一圈后，我发现，在广大的滇南地区，东从开远、蒙自、个旧，西到思普磨黑，都有零星党员和进步教员，在进行革命活动。有好几个学校，可以说是我们活动的势力范围。农村也有少量党员，有的且占有政权，拥有少数武装。特别有利的是，云南地方势力，包括广大的少数民族，普遍反对蒋介石。而国民党的力量很小，特务活动不多。而且驻扎在滇南的部队是滇军张冲任指挥的第二路军，态度较好，其中有我们党员的活动。我以为，如果蒋介石真要挑起内战，我们联合地方势力，在滇南建立游击基地，开展游击战争，是很有条件的。问题是时间紧迫，党员分散，还没有形成带规模的有组织的活动。特别是还没有把党的活动基础深扎进农村的工农基本群众中去。在农村争取建立两面政权，努力掌握武装，还没有引起广泛注意。这就是我们的困难和工作应该着力的地方。

云南省工委同意我的看法，我就带上几位在西南联大工作出色的学生党员如齐亮、李晓、许师谦等到滇南去了。我在各县又跑了一圈，把各县可以组织起来的党组织建立起来，并传达省工委的工作指示。其后，我考虑把党的滇南组织领导机关（我不记得当时是叫滇南工委，但《西南局党史资料》上是如此说的）放在什么地方的问题。我想，我们当然应该把党的工作重点放在农村，但是我们不可能也不应该直接到农村去发动农民斗争以建立组织，那将引起地方势力的疑惧。我想应该首先争取占领一些中学和师范，在贫苦的进步教员中发展党员，通过他们再从各地农村来的贫苦学生中发展党员。他们回到自己的乡村，可以进入小学校、地方基层政权里去工作。他们和农村的工农基本群众接触的机会就多了。这样通过知识分子这个桥梁作用，建立农村党的组织，无疑是最可靠的。

我们当时已经占领的几个学校中，以建水的建民中学最牢靠，教员和学生中都有党员，非党员也可说是清一色的进步分子。而更重要的是这个学校的校长是思想进步而且在建水社会上层颇有影响的刘宝煊。他对于掩护我们进行工作，无疑是十分有利的。对于我的工作方便和人身安全当然也是好的。于是我决定以教员身份住在建民中学。同时我也想以建民中学作为工作的重点，进行试验。

我到了建民中学后，由在那里做教员的党员周天行带我首先去见实际在学校负责有如校长助理的方仲伯。我听周天行介绍，他是从延安回来的，政治面目是民主同盟的。但是我知道有一些从延安回来做统战工作的党员，组织关系一般不交到地方组织，而保留在南方局。我猜他可能就是这种情况。我和他见了面，周天行介绍我是联大毕业同学，到建民来做教员的。我们谈了一会，他似乎也在猜想我大概不是一般做教员的。我们便心照不宣地相处了。他马上把我带到校长刘宝煊的家里去和校长见面。他在刘宝煊面前说话是很有分量的，一说就准，刘宝煊同意我在建民中学当教员。那时刘宝煊对我还没有什么印象，我却对他做了初步的了解。

一眼看去，他是一个较典型的县城绅士，岁数不大，圆圆的脸，相当富泰，气色很好，说话和气，穿着却和乡绅不同，普通的布长衫，倒有几分像个教员，平易近人。他的政治面目，我来前早有了解，他好像是从日本留学回来的，是热心教育，立志救国，正在找寻自己政治道路、具有进步思想的知识分子。从他敢找从延安回来的方仲伯帮他办建民中学这一点，就可以知道他的政治倾向了。

刘宝煊在建水县的青年中威信很高，颇受拥戴。他在建水的上层社会的士绅中也颇孚众望，受到地方实力派马亦眉等人的赏识。马亦眉说他是他们建水不可多得的人才，愿意坦然做他办的建民中学的董事长。这对于建民中学后来几经风雨，仍然峙立滇南，关系很大。他借国民党搞什么民意机关之机，得到地方上下的支持，也有地下党的帮助，结果当选为县参议会的议长。这更加强了他在建水和滇南地方上的地位和影响。他同时还兼着县立临安中学的校长。他为这两所中学，从昆明西南联大和云南大学等校以及从外地流入云南的知识分子中，聘请许多学识较高、思想进步的知识分子来做教员。这样一来，建水的教育界便基本上为进步势力所掌握了。这自然就为我们党在滇南的活动提供了许多后备干部。

后来的事实证明，滇南的党组织就是开始从这些为进步思想所影响的教员和学生中发展起来，然后扩及农村的。后来在滇南发展起来的游击战争中，也是从这些教员和学生中涌现出大量的干部。直到云南解放后，也为云南省各级党政机关培养出大批干部。在其中，刘宝煊不仅有一份功劳，甚至可以说功不可没的。至少我是这样认为的。只有当时亲临其境、亲与其事的人，特别是一个在那里担负党的领导工作的党员，才能有这样的体会。

当时我奉命去滇南为即将开展的游击战争做准备工作，面临着多么困难的局面，组织零星分散，思想准备不足，除了几个学校，基本上还没有形成像样的可靠基础，而国民党势力已经侵入云南，时不我待。马上要打开局面，不是容易的事。这时如果没有刘宝煊为我们的工作提供一个好的环境和基地，我很难想象，在短短一年内，在特务和反动势力的干扰下，怎么能打下一个发展的基础，并得到革命干部的准备。所以我一想起这些，就不能不勾起我对刘宝煊的怀念和感激之情。

后来我从一些党员口中得知，其实我们还没有发动游击战争之前，刘宝煊就已经和一些进步青年，结成进步社团，并且和他们研究武装斗争问题，甚至还带起他们去山里勘察地形。可见他为解放事业想的做的，和我们党所想的所做的是不谋而合的。

我在建民中学以做教员为掩护，忙着到处奔走，和刘宝煊见面不多。但是有一次，他一个人忽然到了我所居住的学校附近一间民房里来看我。他一进屋对我表现出来的客气和礼貌，显然不是一个校长探访教员的模样。我估计，他大概从我的一些活动，从方仲伯等教员，特别是他所倚重的党员教员对待我的态度，我在学生中活动时的谈吐和学生爱和我打堆的情况看出，我不会是一个一般的教员，说不定正是他在想找寻的可以信赖的人。

他一进门，几乎是开门见山地就称道我前几天在教员中所做的时事分析，他说，分析得好。那当然好，因为那是我才从上面传来的文件中摘取要点来讲的。他当时也来听了，大概他从那次那种时事分析讲话中，终于肯定我是"有来头"的人。所以今天单独找我来了。

我们一见如故地亲切交谈起来。我对他当然没有什么顾忌，他对我也放开地谈起他对于时局的看法。他认定蒋介石和中央军一定会在云南搞法西斯统治，形势即将逆转。没有别的办法，只有上山打游击一条路。他的看法和我的分析基本一样，但是他表现得未免急躁一些。我说，现在蒋介石要马上发动内战，还有很多困难，所以现在还是以争取和平民主、建立联合政府为口号。应该尽可能地争取一些时间，维持现状，让我们有更多的时间做应变的准备。一旦蒋介石拉下伪装，在全国真打大打起来，我们就应该在他的屁股后面烧起一把火来，在云南发动游击战，建立游击区。那时候就真要上山了。

但是他说，国民党在云南的压力越来越大了，他有可能成为他们打击的目标。看样子他比较担心。我则说国民党在云南还没有占上风，他们在昆明也还有麻烦，我们还有时间来准备退路。我们要早做把进步势力向石屏、宝秀、元江、思茅、普洱转移的打算。在那些少数民族地区，国民党的势力还进不去，是将来打游击的好地方。必要时可以退到那边去。我当然没有告诉他，我们已经在那一带开始进行工作，有了一点儿基础，如宝秀的乡政权和武装以及宝秀中学，已经由我们掌握。在元江少数民族中，我们也开始有了工作。在更里面的磨黑、墨江等地，也有我们的党员在进行工作。总之，他是急于想要发动武装斗争，但是他所依靠的却是那些上层力量和地方势力以至土匪。我则以为那种力量可以运用，不能依靠。我们的力量是建立在农民、少数民族和贫苦知识分子身上的。但是这和他是说不清楚的。我只是鼓励他在建水县抓权，树立威望，做好上层工作，孤立国民党反动势力，敌人才不敢对他动手，不敢对建民中学动手。

这一次的谈话，对他产生了什么影响，我不知道，因为几个月后，昆明形势发生逆转，我也奉命调离滇南回四川工作去了。和我一块儿到建民中学教书的罗广斌也回到四川，他到了由我们党支持、民主同盟出面办的重庆西南学院上学。他来信说在那里他见到了刘宝煊和方仲伯，才知道在昆明李公朴、闻一多先生遇刺后，他们受到通缉，因此悄悄到了重庆西南学院。后来知道他们两个去了香港，在那里，党的领导鼓励他们回云南，参加党在滇南正在发动的武装斗争。他们果然回到云南，在滇南参加党领导的武装游击战争，并且入了党，担任武装斗争的领导工作。我想他终于如愿以偿。和过去跟他一块在建民中学办教育的党员们一起，领导他过去培养的学生和广大群众，转战于滇南的山山水水之间，一定是他一生中最得意的时刻了。

这一切，我是在 1950 年在重庆见到了云南来的也在建民中学教过书的同志告诉我时，我才得知的。对于这样一个地方绅士、爱国知识分子，终于找到了自己的前进道路，参加到革命队伍里来，我是很高兴的。不过又过了几年，听说在对待云南地下党的"左"的错误影响下，他也受到很不公正的对待，郁郁寡欢，不久因病去世，我又不胜惋惜。1988 年，我到云南参加西南联大校庆，我特地回到建民中学，在校园里刘宝煊同志的塑像前肃立，行三鞠躬礼，以表达我的哀思。

凌起凤 ▎
平凡的伟大

　　著名作家王火同志的老伴凌起凤走了，知道他们俩情深似海的恩爱，降临到王火头上的深切哀痛，是不言而喻的。即便王火一直陪伴病床，亲侍汤药达数年之久，已有噩运即将到来的预感，但突然真正降临到王火头上，仍然是难以承受的悲痛。

　　我拿起电话和王火通话，表示我的哀悼并致慰问之情，他以低沉得几乎听不清的悲戚之声说，他不愿意叫我这个老人分担哀痛，所以没有告诉我。我不知道该说什么来安慰他，只照格式化的说法说："节哀，节哀！"我坐下来沉思一会，不禁叹息说："真是平凡的伟大。"

　　从凌起凤一生的表面上看，她的确只是一个最平凡的人，一个蕙质兰心的良妻贤母，她既没有做过匡时济世的伟业，也没有为革命舍身赴死的伟绩，那起凤怎能当得起"伟大"这个崇高的称号呢？

　　我想，当得起。凌起凤的伟大不是英雄的伟大，不是烈士的伟大，而是一个平凡人的伟大，平凡人也是可以伟大的，甚至伟大往往出于平凡。

　　我跟王火和凌起凤，相交并不太多，平常也是"君子之交淡如水"，并不时常来往，只是逢年过节，打个电话，发张贺卡，他们也有时送点礼物过来。但是从开初的相交和其后不多的往来中，我们都有"一见如故"的亲切之感，能同声相应同气相求。每次王火来我家，起凤也同来，她总是那么仪态端庄，不苟言笑，说话得体，礼貌有加，是一个有很好文化教养的女子，很得我敬重，真不愧是辛亥革命元老凌铁庵先生的爱女。

但是我们特别感佩的是大家早已知道并传为佳话的"凌起凤隔海奔夫"一事。1949年，凌起凤随家里去了台湾，但为续与王火订下的生死前缘，她毅然告别温馨家园，割舍难以再见的亲人，悄然离台出走，经过重重困难，甚至用离奇的诡称自杀的办法，终于在1952年经香港回到大陆，寻找王火。他们只花了五角钱的公证费，起凤与王火喜结良缘。其后与王火生死相随。任颠倒时世，仍相濡以沫，风雨同舟，恩爱七十年，直到最后一息。试问人间有多少如此坚贞的爱情？这难道不足以称为伟大的爱情、爱情的伟大吗？

凌起凤本身是有学问有教养的人，既可执教，也可为文，然而她却自我放弃，全身心地协助王火从事文学创作的伟大事业。不仅在生活上无微不至地关怀，服侍周到，常烹茶旁坐，看王火从事艰苦创作，以为乐事，被王火称为自己的大后方，更重要的，她是王火作品的第一个读稿人，第一个提意见协助改稿的人。她务求精益求精，不惮修改，终于促成王火创作丰收，闻名全国，以至获得茅盾文学大奖，同享快乐。所以王火坦言："我所有的著作都应写上她的名字。"试问世上有几个女才人甘心做下手，助丈夫成大事业的？这不是一种牺牲自己的伟大情怀吗？

凌起凤诚然是一个平凡的人，但能从平凡中做出伟大来，这就是她的不平凡之处，也就是她的伟大之处。因此，我敢以平凡的伟大这顶桂冠，送给凌起凤，并以此为她送行。

王文鼎 ▮

特许抽大烟的党员

　　王文鼎是大革命时代的老党员，连党的南方局的老同志都尊称他为王老，虽然他在党内不过是我们川康特委的一个联络站的站长。大革命失败后，白区的党组织几乎破坏殆尽，党员大半牺牲了或者彻底隐蔽，然而王老却一直和党保持联系不断，做掩护工作。

　　他自从大革命后参加军运，搞广汉起义，把川军一个师搞垮，他离开部队，隐退到成都，凭他的中医本事，开了一个小诊所行医。他和三教九流、国民党的党政特方面的人，都打交道，被捧为名中医。王老为了装得更灰色，领导特许他抽大烟。一直到抗战，诊所实际上是党的一个掩护所和联络站。当时南方局的领导同志到成都来视察工作，一直都是住在他的号称病房的楼上。我们川康特委一直把王老那里作为对各地市党委的联络站和通讯处。

　　1949年1月，特务头子亲自带大批特务来成都破坏川康特委，特委书记老郑（蒲华辅的化名）已经被特务盯梢了，可他竟然不觉，还去王老诊所联系，结果王老被怀疑了。但是特务认为王老这个鸦片烟鬼不会是共产党，便只派特务装看病的去进行监视。

　　可当时我并不知道这个情况，只是在得知老郑被捕的消息后，考虑到老郑也知道这个联络站，为策安全，我把自己打扮成一个重感冒病人，从头捂到脚，赶去王老的诊所通知，一来告诉他这个联络站就不能再用了，必须撤销，二来想和他研究一下他是不是撤退的问题。

我进到王老的诊所挂号时，发现门口有些不三不四的人，进到候诊室，更发现在那里有像特务的人坐在候诊的条凳上。我感到事情有变，但又不可能退出去，那样更会让特务怀疑，我只能是不动声色像真正就诊的人那样地坐到条凳上，等待王老叫号。

王老从他诊断室的窗口，瞟眼看到是我，他十分沉着，不露声色地和我打一个照面，不紧不慢地看完前面的病人，然后轮到坐在我前面条凳上那个像特务的人了。可那个特务听到叫号并未动，于是王老出来冲他说："轮到你怎么不进来，你是不是来看病的？"他瞟我一眼，实际上是告诉我，这个人并不是来看病的，是特务。王老接着说："看你的病不重，我先把这个重病号看了再看你也行。"于是王老招呼我进了他的诊断室。

王老一面照正常的程序给我把脉看舌苔，一面在纸上迅速地写，大意是说：昨天中午老郑来"看过病"，可昨夜不知怎的，忽然冲进几个特务来把他看住，然后在他家里翻箱倒柜，把什么地方都翻遍，不过什么也没有翻到，只搜到他的鸦片烟具和大烟，特务没说什么又走了，到底出了什么事了？

我告诉他说："我家的大哥害的感冒比我还重，昨夜进了医院，我就是被他传染的。我还怕传染别人，所以来找你看病。"王老当然理会，这是告诉他，老郑昨天被捕了，要他注意保护来这里联络的同志。我这么一说，他就知道怎么做应变措施了。接着他又给我写道，他自有办法。

我拿起王老开的药单走出门去，发现诊所门口那些不三不四的人里，竟然有一个暗暗跟了上来。我装着毫不察觉，从容地走到附近街上一个药房去，正儿八经地取了药。特务大概以为我是真病人，便没有再跟我了。

不过王老并没有马上脱掉干系。因为他是老革命，在国民党特务的老档案里是有案可查的。而且1947年"六一"大逮捕时，他是上了黑名单的，只是由于我们潜伏在国民党特务机关省特委会里担任情报工作的黎强同志在决定黑名单向当时的省长邓锡侯汇报时，提出这个王文鼎虽然大革命时代是共产党，但是后来行医，还抽上鸦片烟了，现在共产党怎么会要鸦片烟鬼做党员呢，以此为理由，建议把他从黑名单上划掉。且由于王老和四川地方势力多有往来，他和当时省会警察局长军统特务刘崇朴搞得很熟，他为刘崇朴看病，并且被聘为省会警察局的特约医师，邓锡侯也知道此人医道高明，便把他从逮捕名单上划掉了。

但是这次由于老郑被捕叛变，供出了王老是共产党的统战关系，特务便有了把他逮捕起来的理由。不过总算地方势力出面说情，更加以特务头子刘崇朴力保，他才算最后脱此一难。不过，可能是特务不太放心吧，于是以看病的理由把王老请到警察局，其实是把王老监视起来，但王老在那里只管看病，抽大烟，才得以保平安。

新中国成立后，王老来找我说："我这几十年的联络处长，该让我辞职了吧？我这奉命抽的鸦片烟瘾，一解放我就自动戒掉了。"我说："王老，你是老革命，该休息了。"他却说："我还要捡起我的老本行呢。"不久他作为一个名中医，被调到北京中医研究院当领导去了。

王德伟

难以忘怀的掩护人

什么是"掩护人"？何以难以忘怀？没有长期做过中共地下党工作的人，的确难以理解。然而对于我这个曾经搞过地下党斗争而且做领导工作的人来说，的确是难以忘怀且心怀感激的，因为掩护人是关系到领导人生死存亡的。

做地下党领导工作的人到一个地方工作，他第一件要做的事就是寻找掩护职业和合适的掩护人，有时候要安排适合做掩护工作的党员同志做专职掩护人。这种担任专职掩护工作的同志必须完全脱离党的一切活动，包括一切进步分子的活动。做掩护工作的同志只对他掩护的领导同志负责，他的情况连同级的领导同志也是不知道的，只有更上级的领导人知道。王德伟和韩觉民就是我在成都和重庆的两个掩护人。

王德伟是有名的民主人士也是秘密党员的妻子。这位秘密党员调走后，她留在了成都，以作为一个做小生意买卖的人掩护自己。她自己开了一个小油墨厂，也做点倒卖汽车轮胎的生意，赚了不少钱。

王德伟作为我的掩护人后，她的党员关系只在我手里，我仅将此事报告了上级，连和我同级的特委书记也是不知道的。我遇到什么情况，就躲藏在她的家里。她也常给我们提供活动经费。

1949 年 1 月，国民党特务继破坏了重庆和川东的地下党组织后，特务头子带了大批特务和认识老郑（蒲华辅的化名）的重庆地下党的叛徒到成都来，千方百计要破坏川康特委的党组织。由于川康特委书记老郑严重违反党的秘密工作纪律，未及时执行上级党组织要他立刻下乡躲避的紧急指示，尤其是在发现重庆出了认识他的叛徒后，也未引起他的警觉，结果特务终于得手，把特委书记抓到了。更为严重的是，老郑被捕才一个星期，就被我们发现他叛变了。他当时分工领导的军事方面的党员关系和部分统战关系被特务破坏了，幸得特委下面各地各级党组织关系全在我的手里，老郑只知道很少的领导同志，我们在他被捕后已经及时通知转移，避免了川康特委地下党组织的更大损失。

于是特务千方百计要抓的就是作为特委副书记的我了。我虽然知道十分危险，但是我必须执行党的秘密工作纪律，坚持在成都组织疏散工作，堵塞漏洞，并及时报告上级。我有把握的是，没有一个特务和叛徒认识我，估计特务还不放心放老郑出来上街认人，更重要的是我有一个连特委书记也不知道的可靠的掩护人，我住进了王德伟家里，这是我的安全避难地和指挥所。特务费尽阴谋诡计，始终不知道我的下落。

我事先安排好掩护人的做法，产生了很好的作用。而且幸好我严格遵守地下党秘密工作纪律，没有把这个掩护关系告诉特委书记老郑，才得以死里逃生。

我把疏散工作完成后，要走出成都到香港去向上级报告，这一点老郑和特务肯定是知道的。因此，我要平安地走出成都到达香港，不是件容易的事。

我的掩护人王德伟却早已为我做了妥当的安排。我在老郑被捕后早已把自己的面容改变了，修整了发式，刮了原来留的小胡子，眼镜架也已换成假金架子，很难认出我的原来面目了。不过王德伟认为这样还不行，她为我准备了一套商人惯常穿的丝棉长袍、中式扎结带缎裤、罗宋呢帽，还特别给我准备了一个黑色的有些磨白的皮包。这个皮包里装有《工商导报》上剪下来的种种商业行情表以及商业往来信件、请柬，还有她为我在街上赶印的"通达贸易公司襄理"名片若干张。

我问要这些干什么。她拿出一张印好的名片，对我说："你现在是通达出口公司的襄理，这些是应该准备的。"同时提醒我要把她给我准备的当前猪鬃行情表背得很熟，并且一般商情也要知道一些，这样说起话来不外行。

王德伟叫我穿戴起来，夹上大皮包，在屋里走几步，顺便也指点我一些商人来往的规矩，一个猪鬃出口商就这样做成了。我不仅衣着仪表像个大商人，我带的各种物件也和大商人相称。总之，王德伟为我这次安全出走，做了万无一失的准备，看来我可以蒙混过关了。

王德伟托和她在合伙做生意的一位朋友王先生，给我找了一辆离开成都的商车，临行又给了我些银元作路费，并且交给我一封她写给在重庆的一位可靠朋友的信，告诉我可以找他。由于王先生找的是成华大学"三青团"包的商车，自然很顺利地通过关卡，我安然离开了成都。

我感谢王德伟这个掩护人，她却说这是她应该做的。

韩觉民 ▍

又一个掩护人

　　韩觉民，是我安排在重庆的一个掩护人。他虽然不能和成都的王德伟为我做了几年的掩护工作比，他却也为我做了主要的掩护。

　　韩觉民是我当年在上海一块参加过"一二·九"学生运动的中学同学，思想进步。后来他上复旦大学经济系，我上中央大学化工系，再也没有往来。虽然我们各上各的大学，但是彼此都知道对方在抗战初期入了党。后来我曾在重庆偶遇他，得知他有个哥哥在当川北师管区司令，他自己开了个小银行，他还给我留了他家公馆的地址。

　　1948 年 6 月，我到香港向刚搬到香港不久的上海分局汇报工作，路过重庆时，为了避免住旅馆惹来麻烦，决定到他的家里去住。

　　我找到他家的地址后就直接上门去了。他家的公馆虽然不大，却相当精致。两层洋楼，楼下是客厅，沙发茶几，配套摆设，一应俱全。在客厅的落地玻璃门外是小花园，重庆夏天天气热，搭了凉棚。我进到客厅，他妻子听说是老朋友，热情接待我，告诉我说老韩正在银行上班，中午会回来的，让我坐在客厅里等他。快到中午，听到院子外有"叮叮当当"的包车铃声，我想是他回来了。果然，他夹起一个公事皮包走了进来，一看是我，十分高兴。他说："我正在到处打

227

听你呢。"我说:"我这不是自己找上门来了吗?"

　　我在老韩家吃过午饭后,他说天气热,让我午睡后洗个澡,然后我们再喝茶闲谈,表示今下午他就不去上班了。他把我带上二层楼一间带卫生间的客房,我睡了一觉起来,到卫生间里冲凉,那龙头里竟有热水呢。我洗了澡,踏上凉鞋,到前厅阳台上,一眼望出去,正是浩荡长江,从脚下流去。

　　一会,老韩上来了。我们就躺在阳台的躺椅上喝茶闲话。他开门见山地提起当年我们一块革命发过的"永远不背叛革命誓",表示这个信念他至今未改。他说别看他现在资产阶级小日子过得还不错,但心里却很苦,因为自皖南事变后,党组织就再没有同志联系过他了,他也不知从何找党。他直截了当地对我说,他看我的模样,大概和组织有关系的,希望我能帮他,让他能继续为党工作,他愿意把自己的家业贡献出来,为党效力。

　　我当然是相信他的,不然我也不会到重庆找他并住进他家。我坦诚地告诉他,我确实是有关系的。不过,我也明确表示,虽然当年我们一起革命,但并不在一个组织里,不好为他证明什么,而且事隔多年,许多人事关系已经大变,一时很难弄清楚。虽然他找组织是真心,但我不能违反组织原则,把他的组织关系接起来,但我可以把他的情况向上级领导汇报。我还对他说,今后我也可以和他保持联系,把他的家作为我们党在重庆的一个联络点,让他作为我的一个掩护关系。

　　老韩当然懂得地下党工作的组织原则,他认为,虽然他只能作为我的掩护人和我保持联系,但也算是和党组织建立联系了,只要可以继续为党工作,就是好事。他接受了只作为我掩护人的安排。两天后,他帮我买了一张飞往香港的飞机票,并送了我一些金子,以备急用。

我到香港后，把在重庆找到韩觉民做掩护关系的事，向钱大姐报告了，并谈自1941年后他便和党组织失去了联系的，他急切想找到关系，但是我不了解他的那段历史，只和他以朋友关系加以联系。我还说我在重庆有这个掩护关系是很好的，不特能在重庆有个安全的落脚处，而且可以得到经济上的资助。

钱大姐考虑一下说，当时是有这种情况，许多党员的关系放下了，再也没有去联系。你在重庆有这个掩护关系很好，甚至为了密切一些，你也可以和他暂时接上关系，他失去关系的这一段历史，等将来查明后再作处理。不过，钱大姐提醒我说，既然你把他作为你个人的掩护关系，除了我知道外，你就不要告诉任何人了，包括川康特委书记老郑。我说，但是我已经告诉老郑重庆有个做生意的同学，我可以向他要点路费的事。钱大姐说，那就只说是做生意的同学，不说别的。

我在香港汇报完工作后回成都过重庆时，又住进韩觉民家里，并且把上级已经批准我可以和他建立党的关系的事告诉了他，他兴奋得不得了。我告诉他只做我的掩护，不能和任何进步关系建立联系，装得灰色一些，他答应了。他说以后我来往重庆香港的路费开销，都由他包了。接着他就为我买了回成都的汽车票，送我回成都。

1949年1月，我们川康特委书记叛变，我在把成都的疏散善后工作处理完毕后，离开成都准备从重庆到香港汇报情况。

我到了重庆，自然是到韩觉民的公馆去住了。我在他家周围观察了一下，没有异状，于是走进他家里，他当时还在他的银行上班没有回来，于是我便在他的客厅里喝茶等他。我当时是完全没有料到，老郑叛变后居然把我曾告诉他的在重庆有个做生意的同学的事也供了出来，要不是韩觉民机灵，应付得当，我恐怕就被特务抓住了。

我在老韩家等到中午，他回到家一进门看到我，大吃一惊："哎呀，你怎么来了？"随后他着急地悄悄对我说："这里的警备区二处的特务前两天到我这里来过，问你到重庆来了没有，有没有到我这里来。我猜想一定是出事了。我决不允许特务潜伏在我家里等你。我告诉他们你和我十几年前同过学，以后再也没有往来了。只是去年来过一回，看样子很潦倒，向我要钱，我没有给你，你就走了。以后再也没有看见。我就问特务是什么事，他们说，你是共产党的头子，正在抓你。我说我并不知道你是共产党，而且告诉特务我这当老板的最怕的就是共产党。巴不得你被抓住呢。还表示如果你再来我家，我就打电话给他们。特务信了我的话，便回去了。但是说不定什么时候就会来问，你得赶快离开这里。"

听他这样一说，我也大吃一惊，不怕一万，就怕万一，我还是马上离开老韩家的好。我对老韩说："成都出了大叛徒，我要到香港去。"他说："那么你恐怕要用钱吧？我马上准备。"我说："好，三天后的上午，我们在小什子城隍庙茶馆碰面。你把钱带来。不过你来的时候，要注意不要有特务跟你来呀。"他说："那是自然。我坐私包车去，跑得飞快的。"他又问我："你现在到哪里去呢？住旅馆可不好呀。"我说："我自有办法。"便匆匆从那里告辞出来。我留心观察一下，没有潜伏的特务的迹象，我就上街去了。

从老韩家出来后，我想幸喜得从成都出发时，我的掩护人王德伟还给我介绍了一个她在重庆的朋友，不然，我现在到哪里去落脚呢。我按王德伟提供的地址，在重庆海关找到了黄毅，住进了不受盘查的他在海关的宿舍里。

三天后，我按照约定，准时到小什子城隍庙茶馆与老韩碰头。进茶馆里，我看见老韩已经坐在里面一个桌子边。我走过去和他打招呼，并坐下来泡上茶聊起来。我忽然发现，在更里面的一张桌子边坐着的两个人神色不大对头，老在注意看我们。我问老韩："你是不是

230

带了尾巴来了?"他说:"不会,我坐的私包车,跑得飞快,哪个跟得上?"我说:"不对头。我们约另外的时间会面,你再拿钱吧。"他说:"那好,明天下午下班后,你到我的办公室来找我。"我说:"我现在要设法脱身。你不要紧张,喝你的茶。"

于是我们很坦然地喝茶闲话,做出根本没有注意特务的样子。老韩给我一支香烟抽,我点火抽了一下,我用大一点的声音说:"你这烟不够味,我去买一盒好烟来。"我从容地走到庙门口的烟摊边,装出认真买香烟的样子,我故意把一只脚露在外边,叫特务能看到我是在那里买烟,便不会跟出来。我斜眼瞄一下,待那特务把眼睛转过去没有看我时,我马上收了脚,然后顺庙后小巷急步溜走了。那一带转弯抹角的小路很多,很便于我择路溜走。我穿过几条小巷,就到了半山坡的中山公园门口,我迳直走进公园,那岔路更多,我转了一会,再也没有发现有人在盯我,我自信我是走脱了,才回到海关去。

真是没想到我到重庆来又冒了一次险,看来敌人很可能已经发觉我到重庆了。但是我还没有把钱拿到手,没有钱我就无法到香港,我还得第二天再冒险去取钱。

第二天下午,我等到老韩的银行下班再也没有人了,才到银行门口。我正要进去,那门房拦住我说:"现在下班了,人都走完了。"我说我找韩经理。他说:"韩经理也回家去了,你是张先生吗?韩经理这里有一封信留给你。"我很奇怪,怎么约好的,他却走了。我拿过信走出来打开一看,原来是老韩开出的一张支票,要我到另外一个银行去取钱,尽快离开重庆。

建国以后,我碰到老韩,问他那天我们分手后的情况。他说我从茶馆离开后,旁边坐着的特务就过去问他,刚才和他一块喝茶的人哪里去了。老韩回答说:"我们生意场上的人,谈完生意就各走各的,我知道他到哪里去呢。"特务没有再追问。但是老韩回家后,明显发现有人守在外边街上，第二天上班，也发现有人悄悄地跟踪他，他知道不对头，怕我到银行取钱碰上特务，所以就开了张支票留在门房给我，他自己早早地走出银行回家，把特务带着跟他回了家，这样我到银行时就安全了。

第三卷

亲　人

齐 亮

舍身救地下党员

　　1941 年，我奉南方局之命，考入在昆明的西南联合大学隐蔽，执行周恩来指示的"勤学、勤业、勤交友"三勤方针。我第一个交好的朋友就是齐亮。他是我相交最亲密的朋友，也是我的妹夫，更是我一生最尊敬的革命战友，一个舍身救党员、英勇就义的烈士。

　　不知道是不是有什么缘分，我一进西南联大住进宿舍，就和齐亮住在上下铺。一见交谈，便很相得。我们一块儿上课，一块儿到茶馆喝茶，真有相见如故的感觉。一谈起来，对许多时事问题有相近的观点。他似乎有意要猜测我是一个什么样的人，正如我也猜测这个如此想亲近我的人到底是个什么人。如果不是最坏的特务想来试探我，便是最好的党员。

　　我们彼此警惕却又隐隐试探，真像《三岔口》那个京戏，在黑暗中对打对试了好半天，最后终于大白，原来正是想寻找的战友。正是如此，当我不期而然地为我那不久前牺牲的爱人而暗自伤悼不已时，他忽然也很难自禁地喊出"血呀，血呀，中国的血要流到哪年哪月"的话，我不禁泪奔如雨时，他才对我说："我猜想你很久了，现在我明白了，你是……?"我马上阻止他再说下去："不要说了，我也明白了。"

我们终于各自请示了自己的上级联系人，上级云南省工委决定打通关系，建立一个共产党的新支部，领导西南联大进步学生活动。我任支部书记，他任委员，从此我们本着南方局的指示，既要长期埋伏，又要积蓄力量，等待时机。我们在同学中不断寻找流散的党员和进步分子，组织各种进步活动。

齐亮按现在的说法是一个颇为出色的"帅哥"，北方高大瘦长的倜傥青年。他是一个特别富于磁性、生就一种亲和力的人。无论什么场合，只要他一出现，不久便成为耀眼的中心。他举止文明，谈吐优雅，乐于助人，颇有燕赵遗风。他工作不久，就团结了一大批进步的和中间状态的同学。他主办同学最关切的伙食团，号称"和尚食堂"，为大家谋福利。他的一表人才和进步思想，吸引了大家，连校花也想黏住他而倾向进步。他在和"三青团"争夺学生自治会领导人的选举时，旗开得胜，先被选为联大学生自治会三主席之一，后又被选为昆明全市学联主席，领导全校和全市学生的进步活动。他发起组建了"民主青年联盟"，并在其中发展了许多党员。

1945年秋，我们两人都在中文系毕业了。中文系有意留他做研究生，可是当时云南省工委决定要在滇南一带农村，准备发动武装斗争，我和齐亮都被选中到滇南工作，我任滇南工委书记。齐亮被派往滇南少数民族地区，做基层农民发动工作，并负责好几个县的中学的地下党员联系和领导工作。名义是在元江乡下办小学（这里又有一段插话，少数民族少女，能歌善舞，齐亮也学会同舞，几个漂亮少女就瞄准了他，被他拒绝了）。

1946年夏，南方局领导决定调他到重庆，在南方局青年组负责学生工作。他便和我分别了，我颇怅然。幸喜不久我也同时调南方局到川康特委工作，我到南方局又和他见面了，十分高兴。听他说起来，他正在像西南联大时那样，把工作重点放在争取中间分子身上，颇有成效。这对我到成都做学生工作，也有启发。

1947年3月，国民党挑动内战，已迁到南京的原南方局和留在重庆的重庆分局都被迫撤退回延安。齐亮本也在分局撤退之列，可是他却设法没有跟着撤离。他继续留在重庆市委工作，担任了渝北县委书记。

当时，南方局撤走后，整个蒋管区的地下党组织都由上海分局钱瑛同志领导，但是上海分局与云南省工委和我所在的川康特委一时失去了联系。因为钱大姐知道重庆市委下的齐亮认识云南省工委的书记，也和成都川康特委的我更熟，于是派齐亮想法到成都和昆明的党组织联系。

齐亮首先到了成都，住在我家。老朋友又见面了，且在危难中，自有一番亲切。他把上海分局联系川康特委的秘密口号和通讯地址告诉了我，我把川康特委的全部组织情况告诉了他。他担负如此重要的上下联系的政治交通极端机要工作，足见上海上级对他的忠诚十分信任。我们都舍不得分离，他决定在我家里多住几天。

我的妹妹马秀英在四川大学刚才毕业，尚未工作，住在我家里。她在川大参加学生进步活动，是党的外围组织"民协"的成员。她知道我是干革命的，很亲近我。齐亮来了，她当然也知道是干革命的，对他也亲近。齐亮的"帅哥"模样，一下便被我妹妹看上了，喜欢得不得了。她偷偷对我说，她想和齐亮做朋友，要我介绍。

其实这都用不着我介绍。齐亮喜欢做群众工作，见到秀英就对她进行思想工作，以提高政治觉悟。秀英当然乐于听齐亮的教导。她对我说："我一见他，我就心跳，我一听他讲话，我就很高兴。"秀英有意带齐亮去成都各地旅游，几乎天天出去，晚上才回来。看来不仅秀英有意，齐亮也动心了。不过他似乎并不想和秀英恋爱。他对我说，他身负重大政治任务，要马上坐飞机去昆明向云南省工委书记传达上海分局指示去了。他对妹妹的痴情很感动，对我说："我看你妹妹是可以吸收入党的了。"我说："川大党支部是准备吸收她的，我这个妹儿你看怎样？模样还可以，政治上进步，她对你一见倾心，把你黏上了呢。"齐亮笑一下说："可惜她在成都，我在重庆，没有缘分哟。"

齐亮买了去昆明的飞机票，走的头一天晚上，他们两个在小屋里，叽咕了多夜深，不知说些什么。第二天齐亮走了，秀英牵心挂肠，一副失魂落魄的样子。我要她出去找工作，她不大理会，过了几天，她忽然对我说："我要去找齐亮。"

之后，她老在自言自语："我要去找齐亮！"我看她痴迷齐亮就似要发精神病了。我说："你不是党员，怎么找他呢？"她说："你一定知道他在哪里，我要去找他。我要跟他去干革命。"我知道齐亮的掩护职业，能找得到他，但是齐亮是不是看上她了呢？秀英却说："不管他爱不爱我，我爱他，我跟他去革命。"

我莫奈何了，只好让她去重庆找齐亮。她欢天喜地地到重庆去了，一去便再也没有音信。

1948年4月，因重庆党组织市委书记刘国定叛变，特务在各处抓人。这消息传来，我想齐亮一定是特务的抓捕对象，一定在做党员紧急疏散工作。我为此搬了家，也不知秀英怎样了。

那年6月，我到已搬到香港的上海分局钱大姐处汇报工作。我在那里住了一个月，汇报工作，接受指示，进行整风学习。我从香港回四川路过重庆时，设法找到罗广斌，才知道重庆党组织破坏详细情况。知道齐亮和秀英没有被捕。特务正四处抓人。

罗广斌跟我回成都避难。不久齐亮和秀英也突然逃到成都，找到了我。我才知道他们两个已经结婚，秀英已经入了党，跟齐亮一块儿做党的工作。齐亮说他冒了很大危险，紧急疏散一批党员后才到成都来避难的。我把他们安排到温江中学教书，本来好好的，却因有特务去温江中学查问，他们走避到成都。我正为他们找好了避难去处，却不知道刘国定这个叛徒由特务押着，到了成都，坐上吉普车，天天在街上转悠，抓重庆逃到成都的地下党员。后来听说齐亮上街在春熙路被刘国定撞上了，当场被捕。特务由从他身上搜出的身份证上得知他的住处，赶到那里，抓到了秀英。后来听说，秀英本来打扮成一个无知识的乡下女人模样，特务把她看得并不紧。那院子的主人安老太太是我们联络站的人，她叫秀英上厕所时，可以从厨房小门走掉的。秀英却不理会，只管在收拾衣物，说要去找齐亮，是死是活要跟齐亮一起。结果特务把他们两个抓回重庆去了。结果两人在重庆快解放前特务的大屠杀中，都英勇牺牲了。

重庆解放前夕，罗广斌等人逃了出来，我们不久见了面。广斌说齐亮入狱，表现非常英勇。一进去特务威胁他说，两条路，一条自首，放他走人，一条马上枪毙。齐亮站起来就往外走，特务惊问他干什么，齐亮说："你们不是说两条路吗，我走第二条，走，你们执行吧。"把特务都惊呆了。广斌说，特务们认为对这样的共产党人，动什么刑罚都是白费劲。所以齐亮入狱快一年，直到他走上刑场，没有审问过，更没有对他动过刑。他在狱中还写《支部工作纲要》，组织难友过"组织生活"呢。广斌说，在狱中能听到解放军的炮声了，大家都高兴，齐亮却说他要上路了。果然，特务叫他出来，对他说换个押他的地方。齐亮知道他的大限到了，从容地走向刑场。秀英是在狱中集体大屠杀时被杀害了的。

时间过去了六十年，广东的作家吕雷和几个作家到重庆出差。吕雷临走前，他的父亲吕坪告诉他："你有机会到重庆，一定要去烈士陵园，一定要找到齐亮烈士的塑像，向他叩拜，默哀致敬。"吕雷这才知道，他的父母建国前曾在重庆做地下党工作，由于叛徒出卖，特务已准备逮捕他们，但他们和支部其他同志事先却不知道。是齐亮冒了最大的危险，赶在特务前面，找到他们，叫他们马上离开。如果不是这样，吕雷的父母，甚至整个支部的人都会被捕牺牲。齐亮当时已经清楚知道，特务正在四处抓他，然而他为了救出其他同志，不惜冒生命危险，千钧一发之际，救同志于灭亡。

吕雷到重庆后，在歌乐山专门找到齐亮塑像，向他叩拜，告诉他，通知到的同志都平安转移了。他的父母活了六十年后，一直念念不忘救他们的烈士。为此，吕雷在《光明日报》上发表了一篇文章说，没有齐亮舍身救人，就没有他的今天和其他许多人的今天。吕雷问，这是一种什么力量，使烈士们视死如归？信仰，就是坚定的革命信仰。

《光明日报》的编辑把这篇文章转给了我，我后来写文章说："人无信仰，生不如死。"我把这八个字写成书法作品，由《光明日报》刊登在副刊上。

刘惠馨 ▋
伟大的革命战士和母亲

刘惠馨同志是一个知识青年，正像 30 年代的许多知识青年一样，她经历了从一个普通的爱国分子转变成为一个无产阶级战士的过程。这是一个光荣的过程，但也是一个严重的自我改造的过程。这个过程，惠馨在革命的风暴中以短短五年工夫完成了，而且是轰轰烈烈地完成的。

惠馨出生于一个公务人员家庭。当她在南京上中学的时候，她看到下关江面停着各国的军舰，公然用大炮对着堂堂首都，她又看到外国人在南京街上恣意横行，而那些高等华人还要曲意奉承，这些都在她内心引起莫名的愤慨。她听信她的老师的论断：中国积弱都是由于工业落后，只有振兴工业才能救国，于是她发愤读书，考入了南京中央大学电机系，成为该系唯一的女生。她是热心的工业救国论者，学习得很不错，一心一意想到学成报国。

但是当她在一次返校节的同乐晚会上，听到前几届毕业同学回来诉说他们的遭遇时，她才明白，一个工科大学毕业生在国民党的经济机关里不过是一种"摆设"，在资本家的工厂里不过是帮助剥削的监工，甚至是把日本货拿来改头换面、冒充国货的帮凶。她失望极了。

工业救国对她成为一种恶毒的嘲笑，从此她痛苦彷徨：祖国往何处去，自己的出路又在哪里呢？

这时"一二·九"学生运动爆发了，她从一个"随大流"的参加者变成一个积极分子。她发现了一个简单的真理：只有抗日才能救国。但是怎么抗日，谁来领导，她是一点儿都不明白的。后来她参加了共产党的外围青年组织"学联"秘密小组的活动，明确了只有跟着共产党走，才能抗日救国，而对于无产阶级革命等知识是一无所知的。

抗日战争爆发后，她和我们几个在党的影响下的同学，一块儿到南京的晓庄农村去做发动农民的工作。我们天真地想就地发动农民，将来拖到附近的大茅山打游击。但是我们这一群知识青年，不仅对于群众工作很生疏，连自己的生活也是不会对付的。我记得有一次轮到我和惠馨做饭，我们一起到井边打水，虽然我们是自矜为有知识的人，而且惠馨是学机械的，但是把吊桶放进水井去，拉来扯去弄了半天，那吊桶就是不听指挥，打不起一桶水来，还是一个农民来解救了我们。惠馨对于自己真是失望极了，她叹气说："唉，我们这种知识分子，到底有什么用处呢？"

她对于知识分子的看法虽然未免过于悲观，但是这却促进我们对自己的知识重新估计，并且决心去依靠工农群众。

但是知识分子要去依靠工农群众也不是容易的事。我记得有一次我们兴高采烈地拿着漂亮的壁报，戴着草帽，到附近一个采石场去向工人宣传抗日，我们声嘶力竭地讲解不抗日就要亡国的道理。但是使我们很失望，工人们正赤臂露头，顶着大太阳，紧张地捶石子，根本不理会我们，看他们那怀疑的神色，大概以为这几个少爷小姐模样的人，是吃饱了饭，到采石场寻开心来了。

我们垂头丧气地回来。惠馨特别难过，她悲观地叹气："哎，知识分子哟，知识分子哟……"这时，有一位后来才知道是党派来和我们一起工作的同志劝告我们：不和工人打成一片，不了解工人疾苦，不和他们休戚相关，根本说不上宣传，更谈不上组织。

惠馨特别激动地接受了这个劝告。她约几个同学改变装束，到山沟去和工人一起打石子。她们干了一天，脸上手上被太阳晒脱了皮，回来腰酸腿疼。但是我们到底了解到一些工人们的生活苦况。我们发觉在东倒西歪的茅棚里睡着很多害疟疾和各种传染病的病人，看到山边一片一片新坟压着旧坟，看到许多妇女背着婴儿，在她们身边还坐着一些才能勉强举起小铁锤的小孩。她们毫无生气地坐在地上打石子，她们的腿被飞崩的石子打伤了，溃烂了，流着黄色的脓，苍蝇在那里嗡嗡地飞，驱之不去。惠馨对于这种景象有特别深刻的印象，她回来后整晚一声不响，她深思着这一切现象所说明的问题。

第二天，她约了两个女同学，带一些治时疫药水、奎宁丸、油膏和消毒药、棉纱布到采石场去，义务地给工人洗腿擦药，给害疟疾的人吃奎宁丸。起初工人是怀着戒心来接受医治的，时间久了，才知道这是一群好人，但是也仅止于好人罢了。他们是为了答谢好人的好意，才勉强抽出晚上休息的时间，让我们去给他们讲抗日道理，这样才算混得熟了起来，和工人们交了朋友。也只有在这种场合，才使我们了解到骇人听闻的压迫和剥削，对于书本上读到的阶级压迫才有一点感性知识。在这里，我们才受到真正的政治教育。惠馨深受感动，她告诉我说："我现在才明白，抽象宣传抗日，对于在这深渊底的工农群众说来，不过是一种嘲笑！不进行工农革命斗争，抗日是办不到的。"我知道她开始从抗日救国论发展到要求为工农革命而斗争了。

我们想在大茅山打游击，党组织明白这不过是一群年轻人不切实际的想法。党及时通知我们撤退到武汉去。我们到了武汉，中央大学办事处正在办理同学去重庆复学的登记，许多同学都去登记，坐船走了。惠馨却十分坚决，她说她再也不想去学习做一个国民党高等办公室的"花瓶"了。她和我一起到安仁里二号董老那里报到，被介绍到黄安县七里坪党训班去学习。

在七里坪党训班受训时间虽然不长，但是只有在那里才真正受到革命知识的初步教育，才下决心抛弃知识分子的一切不切实际的幻想，愿意到工农群众中去做一点儿微不足道的工作。我被派到武汉去做工人工作，惠馨被派到汤池训练班学习，然后被派到鄂西山区去，在农村合作社指导员名义的掩护下做农民工作。在汤池训练班，她入了党。

我们要分开了，临别的晚上，我们相互鼓励。她说："从现在起，我们才开始了新的生命。"她又说："我是个新兵，毫无战斗经验，但是决心接受任何锻炼和考验。"我知道她已经从一个工业救国论的知识分子转变到无产阶级革命旗帜下来，虽然还不能称为一个成熟的革命战士，但是她的确踏上征途了。

惠馨到了鄂西山区，无数的困难等待着她。生活习惯的不同、语言的隔阂还是小事，最叫她难办的是，不用国民党办改良主义的农村合作社的名义，难以在农村立足，但是农民对这种粉饰剥削、欺骗农民的合作运动却深恶痛绝。惠馨不得不在合法的外衣掩盖下进行"非法"的农民革命活动，而这是国民党视若洪水猛兽的事。惠馨由于没有经验，又操之过急，还没有扎下根子就暴露了。那时国民党反共高潮还没有掀起来，她成为"不受欢迎"的人物，被"欢送"出境了。

惠馨出马失利，深觉惭愧，但是她愈发变得坚定了。她给我写信说："这是一场困难的失败的斗争，但是我以能参加这样的斗争为荣。我终于明白阶级斗争是怎么一回事，这不能是别的，只能是你死我活的斗争！"这一点儿知识的获得，对她以后的工作和斗争是很有益的。

这时武汉沦陷，我们转移到鄂北。1939年9月惠馨也被调到鄂北，我们见面了。当时党为了发展敌后游击战争，调一批人从竹沟转往苏北地区。惠馨老家是苏北淮阴，首先入选。我和她相聚不久，却不能不做长期别离了。我记得在别离前夕，我们俩在田野的树下话别。由于一种革命的矫情，她始终没有对我表示惜别之情，只有在末了，她才对我说："这次我去了，不知道我们什么时候才能再见，过去我们相约的抗战不胜利决不结婚的那些话，已经没有什么意义了。我要说的是，这次我回到苏北，去和敌人进行面对面的厮杀，我是抱着牺牲的决心的。也许……"我连忙接下去说："我们一定会看到革命胜利。"她站起来说："但愿这样。"说罢就和我握手告别，像和一个普通的革命同志握别一样。我看到她那坚定的矫健的步伐，消失在月色下的小路上了，才感觉到有许多话还没有对她说。

惠馨和其他同志步行到河南，由于竹沟事变没有去得成苏北，又折回来了，并且立刻被党分配到鄂西山区农村做地下党的秘密工作。党要求她改变身份，断绝通信。她从鄂北过路时，为了遵守纪律，没有来找我，也没有给我写信。

后来她告诉我说，那段时间里，她打扮成农村妇女，在农村奔走，每天在深山大岭里走动，风里去，雨里来，做党的组织工作，和农民同志同吃同住，和农民一块儿劳动，同呼吸，共命运，精神是愉快的，心情是舒畅的，工作上的每一点进展，都标志着她的自我改造的进步，都是她战胜困难提高自己思想的过程。她说，她是做了工作，却更多地受到教育。在那山林农家的夜晚的小组会上，她听到农村中千奇百怪的压迫和剥削，听到农民对于地主豪绅的刻骨仇恨，听到农民对于将来的希望和种种奇妙的斗争方法。她说她从农民的简单明白的语言中体会到革命的深刻道理。许多农民对她说："那个日子一定要来！""那个日子"的含义就是红二方面军路过山区的日子，就是打土豪，分田地，人民自己当家作主，穷人扬眉吐气的日子。这一句话是雷打不垮、火烧不灭的信念，也是她的坚强意志，并且后来成为我们互相鼓舞的真理。她告诉我说，她永远不能忘记那些风雨之夕，在农家给农民举行入党宣誓的光景。她看到在暗淡的桐油灯光下那些朴实和毅勇的农民面孔，看到他们那样举起握得紧紧的战栗的拳头，就不能不激动万分；当他们跟着她吃力地念入党誓词，一同小声地唱"……旧世界打得落花流水，奴隶们起来起来……"的时候，她说她情不自禁地泪流满面了。这是幸福的眼泪，这是她一生最高尚的享受！

1939 年冬天，我被调到鄂西做地下党的工作，我们意外地相会了。党为了组织秘密机关，要我们结婚，并且要惠馨改扮成家庭妇女，担任"住机关"的工作。我们相会自然使她高兴，但是要她住机关，却给她带来很大的苦恼。她是一个火辣辣性子的人，喜欢到处走动，喜欢投身于火热的斗争，现在要她坐下不动，真是为难。但是她经过了几天痛苦的思想斗争后，下了决心。她在恩施郊区找好房子，买好一套成家立业的锅盆碗盏，我们成了家。她把自己改扮成一个家庭妇女，每天买菜做饭、洗衣服、做针线活儿，还要和左邻右舍的家庭妇女交往，说些言不及义的闲话。只有晚上才能关起门来自己读一些马列主义的经典著作。起初她是苦恼的，慢慢才习惯起来，并且把自己的旺盛精力转向秘密机关的一套技术活动。她组织交通站，编制密语密码，收发秘密文件，工作做得很出色。虽然很忙，却很愉快。她怀了孕，却不辞辛苦自任交通，远道去重庆南方局报告工作，并且带南方局的一位负责同志到鄂西来检查工作。

她回来告诉我说，她在重庆知道她的家在海棠溪，她三次过海棠溪到黄桷树接头，很想回去看看，但终于忍住了，她怕落到家庭的樊笼里去。我取笑说："你这倒是三过其门而不入呀！"她笑了一笑。

后来工作太多，人手不够，党又决定要她担任和当地一些党组织接头的工作。后来她又担任恩施县委的副书记、组织部长，同时也是特委的妇女部长。她身怀有孕，既要把繁重的家务劳动全部担当起来，又要把机关工作管得有条不紊，保证安全，还要出去领导党的秘密组织，真是够忙的，但是她一点儿也不感觉疲倦，总是愈做愈有精神，好像她的精力是永远不枯竭似的。我记得有一次她到七十里外的屯堡第七女子高级中学去接头，我以为她一定要第二天才回来，谁知当天深夜她跑回来了，进门还是那样生气勃勃、笑容满面的样子，但是明显地看出她是累坏了。果然她因劳成病，我责怪她怀着孕这样跑长路。她在床上拉着我的手说："原谅我，我也知道不对，但是我总想多做点事。我知道我们现在从事的是一种光荣的但是危险的职业，说不定什么时候就会落入虎口，再也做不成了。得赶快做！"

我说："你想到哪里去了？"她却紧紧抓住我的手，更严肃地说："真的，我似乎有一种预感，但并不是出于恐惧。我近来常常想到，假如我被捕了，该怎么办？那时候你一定很难过吧。但是你不用难过，我会按照一个共产党员那样行事的。"我听她这样说些不吉利的话，很不舒服。我说："算了吧，说这些干什么？"她却更严肃地说："不，我们是应该想到这些事的，也许我们再也不能见面了，我希望你在胜利后到我的墓前献一束花，告诉我'那个日子果然来到了！'"我再也听不下去了，我阻止她说："我只想活着斗争，没有想到死，你说这些倒好像你是一个浪漫诗人！"她笑了一笑，并且摇了一下头，原谅我不理解她的心情。

我并不相信命运和预兆，但是惠馨的这些话却果然成为谶语。在敌人制造皖南事变后不久，由于一个可恶的叛徒出卖，惠馨和特委书记何功伟一同被捕入狱。当时我下乡巡视工作去了。解放后，从审讯特务的口供里知道：当特务破门而入时，惠馨已在屋里匆匆地烧毁了一切文件，她从容地抱起孩子和何功伟一起走向监牢，走向新的战斗岗位，按照一个共产党员应该做的那样。

惠馨入狱时，生孩子还不满月，身体还没有康复，孩子拖累很大，狱中生活很苦，这一切还是小事，主要是她面临着严重的酷刑。敌人捉住了何功伟和惠馨后，就决定一软一硬，分别对待。战犯陈诚和反共专家朱怀冰亲自策划，他们以为何功伟这种硬汉子用酷刑是没有用处的，必须和他斗智，使软功夫把他软化下来；而对惠馨，却以为她是"女流之辈"，又是拖着孩子的妈妈，只要一硬压就可以压垮，就可以突破"缺口"。于是各种各样刑法落到惠馨的头上。

敌人的判断完全是错误的，惠馨虽然是女的，又刚生过孩子，弱点似乎很多，但是她首先是一个共产党员，一个铮铮铁骨的共产党员。百般刑法一点儿也没有把她从肉体上压垮，她反而变得更为坚定起来。敌人甚至对她采取卑鄙的"野外审讯"，实行假枪毙，企图从精神上压垮她，可是仍然不能动摇她分毫。一个人要是抱定了大无畏的牺牲精神，的确不是任何力量能够损他一根毫发的。

敌人在没有办法中，就在惠馨是一个初生婴儿的母亲上做文章了。这个孩子本来先天不足，生下来不满月就被捉到监牢里去了。惠馨的身体不好，奶水不足，曾要求特务准许她买饼干和奶粉给小孩吃，但这些起码的人道主义的要求都被特务拒绝了。相反，敌人更故意为难这个孩子，把惠馨和孩子关在一个谷仓里，除开破仓板缝透进一线光明外，什么也看不见，使一个初生的婴儿见不到阳光，企图这样来要挟惠馨。惠馨回答敌人的是绝食斗争，为要给小孩开一个小窗而绝食斗争。在她绝食中，敌人一反常态，故意用油煎蛋饭来代替平时给她的一碗盐水臭米饭。惠馨连看也不看一眼。绝食斗争在同狱同志的支持下，终于胜利了。后来出狱的同志告诉我说，当敌人在仓库上开了窗子，惠馨抱着孩子到窗口去呼吸新鲜空气，望光明的天空和让孩子晒太阳时，她是多么的高兴呀。

敌人自然是不甘心的，常常威胁着要弄死小孩。惠馨对于自己的女儿是十分疼爱的。她在那样困难的环境中，仍然无微不至地抚育孩子，把自己的鲜血凝成的一点儿淡奶喂给孩子，要孩子活下去。为使孩子不致在严冬冻坏，她用自己的破衣服给孩子做衣服。特别使狱中同志们感动的是，当惠馨遭受酷刑昏了，也没有忘记自己的孩子。有一次惠馨遭受酷刑昏死过去了，被敌人拖回仓库。住在仓库楼上的难友从仓库的木板缝望下去，看到惠馨过了很久才苏醒过来，她听到孩子在哭，猛然抬起头来，想过去抱孩子，可是身受重伤，一步也挪不动了，只向孩子伸出两手又倒下去了。过了一阵，惠馨积聚了自己剩下的最后一点力气，在地板上爬了过去，勉强坐定，抱起孩子来，拉开她那带血的衣服，把干瘪的奶头塞到孩子的嘴里去；当孩子用力吸奶时，惠馨支持不住，又昏过去了，可是她仍然紧紧抱着孩子，让孩子能够吸住奶头。楼上的同志看到这个景象不禁痛哭起来。惠馨醒来听到了楼上的哭声，却很冷静地说："这里不是哭的地方，这里不是流泪的地方。"

　　惠馨对自己的孩子并不像一个普通的母亲那样溺爱，她是把这个孩子当成革命后代来抚养的。希望这孩子能够活下去，活着出去，长大去革命。

　　敌人以为从惠馨身上找到了一个大弱点，企图用打死小孩来威胁惠馨。在这样节骨眼上，的确对于一个母亲是极其严峻的考验。但是惠馨在这严峻的考验关头，毫不犹豫地作了抉择，在做一个革命战士和慈爱母亲两不相容的时候，她坚定地做一个革命战士，她宁肯牺牲自己心疼的孩子来保持革命气节。当然可以想象，当敌人威胁着要打死小孩的时候，她毅然掉头不顾，那种母亲的痛苦也是可想而知的。敌人这种诡计并没有成功，他们不敢打死小孩，他们知道这样办只能使惠馨更坚定，更无挂虑，更会向他们展开坚决斗争。

功伟和惠馨在狱中，领导监狱里的斗争，坚持革命气节，虽然功伟在监狱里被隔离起来，但他的共产党人的政治影响却随时随地在感召人，他依然是组织的领导者，惠馨仍然担负了狱中的组织工作。惠馨明白向她冲击来的头几场风暴，已经抵挡过去了，在最厉害的或者说最后的一次冲击——那就是说置她于死地——还没有到来以前，她必须抓紧时间工作。

她组织党的支部，组织难友坚持学习，抵制敌人进行的"青年训练"讲演，鼓舞同志们的斗志，稳定动摇分子等等。工作的确是够多的。还不止于此，她在狱中还接受为她所培养成熟的一个妇女入党。她明白她迟早难免牺牲的，因此她希望有更多的人继她而起，站在她的岗位上，继续斗争。

她还考核自己的队伍，把党员在狱中的表现记录下来：哪一个党员是坚定的，哪一个党员动摇了，哪一个党员自首或叛变了，都暗记下来，像她在外面做组织部长应该做的那样记了下来。当一个青年被释放出狱的时候，她托这个青年将此偷带出监狱，并且要他帮助送到重庆交给南方局。后来听说，这份材料南方局是的确收到了的。可惜送信的这个青年同志现在不知道在哪里，因而详细情况不得而知。

惠馨不仅把监狱的党员组织起来变成一个坚强的战斗集体，而且把青年组织起来进行革命教育。惠馨是知道她没有出狱希望的，可是她还带头学习化学和英文，要青年同志在监狱里不要忘记利用时间学习知识，以便将来出去把自己的知识贡献给祖国光明的未来。

特务所使用的一切威胁利诱和凶残的酷刑，没有动摇惠馨的坚强革命意志一丝一毫。他们满以为可以从这样一个带着孩子的女人身上讨到什么便宜，结果也完全落空了。敌人为这样一个女共产党员大伤脑筋，最后对她采取了凶残的杀戮手段，决定把她和何功伟一起拉出去枪毙。惠馨毫不畏惧地面临她久已料到的日子的到来。她知道快要完成一个共产党人伟大人格的最后铸造了，她以能终其一生得到共产党员的光荣称号为荣。

据说临刑的那天大清早，她亲昵地把她的女儿搂在怀里，给女儿喂了最后一口奶，然后坦然地抱起女儿，以庄严的步子走向刑场。她并不为自己的牺牲而难过，她不放心的是她的女儿，还不满一岁的孩子将要落到怎样一种命运里去呢？在走向刑场的路上，她问特务："你们打算把孩子怎么样？"毫无人性的特务对她说："哼！共产党员还要孩子吗？"便凶恶地从她的怀里把孩子夺过去了。一个母亲在这种场合有怎样的感受呢？也许要扑过去抓住孩子痛哭吧，不，惠馨并没有这样，她知道这是最后的最严重的考验关头，她爱孩子，她巴不得这孩子能活下去，但是在这种关头她无法考虑了，她不能表现出一个母亲的软弱，她毅然转过头去，按照一个共产党人那样，高昂着头，走向刑场去了。

惠馨和功伟坚定地站在可爱的祖国的大地上，眼望着东方灿烂的黎明，倒下去了。这是 1941 年 11 月的一个严寒的早晨。

几十年过去了，我应约写惠馨的小传，真是百感交集！我能够告慰于惠馨的是：我并没有背弃我们的共同理想，我和其他同志一起继续举起她留下的红旗前进，终于胜利了，"那个日子"真的到来了。党和人民没有忘记她，解放后找到她和何功伟的遗骨，迁葬恩施五峰山上，后来因城市改造，又迁至他们当年的牺牲地，在那里立碑植树，供千秋万世的后人凭吊和景仰。

特别值得告慰于惠馨的是，她临刑遗下不满一岁、下落不明的女儿，我打听她十九年之久，没有找到，后来在党的关怀和公安部门同志的努力下，费时一年半经过无数波折终于在 1960 年五一国际劳动节的前夕，在北京找到了。她当时被特务抛弃后，为一对好心的工人夫妇收养长大了，取名吴翠兰，她不期而然地继承着她母亲的遗志，考上北京工业学院。

那一年五一节，我赶到北京去和翠兰团聚。我们父女两人携手于天安门广场，依傍在汉白玉栏杆下，看红旗在高高的旗杆上迎风飘扬，人民英雄纪念碑巍然矗立，在碑前成群结队的"红领巾"在载歌载舞，真是不禁涕泪横流。在泪眼模糊中，我分明看到惠馨像那块巨大的碑石一样，挺立面前，正望着这一切欢乐的景象，望着她的女儿而微笑呢！

王 放

刻骨铭心的往事

2006年春天的一个傍晚，我的女儿扶着我又回到成都那条湫隘的小巷去了。我想到那小巷中去寻找我的爱人她的妈妈王放六十年前失落在那里的足迹，并且循迹到深巷找寻那座破败但却静谧的小院。在那里，我和王放曾经度过一段穷困但是幸福、危险但是欢乐的青春时光。

我和女儿踽踽而行。女儿说："找到了，柿子巷6号。"不错，正是这里，这里就是当年地下党川康特委的秘密机关，也是王放一人独办的地下党小报《XNCR》的所在。但是举眼望去，却是一座宿舍新楼立在面前，小院完全变了样了。我们从门道走进去，我马上看到立在院角的那棵枸树。不错，我认得这棵枸树，只是它已经长得十分高大了。就是在这棵枸树的旁边的破烂平房的窗口，我和王放享受过枸叶送来的荫凉。我回头望小院坝里，发现了那口水井，我们当年就是在这井边汲取清凉的甜水解渴，洗脸漱口和淘米洗菜。水井已经被石板封住了，但是我好像依然听到王放那笑声和浅唱低吟的歌声。一切都好像是昨天的事。

我默然站在枸树前，好像走进时空的隧道，穿过去，回到六十年前的那个小院里，往事历历，都到眼前……

1947 年 3 月，中国的内战打得火热，国共两党和谈宣告破裂，在重庆的《新华日报》全体同志被押送回延安。在蒋管区公认的群众的眼睛和耳朵被堵塞，人们再也听不到进步的声音，特别是解放战争的真实情况。我们在成都的地下党川康特委决定由我负责马上办一张秘密的油印小报，专收延安新华广播电台的电稿，油印出来，送给党内和进步人士阅读。

办这样的报纸是非常危险的，国民党特务必定要千方百计破坏，一经发现，就会带来杀头之罪，因此办这张小报的同志必须是英勇果敢准备牺牲的同志。而且为了保密，只能由一个人来办，他必须是文化水平较高，能集收（音）、编、刻、印、发于一身的全才，他还将长期隐身在川康特委机关，必须忠实可靠。找这样的同志实在不易，我和成都市委书记就下属党员中反复物色，终于决定把一个市委委员、在四川大学担负党的领导工作的王放同志调出来，担起这副重担。

王放被介绍到川康特委机关来和我见面。她身材高挑，穿着合身的蓝布旗袍，进得门来，规规矩矩地正襟危坐在椅上，双腿双脚紧并，还未开口，嘴角含春，颇有大家闺秀的模样。她向我介绍了自己的情况：河南人，抗战初随河南大学逃到豫西，1939 年在那里入党，辗转来到成都，转入四川大学历史系，已毕业，在四川大学担任地下党支部书记，领导党的外围组织"民协"工作。

我向她传达了川康特委的决定：调她到特委机关来办地下报纸，一切由她一个人负责。当我说到这是一个十分重要而又十分危险的任务，是要准备掉脑袋的话时，她插话说："我既然答应来了，就有这样的思想准备，这些话我看就不用多说了吧，我就想知道的是，马上要我干什么？"

哦，看来我真的对她说了多余的话了。我改口说："你马上要干的是准备一个能收听延安广播的收音机，然后是刻写油印设备，像钢板、蜡纸、油墨、大宗纸张什么的，油印机不用准备了，我们已经搞到了一台旧的，可以用。"

那个时候，收音机里的短波线圈全被国民党特务剪掉了，只能收本地电台的广播，要想收到延安的广播，只有靠王放自己来安装一台短波收音机了。这对根本不懂无线电的她来说，是一个很艰巨的任务。再加上安装收音机用的无线电器材，是受特务控制的，还有油印用的钢板、蜡纸、油墨、纸张，也要有单位的证明才能买到。至于报纸印好发送出去，那冒的风险就更多更大了。这一大堆的难题，就像一座座险峰，都要她自己一人去爬。而且我还要求她，争取在一两个月内完成任务，这对王放来说，几乎是不可克服的困难，可她却毫不犹豫地接受了。

王放搬到了川康特委机关里来。她一边啃着大部头的关于无线电的书，一边想尽各种办法，和我一起安装收音机。她还辗转设法，终于通过进步关系，找到了国民党的市广播台的一个技术员学习无线电技术。此间的艰难和危险可谓超乎想象。好在皇天不负苦心人，不到一个月，王放终于组装出一部短波收音机。这个收音机，不是像我前面装的那种乱七八糟凑合起来的样子，而是装在一个木盒里，看起来比较正规成型有模有样的收音机。王放对我说，科学的东西是不能凑合的，要求严格和精细。

在王放的调试下，安装好的收音机里突然传来了我们曾经听到过却有一段时间再也无法听到的女高音，正在播华北战场打了胜仗的战报。那声音是那样地清楚、高亢和坚决。王放为她的成功而低声欢叫："成功了，成功了！"我也忘乎其形地把王放抱住，低声叫起来："我们又打胜仗了！"王放似乎也和我一样兴奋，没有在乎我拥抱她的孟浪行为。

王放在她早已准备好的笔记本上记录起来，记得是那样地迅速和流利。我把早已准备的油印机以及钢板、蜡纸、铁笔都找了出来，花了半夜工夫，终于刻好一张蜡纸，可以油印了。但是我们这张报纸叫什么名字好呢？我马上想到，而王放也几乎和我同时想到，并且同时叫出来："XNCR！"对，就是这个名字，延安广播电台的呼号。于是一张叫"XNCR"的红色报纸出版了，它不仅不断地印出了打胜仗的战报，还登载解放区的情况和党中央的一些文件评论，一般是三天一期，有时还要加印号外，传播大胜仗的消息……

这张报纸就像在黑暗中的成都建起一座灯塔，把被熄灭了的《新华日报》这座灯塔的光芒重新点燃，给人们带来希望和信心、胜利和欢乐。但是，有谁能想到，办这张报纸的就只有王放一个人，一个默默无闻的女共产党人。在极端困难和极度危险的条件下，她一个人包揽了收听记录延安广播、刻写蜡纸、油印和拿出去分发的全部工作，也就是集编辑、记者、排版、印刷、发行工作于一身。而且她还要负责筹集经费，把自己家里寄的生活费都贴了进去。她的整个报馆就设在一间破房里用箱柜隔起来的一个不足三平方米的阴暗空间中，报馆最主要的设备就是一架收音机和一部油印机。后来她嫌油印机操作时吱嘎有声，于是决定自己设计一种极简便的办法，就是在绒布上涂上油墨，压上蜡纸，盖上纸张，翻转来印，不出声音，既快又好，还可套色。收拾时卷起绒布就行了。

从此不管冬冷夏热，王放每天晚上就蛰伏在那屋角里，打开收音机，去茫茫的黑暗天空中，在那嘈杂的干扰声中，去捕捉微弱的电波，把它们记录下来，并且马上整理，动手编辑，刻写蜡纸，进行油印。基本上每次总要弄到天快亮了，才把小收音机和刻写印刷工具收拾进墙上的砖洞里，然后把一摞油印小报卷了起来，放进提包，带出去分发，这一切她都做得那么从容和沉着。当然，王放也知道，稍微的疏忽都有可能带来杀身之祸，每次她提起提包出去前，总要对我做个交代，说："也许晚上我不能回来了。如果过了十点钟我真的没有回来，你就赶快收拾东西转移吧。"她说得看来是那么轻松，却使我非常难过，每次都要把她送出巷口，再依依不舍地看着她那远去的背影逐渐消失。

后来我看王放实在太忙，就尽可能在晚上回家后抽出时间来帮她，陪她熬过漫长的黑夜。我们一起钻在密室里，王放打开收音机，戴上耳机，去捕捉延安新华电台的女高音，不断地在纸上写出让人振奋的字眼，然后编辑撰写，刻蜡版，搞油印，几乎每个晚上都要弄到第二天凌晨三四点钟。我有时也帮她刻写油印，但常常是支持不住，趴在小桌上睡着了。王放知道我白天出去工作，又要教书，确实够累，要我去睡觉，我却不愿意。一方面我想分享她听到胜利消息的欢乐，另一方面，有一种莫名的磁性吸引着我，况且王放也觉得我坐在那里对她来说是一种鼓舞和有一种安全感。特别是半夜，我们都饿了，小巷子里响起叫卖担担面的声音，我们出去买了回来一起慢慢吃，心中有一种说不出的欢喜。就这样月复一月，我们之间的战斗的友谊慢慢滋生成为爱情，我们俩的命运紧紧地联结在了一起。

地下报纸《XNCR》出版半年，引起敌特的注意，潜伏在敌特机关工作的地下党员报告说，成都的特务机关接到上级的命令，要成渝两地的特务机关尽快破坏重庆地下党办的《挺进报》和成都地下党办的《XNCR》。我们特委得到这个消息后，为了淡化敌人的视线，决定把报纸暂时停一下，听听风声再说。我把这个决定传达给王放，她却不同意，她想出和特务"打游击"的办法。特委研究后同意了她的办法。

王放到街上去买了各种成色不同的纸张，把这些纸裁成不同的开数。她又托同志代她以机关名义去买回不同颜色的油墨。她仍旧每天晚上收她的音，把她收到的解放区的电报和消息，用不同大小不同的字体和横竖走向，刻在蜡纸上，用不同颜色不同开数的纸张印了出来，她不再用《XNCR》的报头，而是在印件的末尾印上五花八门的不同的单位团体。当然这些单位和团体都是她杜撰出来的，无论特务怎么查，自然是永远找不到的。

王放这种"打游击"做法，是很成功的。既坚持了《XNCR》这份报纸的阵地，又淡化了敌人注意力。这份报纸一直坚持到我们主动把它停止了为止。当然，这份报纸能坚持办下来，和许多外面朋友的帮助也分不开的，尤其是外国友人云从龙的帮助也是不能忘记的。

我和王放在共同危难中相濡以沫，两人之间的关系越来越亲近。我弟妹子侄都把王放当成家庭成员来看，她也替我管起家庭生活来，甚至还把她家里寄的钱拿出来作为家庭开支，想帮我解除一点儿后顾之忧。为了有更多的时间做地下党的领导工作，我辞掉了在华西协中教书的差事，只保留了给法国领事教中文的差事。这样一来，我也有较多的时间和王放相处，虽然我们都默默高兴，但是彼此之间都没有把话挑明。

由于工作忙，生活条件差，营养不良，我的体力明显下降。一次，我在法国领事馆给领事上课时忽然晕倒，领事让人救醒我后把我送进了法国教会医院，我怕晚上我没回去让王放担心，就请法国领事馆的人捎信给她。王放接到消息后，马上赶到医院里，整整陪了我一夜。第二天医生告诉我们，我没什么大毛病，晕倒是因为低血糖引起的，只要加强点营养就行。随后，医生让我缴费出院，我这才知道法国领事让人把我送进医院并没有缴费，好在王放带了钱来，帮我把费付了。在填写表格时，她红着脸在"关系"那个栏目填上了"内人"二字，我把头扭向一边，装着没看见。

257

走出医院，我只觉得浑身没有力气，王放就让我坐在她的自行车后架上，推着我往家走。她本来身体也单薄，推着我走了一段后，已是满头大汗，但说什么也不肯让我自己走。我看着她那瘦弱的身子，那么吃力地推着自行车，心中实在不忍，于是假说我觉着累，想下车休息一会儿。我们坐在街边休息，因为都没吃早饭，王放跑到附近去买了两块烧饼给我，我吃了一块，另一块让王放吃，她却不吃，把饼放进提包里，又让我坐上自行车推着我走。好不容易，我们总算到了家，王放已是大汗淋淋，但她只喝了一杯白水，却要我就着水把另一个烧饼也吃了。我哪里还吃得下去，心中发酸，真想抱住她哭一场。我忍住心中的冲动，坚持和她分享了那一块烧饼。

　　从那以后，王放对我更是亲近和关切。她每次出去，总要为我带一小包饼干回来，开初我不肯要，她故作生气地说："莫非你还想晕倒一次？"强迫我将饼干吃掉。当时我心里那个乱，说不出是什么味道，想说什么，欲言又止，王放似乎也期待着我说什么。可我还是没有说出来。在我的心里，有一种障碍阻止着我，那是因为七年前，我原来的爱人刘惠馨在鄂西被捕牺牲，刚生下的女儿也下落不明。我感于刘惠馨的坚贞，不想再有第二次的爱情，总认为那是对她的一种背叛。所以尽管因为工作我和王放同在一屋，朝夕相处，我从来不敢有任何其他的念头。

　　但是和王放相处的时间越长，自然越觉着她的可爱，特别是当她收到华北我军打了大胜仗的消息，眉飞色舞，不期然和我拥抱，又笑又跳的时候，我突然感到我快要失控了。还有一次，我因为外出错过了约定回家的时间，到家门口敲门时，她正带着我的妹妹和侄女在烧文件，开门看到我安然无事，她一下子扑了上来，紧紧抱住了我，嘴里说道："吓死我了。"眼泪流了下来，那关切之情全然流露。我慢慢地意识到，这种男女之间的感情和欢爱，是说不清楚也是无法阻挡的。尤其是每天我们各自外出工作，心里都明白也许就再也不能回来，也许就再也见不到对方了时，那种相互之间的关心和担心对方都能感受到。我明白，我已经不能拒绝这种感情，而王放也似乎下决心要把我从刘惠馨牺牲的伤痛中拉出来。她直接和我谈到刘惠馨，说她很尊敬刘大姐，愿意像刘大姐一样，为革命不惜献出自己的生命……我简直感到又一个刘惠馨出现在我的眼前。渐渐地，我和她拥抱时，不再觉得不自然，而是觉着有一股暖流从她的身上流向我的心田。不过，我还是没有对她说出"我爱你"，我的使命注定了我随时要将自己的生命奉献给神圣的革命事业，我不愿意看到她那么年轻美丽就成为寡妇。

1948 年 6 月，我代表地下党川康特委到香港去向上海分局分管大后方白区工作的领导钱瑛汇报工作。在离开香港的前一天，钱大姐和我谈完话后，忽然提起我的终身大事。她希望我能从刘惠馨牺牲的阴影中走出来，并且问到了我在汇报工作时提到的王放。

我坦然地对钱大姐说明，我和王放在办《XNCR》的一年半中，真可以说是朝夕相处，彼此不仅有思想上工作上的交流，而且有感情上的交流，日积月累，我们已经心连心，互相理解，成为亲密的战友和情人了。我们两人的心里已经明确了关系，只是还没有向组织提出来。

钱大姐听了高兴地说："那好呀，你们两个情投意合，我现在就可以批准你们两个结婚。我们这里正要为你们办一个党员训练班，你们结婚后，调她到香港来学习，让我看一下。"

第二天，在我就要离开以前，钱大姐又来了，兴致很高，拿出一对金戒指给我，说："这就是我给你和小王结婚的礼物，你们保存好，紧急时也可以换成钱供急用。"

从香港回来后，我到王放的住处，终于大胆地向她说出了："我爱你!"她看着我,说:"我终于等到你对我说出这三个字。"我把钱大姐给我们的结婚戒指戴在她的手指上。告诉她,钱大姐批准我们结婚了。

她说:"我们不是说好了,全国没有解放,我们不要结婚吗?现在结婚,生了孩子怎么办?"

我说:"既然上级批准我们结婚。我们就结吧。我们可以自己约束,解放以前不生孩子就成了。"

我们在一个僻巷里找到一个比较清静的小旅馆,租了一间房,作为我们的新房。其实我们所谓结婚,不过是自我宣布同居而已。王放别出心裁地想出别致的结婚仪式。她买了一块红纸,不是剪成通常的双喜字,却是剪成两个套在一起的心,两颗心里都有一颗五角金星,这意思是不言而喻的。

这时,王放忽然提到想听我念我曾告诉她的当年我和小刘在鄂西恩施结婚时共同作的即景诗。但我忌讳在和她新婚的场合,提起和另一个女人结婚时写的诗,害怕她不高兴。可是她却说:"你不要这样小看我,我绝不会嫉妒你和刘大姐的那么纯真的爱情。她已经为我们共同的伟大事业,献出了她的一切,她是我崇拜的先辈,她曾经给予你纯真爱情,我也愿意学习她,把我的纯真的爱情奉献给你。你能接受吗?"

我没有想到她的心胸竟是那样的宽大和崇高。那还有什么说的,我把她紧紧地搂在我的怀里,一面吻她,一面说:"我当然接受,百分之百地接受,而且永远永远。"

于是,我给她背出了那首诗中和我们合拍的几节,有的还改动几个字:

我们结婚了 / 在一间旅馆的客室里 / 在大红喜烛辉映红心的

面前 / 我们找到了主婚人 / 不是我们的父亲和母亲 / 而是我们生死相许的爱情 / 我们也找到了证婚人 / 可不是亲戚或社会名人 / 而是我们遭遇的不幸 / 我们也找到了介绍人 / 可不是说得天花乱坠的媒人 / 而是矢志不渝的革命 / 我们不必登报要求社会公认 / 也不用"立此存照"的结婚证 / 这个社会和法律对我们不值一文 / 我们庄严地发誓 / 双手按着经典 / 我们永远不离婚 / 除非谁做了可耻的逃兵 / 我们永远不会离分 / 直到我们该永远离分

王放听得简直入神了,她的晶亮的眼睛闪着泪花,说:"太好了,太好了,让我们也来宣誓吧,念最后这一节的誓词。"

我们对着贴在镜面上的两颗红心,庄严地举起拳头,念了最后一节的誓词,接着我们两个互相拥抱,闪光的眼睛对望着,几乎同时地说:"我们永远不做逃兵,我们永远不会离分。"

1948年9月,我们结婚才几天,王放被调到上海分局在香港办的党训班学习去了。恪守地下党工作的纪律,我们没有通信往来,但是我们的心却有不尽的思念。1949年3月,因川康特委被破坏,我赶到香港汇报情况,见到了王放。我怎么也忘不了那个晚上王放见到我时的神情,她泪眼婆娑地喃喃道:"我以为我再也见不到你了。"后来她告诉我说,她当时很担心我的情况,不知道在成都那种险恶的环境里,在敌特一直的追捕下我究竟怎么样了。她白天休息时凭窗向西,越海相望,晚上常有噩梦缠绕,特别是她从钱大姐口里隐约听到,说重庆成都出了大问题时,她更是担心。成都究竟出了什么问题?难道是自己心爱的人被敌特逮捕?联想到钱大姐要她单身赴东北开会,她更是怀疑是不是我出了事,是不是从此以后她再也见不到我了。但是,因为纪律,她又不好去问钱大姐,就这样,她在煎熬中度过了不少的不眠之夜。

我们在香港重逢几天后，根据组织上的决定，王放代表白区青年，去东北（后来改在北平）参加新民主主义青年团全国第一次代表大会，我们再次分开。直到 1949 年 4 月，青年团代表大会结束后，我们才在中南海再次相见。当王放突然出现在我们住的小院时，只见她穿着一身列宁装，红光满面，飒爽英姿，我高兴地冲上去，紧紧握住了她的手。

　　成都市和平解放后，地下党的同志都分配去各方面接管工作。我和王放回到成都后，专门到柿子巷去看了一下，弟妹侄女都很好，我们十分高兴。随后，我们走上了各自接管的工作岗位。王放因为是大学毕业，会写文章，空军处要她去协助接管，她高兴地去了，她穿上空军制服，戴上空军的大盖帽，好不神气。她还和一起的同志照了一张照片，这张照片一直保留到现在。

　　解放了。我们都以为从前做地下党的艰苦危险从此烟消云散，摆在我们面前的将是一帆风顺的锦绣前程，可以痛痛快快地做一些工作了。然而并不尽然。

　　王放在空军处做协理员协助接管。接管后，本来要她任队列科长，可是不久她却拿着转回地方的介绍信回来了。当时我在区党委担任组织部副部长和成都市委组织部长，看到她的介绍信后立刻就明白了，说的是她没当过解放军，没有军龄，不便安排，其实是她填履历表后发现她家是地主官僚，出身不好，这才是真正原因。那个时候，如果你出身不好，就算你再有本事，再忠心，也是不会被看重的。我的处境也正是这样。但是地下党同志从来没有当官意识，从不介意什么级别，有工作干就行了，所以王放虽然因家庭出身影响了她的工作，心中有那么点儿不愉快，但她不在乎，回到地方后还是那么朝气蓬勃的样子，仿佛有用不完的力气要使出来。周恩来同志的那句"出身自己不能选择，革命道路却自己可以选择"的话，我们很以为然，何必在乎自己的家庭出身，好好干工作就行了。

这时王放发现她已怀了孕，我劝她就在成都市内工作，她却坚持要到灌县农村的启明电厂去做军代表。这是成都唯一的一家私营电厂，专供成都市用电。如果那个电厂发不出电，成都便会一片黑暗。但在那时四周土匪暴乱已成气候，去电厂那里接管是有危险的。可是她坚持要去，我说服不了她，就让她去了。她在那里发动工人，维持发电，依靠解放军维持安全，抵御暴乱，终于完成接管坚持下来，保证了成都供电，直到孩子快要出生了，她才回到成都。

生了孩子后，给她重新分配工作，她坚持还是到工业部门工作，于是分到市建筑局担任支部书记，虽然被降为区级干部，可她还是不在乎，高兴地去上任了。

后来我从组织部调到省建筑工程局当局长，后来改局为厅，下面建立了建筑设计院。那时人才十分缺乏，设计院办了一个建筑设计学习班，王放就向我提出到学习班去当学员，学建筑设计。她说她不想沾政治了，从头学一门技术，凭技术吃饭吧。她虽然并无怨言，但我心里明白她在想什么，为了什么，于是同意她去学建筑设计。她老实地从绘图员干起。由于她文化高，又专心，学了半年多，她真的学到建筑设计的初级知识，我听她和那些工程师交谈，也能说个子丑寅卯，不错，可以当个技术员了。后来上级来考察干部，感到设计部门全是旧社会来的工程师，应该加强领导班子，看王放是1939年入党的老党员，大学学历，还懂点技术，就提拔她担任建筑设计院的副院长，但王放不想干，说她不想当官，我告诉她，设计院都是知识分子，需要知识分子的党员去和他们相处，好说话些，这样我也可以通过她多了解情况，她见我说得在理，才答应了。

王放在设计院干了几年，工作得也不错，能和知识分子打堆，调动他们的积极性，设计任务完成得也还好，只是和南下来做政治工作的干部老搞不好。那些从老区来的以党的化身面目出现的干部，对知识分子有一种天然的排斥性，对出身不好的王放当然也瞧不起的。不过还算好，她能依靠工程师们完成任务，上面有我和管业务的副厅长支持，倒也相安无事，工作能维持下去。可我知道她心里窝了火，却又无处发泄。有时她回到家里，对我也流露过恨自己的话："反正出身不好，家有'杀关管'，这一辈子倒大霉了。"

王放的父亲是河南一位有点名望的士绅，好文史，喜辞赋，曾被国民党河南省的省长张轸聘为参议，并在张轸的军部挂个军法处长的名领薪水，但并未到差。快解放时，张轸宣布起义，王放的父亲当时不在军部，未参加起义签名，因此不算起义。解放后审查他并未查出罪恶，即释放了，于是他来到成都投靠王放，我们给他租了房子，让他在成都安居。他读书很多，会作诗词，还写一手好书法，因此，他常常去四川大学和老教授们切磋诗艺，欲就这样终老此生。但是一年多后河南搞镇反运动，王放老家乡下来了人，持有公安厅公文，说她父亲不算起义，不能既往不咎，应算历史反革命，要押回去审查。这公文我在市委见到，告诉王放此事非同小可，切勿卷入。她忍痛回父亲住处请吃一回饭，未言告别，当晚他父亲便被捕带走，一去便无消息。几年后王放家人才告诉王放，她父亲被带回去后判刑劳改，干背石头的重活，不久即去世，就地埋葬了，只领回衣物。王放还能说什么呢？从此背上一个包袱，倍受歧视。十多年前，我们的女儿告诉我，她同学的父亲曾在河南做过地下党工作，病时她去探望，这位叔叔对她说起她姥爷在解放前还帮过地下党不少的忙，他也曾给河南省委写信说明过。但这事，王放是永远也不知道了，不能不说是一个遗憾。

王放变得沉默不语，但是她还是努力地工作着，好像要替他父亲赎罪似的，我怎么安慰她都不行。我们接连生三个孩子，她又不肯好好休息，身体也拖垮了，自己有病在身，却隐忍不说，也不肯就医，只是拼命工作。1961年，全国收缩机构，王放挑头建立起来的建筑工程学院被精简了，由于她的家庭出身，很多单位都不敢要，后来组织部把她安置到省手工业厅工艺美术研究所当所长。

我想她会背起沉重的思想包袱，怀着屈辱的心情，勉强去这么一个陌生的小单位工作吧，却不，她是很愉快地接受任命，积极去上班。那时全国遭难，闹饥荒，没有肉，没有油，粮食定量每个月我们大人也只有十九斤，家人都处在半饥饿的状态中。这时张罗一家七口人（我的和她的母亲都跟我们一起生活）吃饭，特别是喂饱三个正在长身体的十岁左右的孩子的重担，就落在她带着病痛的身上，够艰难的了。公家给我们这些领导干部，每月额外发了两斤黄豆，外边叫我们"黄豆干部"。她细心地把两斤黄豆在三十天中给全家人分配。首先保证我一份，然后就是三个孩子和老人，她自己是没有份的。每天早上孩子上学前，她发给每个孩子十来颗黄豆、一个馒头，还让大老陈护送，免得大孩子在路上被人抢了没得吃。

那时候，我还担负着人民文学出版社预约的《清江壮歌》长篇小说的写作任务。我只能在每天公务忙完回来晚上开夜车，连续开了一百八十多个夜车，都是她陪伴我、鼓励我。她总不忘记为我沏茶添水，有时深夜里送一碗不知她从哪里搞到的醪糟蛋来。有时见她困得不行，在沙发上睡着了，我想去给她盖毯子但又怕惊醒她，叫我左右不是。她操持这个家，实在是太累了。

那年夏天，天气很热，蚊子很多，开夜车写作难以为继，她便在床上放张小桌小椅，装上电灯，放下纱帐，让我在帐里写作。可是天太热，我大汗不止，她又进帐为我打扇，我想到她太累，不要她这样做，后来她找来一台小电扇，才算解决了问题。王放为我写这第一本小说的事，真是操碎了心，可她却认为我写的是歌颂革命烈士的，她能出一点力，是她的快乐。所幸这书1966年出版，我把第一本样书送到北京她的病床上，她吃力地翻看，很觉满足。

就是在这样的条件和环境下，她也并未放松对她来说很陌生的工艺美术研究所的工作。她和那些工艺美术师讨论工艺和美术的关系，物质的用品和美学艺术享受的辩证关系，还和工艺美术师们到各地去采风，收集实物回来供研究，不到一年，竟然自己撰写出一篇谈工艺美术的论文送给我看，我很惊异。如果她没有全身心地投入，是不可能写出这么一篇颇有价值的论文的。可惜的是，王放的这篇论文在"文革"中被造反派抄没了。2014年5月，我女儿在网上看到一则微博，微博中写道："今天上午的访谈反复提到一个人，她就是马识途先生的第二任妻子，四川省工艺美术研究所第一任所长王放。讲述人高全芳老师在谈到王老时，眼睛里充满了敬意，谈到王老组织年轻艺术工作者们对四川省工艺美术行业全面深入的调查和研究，更是感慨不已……"我女儿把这则消息拿给我看了，我能说什么呢。

我知道王放的心情，她想让我知道，不管别人对她怎么看，她是一块钢，随便摔在哪里总是响当当的。

然而，王放为此却付出了生命的代价。一个人的精力总是有限，何况她是一个女人，必须担负男人难以胜任的家务活儿，更何况她一直是带病工作呢。再好的车，超负荷长跑，也会磨损的，她再怎么掩饰，也掩饰不了她的面容消瘦、身体虚弱。有一天，我终于发现她吃饭老是呕吐，而且脸也有些浮肿，这是什么毛病？我要她去医院看看，她推说小毛病，过一阵就好了。

我永远不能忘记那一天，我永远痛恨自己、不能原谅自己的一天。那天吃早饭后，她又吐了。我坚持把她送到医院，给一个熟识的医生交代一下，就去金牛坝开会去了。孰知正在开会中间，服务员来叫我接电话，是那医生打来的，她告诉我，王放肾功能已丧失，最多还能活半年了。这真像一声霹雳，这怎么可能呢？我赶到医院，却不敢把病情告诉王放，只是鼓励她与病魔战斗。她也说，还有好多事要做，她一定要安心医病，争取早日出院。谁知她便从此辗转医院，直到两年后走完她的人生道路。我好痛恨自己，我的至亲至爱的战友伙伴，由于我的粗心大意，没有及早叫她就医，弄得病入膏肓，才不过四十出头，就离我而去了。

我还记得王放在北京的中医医院住院时，我已被下放到南充。在偏僻的乡下，我得到北京发来的王放病危通知，心急如焚。也不管请假准不准，就近辗转到重庆，坐上飞机飞到北京。我带上一束她平常最喜欢的梅花，怀着忐忑不安的心情赶到医院，老院长告诉我说："这真是奇迹，王放的生命力竟这么强，医生都说无能为力了，她却偏偏清醒了过来。"

我来到病房，王放惊奇地抓住我的手说："我到底把你等来了。"并且捧着我送给她的梅花欣赏起来。我在她的病床旁搭个小床，陪她一个月，她竟然再没有病危。她说她很想念我们的三个孩子，我便叫三个孩子坐火车到北京来看望她。孩子到来后，她高兴极了，说能见到我和孩子就满足了。过了不到半月，成都传来信息，说是领导对我擅离职守非常不满，我只好向她告别，带着三个孩子回到四川。走时交代在北京工作的王放的妹妹和我在北京的大女儿常去看望她。

1966 年初，王放转回成都，住进了省医院。有孩子和家人常去看她，她感到高兴多了，虽然我还得在边远乡下忙着"抓走资派"，不能常回成都，难解相思之苦，但想到有孩子在她身边，也稍有安慰。我哪里知道，一场更大的灾难、更大的痛苦正在悄悄地向我爬来。

1966 年的 5 月，西南局突然通知我回局里参加"文化大革命"，接到通知后，我心里有一种不好的感觉。回到成都后，即到医院去看望王放，她看到我回来非常高兴，但似乎是感到我心里有些惶然吧，很奇怪地问我，我支吾过去了。第二天早上，我回到西南局机关参加"文化大革命"的动员大会。会上突然宣布我是西南局机关的"走资本主义道路的当权派"，停职审查，要我交代反党反社会主义的反革命罪行。

我向领导反映，说妻子王放重病在医院，我必须每天下午去看望她，总算是得到恩准。我每天被拉去西南局机关接受批判，下午三四点钟由三个大汉押着坐车到医院，我请他们不要把我押进病房，让他们在走道里守着，我一个人进病房看望王放。

我哪里敢把已经大祸临头的真情告诉她，只是强颜为欢，向她问好，鼓励她和病魔进行斗争。我们计划着她出院后的种种养病打算。到了六点，我勉强告辞回家，不懂事的三个孩子来和我亲热，我笑着逗他们玩，王放和孩子们哪里知道我心里在流血。

但是事情终于败露。有一天一个医生来查房，他拿着一份报纸，站在王放的床前。那时报纸上天天有批判我的大块文章，标题很大，一眼就被王放看到了。我非常狼狈，不知如何是好。医生走了后，她反倒是心平气和的样子问我："那报纸上登的是什么？怎么说你是反革命？你怎么了？"

我沉默不语，我还能说什么呢？

她说："你不要因为我有病，就不告诉我实情。什么大风大浪我们没有见过？我还受得住。其实前两天我在早晨的大喇叭广播里听到一点儿了。"

"怎么？你已经知道了？"我大吃一惊。我还没有再说一句话，眼泪已经成线线地流下来了。她反倒安慰我："我们不是反革命，我相信总有一天搞清楚，党的政策，不冤枉一个好人呀。"

我说："但是现在……"我没有再说下去，我不想告诉她，有人多年处心积虑地想搞我，现在机会来了，他不会放过我的。过去他整过的人不少，只要他还在，翻不了身的。我这一辈子是莫想翻身的了。想到这里，更觉伤心，眼泪怎么也止不住地涌出眼眶。她虽然还安慰我，说："我们的历史是我们自己写的，谁也没有办法篡改的。"

我说："但是……"她也止不住把头转向一边，凄然饮泣起来。

押我来的人在病房门口露了一下头，催我回去了。我只得道声保重，退出病房，被押上汽车。我似乎有一种不安的预兆。

果然第二天的下午，医院给我送来了她的病危通知。我赶到医院去，她已经昏迷了。医生说，她的病情昨天晚上突然恶化，出现脑水肿，看来是不行了。我喊了她很久，她终于醒过来了。见我坐在她的面前，趴在她的身边，她凄然向我微笑，但是说不出话来。我也无话可说，她战胜了死神，多么不易呀。医生说，她竟然还能醒过来，算是奇迹。

显然她已经预感到她不行了，她正在积蓄力量，要对我说什么。过了好一阵，她终于说出了一句话："我的三个孩子，要给我拉扯成人……"她的嘴还张着，再想说什么，但是说不出来。

我怕伤她的心，我不敢哭，呆呆地望着她，紧紧地抓住她的手。她好像从我的握手中获得了力量，坚持着张开眼看着我，甚至还显出一丝微笑。

押我来的人又在病房门口露了一下头，这就是告诉我该要回去了。但是王放正在弥留之际，我怎么能离开她呢？我走出门去，告诉他们，我不走了。他们没有得到领导的批准，当然不同意。我简直想骂他们，我的人都快死了，怎么这么不通人性，但是没有说出口。我知道他们也是莫奈何。我坚持不走，医生也帮我说，人家妻子都快落气了，你们怎么这么无情？要他们打电话请示去。领导终于发扬人道主义精神，准我留下了。

王放竟然奇迹般地坚持到晚上，终于再度昏迷，我怎么叫也叫不醒她了。她的生的意志竟然是这样的强，一直坚持到第二天早上也没有落气。抬尸的担架停在病房门口等着。忽然我感到她的手在我的手心里有一点儿暖气，她的脸上现出一丝红晕，她竟然慢慢张开一丝眼睛，盯住我，从她的喉头挤出一句模糊的但是我听得清的话："你不是反革命，我相信总有那一天……"她慢慢地闭上了眼。

我不让小工进来抬走她的遗体，我趴在她的身上哭，直到她的身体再也没有一点儿热气，她的紧紧抓住我的手指的手完全僵了，我经过努力才拔出我的手指来。

应该感谢我的领导，给我几天假，不开我的批判会，让我料理后事。王放的遗体停放在殡仪馆。她是一个革命一生的响当当的共产党员，然而因为我的关系，没有在她的身上覆盖党旗，除开我的三个孩子和兄弟、妹妹、侄儿女，没有朋友来告别。只有她工作单位派来办后事的几个人和我的机关办公室的老宋以及押着我的人，一起送她进火葬场。我的眼泪不多了，三个孩子竟然不知道怎么哭，吓得呆了，不相信他们的妈妈从此见不着了。

王放临终前对我说的"那一天"终于来到了。1979 年 1 月 25 日，中共四川省委为我举行平反大会，然而这一天距王放对我说的"那一天"已经过了十二年了。平反大会后，我并不愉快。因为向我说出"那一天"的至爱、我的妻子王放没有能也再不可能到会看到我平反了，这是我铭心刻骨的悲痛。

天色已晚，女儿担心我的身体，催促我回家。我仍然伫立在那棵古老的枸树前，迷茫地望着那空荡的小院，不禁潸然泪下。女儿扶着我缓缓地走出那有王放无数脚迹的小巷，这天是女儿的生日，我本来是想带她来怀念她的妈妈，却引起了我心中永远的痛。

第四卷

凡　人

　　在这本书的第四卷《凡人卷》的卷首，我必须做点说明。我一生所见凡人，成千成万，但是大多如浮云过眼，渺无痕迹。能在我的记忆里留下深刻痕迹的也不很多，但是有几个凡人，却是叫我刻骨铭心，终生难忘。他们诚然都是最普通的人，却是具有人性的真正的人。他们是我的救命恩人。我不想多说什么，只把他们把我从死亡线上救出来的事迹，简述如下。

郭德贤和邱嫂

1949 年 1 月的一天清晨，我被一阵敲门声惊醒，原来是有人在敲大院的门。我想这院子里还住有别家人，便没有理会。一会儿，敲门声停止了，但院子里仍然静悄悄的，没人去开大门，大概由于是冬天吧，谁也不想从温暖的被窝里钻出来。

由于要到特委书记老郑家去参加特委一个重要的会，我起床梳洗后正准备出门，忽然又听到有人在砰砰地敲院子的大门。这么早有谁来叫门呢？房东老板这个时候还在上房呼呼酣睡呢，肯定不会是有人来找他。那就一定是来找我的了，但是我住在这里，除开老郑一家，谁也不知道。那到底是什么人？我警惕地不声不响地走到大门口，从那木板门缝里往外看，冬天的早晨正下着大雾，一片模糊，没有看到什么人，更使我奇怪。

打门声更重了，我又从门缝望出去，这回看清楚了，是邱嫂。她是一个从乡下到城里来求生活的劳动妇女，住在老郑家所在大院的平房里。邱嫂背有些佝，走路也不怎么灵便。我平常从老郑他家的那院子进出，每次都要经过她的门口，由于老郑的妻子郭德贤待她较好，她对我这个进出的客人也常常打个招呼，因此我知道她叫邱嫂。她和郭德贤到我这里来过，却和我没有往来。今天这么早，她来找我干什么？我再往外张望，就她一个人，于是把门打开了。她一进门就细声说："不得了呀。"

我一听，下意识地感到有问题，马上用手势制止她再说话，我怕上房的房东家的人听到。我说："到我家里说。"

我把她引进我的房子里，关上门，还没等我开口，她却紧张地对我说："不得了呀，昨天晚上，忽然来了好多歪人，冲进蒲先生家，在房里到处乱打乱翻。那些歪人把蒲太太和小孩关进外边的厨房里，把小楼守了起来。我不知道出了什么事，还以为是强盗抢人呢。天将将麻麻亮时，我起来到茅房，蒲太太在厨房窗口悄悄向我招手，我走了过去到窗边上，那看守小楼的歪人没有看这边，蒲太太对我小声说，'你到后面师管区对面你去过的那院子里给马先生说，叫他不要来了。'我知道蒲太太说的是你，就悄悄走出大院到你这里来了。那时天还没有大亮，我打了好久门，就是没有人开门。我怕对门子师管区大门口（在我的住处斜对面一二百米处）守卫的兵来理抹我，我就到致民路上去转了一下，天才亮了，我再来打门。我不知道是啥事，就是带一句话来，叫你先生不要去了。"

原来是蒲太太叫她来的。邱嫂口里的蒲太太，其实就是特委书记的爱人，给特委坐机关的郭德贤同志。郭德贤也是一个老革命，过去一直做党的工作。她能够临危不惧，沉着应变，紧要关头，首先想到的是同志的安危，寻机及时叫邱嫂出来通知我，真是太伟大了。她不仅是救了我的命，还让我有时间去通知别的同志走避，因而保全了党的组织，保护了更多的革命同志。郭德贤做到了作为一个共产党员应该做的事，她对党做出的贡献是不能磨灭的，是应该记住的。但是在那个极左的年代，郭德贤却受到不公正的对待，甚至连党籍都被取消，虽然我曾多次为她证明，但无济于事，这是后话了。

而受郭德贤之托前来为我报信的邱嫂，只是一个普通的老百姓，和我无亲无故，平常碰到最多不过点头而已。她年纪不小了，腿脚也不方便，却天不亮就顶着寒风冒着风险来通知我，敲不开门并未一走了之，还耐心地到外边转一阵又回来叫门，更叫我感动得不得了。

邱嫂并不知道我们是干什么的，也不了解要是通知不到我，会造成什么后果，本来她打门打不开，尽可以回去的，可她不是那样，受人之托，却这么尽心尽力，非通知到我不可。我当时真是感激不已，除了谢谢还是谢谢，我对邱嫂说："你这真是做了大好事，救了我一命，不知道怎么才能报答你。"

邱嫂让我不要说了，只是催我赶快离开。说罢，她便走了。

我送她出了大门，看到她那头上的灰色乱发在早晨的冷风里飘动，看到她的背影隐没进晨雾里去了，我简直想哭一场。但是我没有这个权利，我必须马上去通知别的同志，不要落进那个陷阱里去。

1949年底，我随大军南下回到成都，我第三天就到那个院子里去找邱嫂，听说她已经回乡下去了。又过几个月，我再去看她，听说她回乡下参加土改去了。我虽然没有见到她，感到遗憾，但想到她终于会有自己的土地，能过上好的生活了，也为她感到欣慰。我心里念着她，默默地为她祝福。想到我们能为她们这样的劳苦大众而奋斗而牺牲，也是很值得的了。

王叔豪和姚三妹、郭嫂

　　1949 年 1 月，特委书记老郑被捕叛变，虽然我的处境危险，但我必须留在成都领导疏散工作，幸好郭德贤在老郑被捕时及时派邱嫂向我报警，争取到了时间，让我能及时做应变措施，安排转移撤离，把凡是老郑知道的关系尽可能通通切断，才算暂时堵住了漏洞。由于疏散工作还没有做完，为了工作方便，我和成都市委书记洪德铭一起，暂时都躲避到党员王仲雄和她的爱人刘文范家里。

　　王仲雄的父亲王思忠是四川地方势力的一个头面人物，那时任国民党的温江专区专员，经常住在温江，回成都也是住在文庙后街另外一个大公馆里，但王仲雄他们家所在的那个小公馆仍然号称专员公馆，加上老郑并不知道王仲雄夫妻是党员，我们以为住在那里是比较安全的。我们并不知道，特务通过温江中学的线索，寻到当时任温江中学校长的王仲雄身上。

　　但是温江的特务头子带着重庆特务到成都找到王仲雄家时，却发现是王专员的公馆，共产党怎么可能藏在王专员的公馆里？当时天色已晚，他们不敢贸然闯入，决定先把公馆守起来，请示了再说。

　　第二天早上，我和老洪分别从公馆旁门出去，继续和各方面的同志接头，安排疏散的工作。实际上这个时候，那个特务头子已进入公馆，而他在客厅的位置恰好看不到我和老洪出门。特务头子在向刘文范问不出所以然后，便将他带走，并且派人埋伏在公馆院子里布设陷阱。

离开公馆的王仲雄得到消息后，想到我和老洪并不知情，若晚上回到公馆，一进门就有落入特务陷阱的危险，于是让她的妹妹王叔豪回去公馆，让家里的保姆姚三妹和郭嫂瞒着特务，暗地里在前后门口守着，无论如何不要让我和洪德铭在回公馆时走进院子。

当天傍晚天快黑的时候，我回到公馆去，一点也没有预料到会有什么问题，便径直想跨进大门。成都的公馆的大门，一般有一个门斗，进大门后从门斗的侧边小门进去，才能到内院里。外边从门斗看不到内院，内院也看不到大门口。我正要跨进大门时，模糊地看到保姆姚三妹坐在门斗边的门口，她没有说话，暗地里对我摇手。我那时警惕性很高，马上意识到这里有问题了，便转身若无其事地走开了。后来我和老洪碰头后，得知他也是回公馆时看到保姆摆手，知道情况不对马上走开了。

真是多亏了王叔豪和姚三妹、郭嫂机灵，在门口守了一整天，才使我和老洪从虎口边上逃脱了。王仲雄和刘文范是共产党员，做了共产党员在这样的情况下应做的事。但是王叔豪和姚三妹、郭嫂只是一般群众，却为了救共产党员如此尽心，甘冒风险，我们是十分感激的。

全国解放后，我见到王仲雄，问起那两个保姆姚三妹和郭嫂，王仲雄说，她们都已经回农村去了，我们很遗憾没有机会感谢她们。

像这样依靠群众、化险为夷的事，许多做地下工作的同志，都可以说出许多件来。那个时候，我们没有政权，没有枪杆，没有掌握舆论工具，没有现代化信息工具，也没有钱，面对武装到牙齿的强大敌人，有多如牛毛、无孔不入、凶残至极的特务，我们依靠什么来斗争并且取得一个又一个的胜利呢？我们就是紧紧地依靠群众，真正地和群众打成一片，和他们同生共死，并且为群众的利益，身先群众，牺牲在前，义无反顾，群众才能为我们战斗，为我们掩护，必要时为我们牺牲。如果我们脱离群众，那是一天也活不下去的。

高 奇 才

　　高奇才是我在中国科学院西南分院时为我开小车的驾驶员。工作一直勤恳，和我的关系也一直很好。"文革"开始后，机关的许多干部和工人都参加了造反派，他就是不参加；我被打倒，大家都在揭发，他就是不揭发；众人把我批得体无完肤的时候，他却不以为然，认为我不是坏人；我被关起来了，他偏偏常来看我，还问我要不要去看医生，他用小车送我。

　　有一次，我被分院机关造反派押送到双流农场去劳动改造。当天晚上，和我们机关造反派对立面的造反派武装包围了农场，声言要"血洗农场"。农场的造反派孤立无援，如果两派真的动了干戈，对方一定可以打进来。他们打得死去活来，倒也罢了，可我是个"臭名远扬"的"走资派"，被对方发现了，两派争夺起来，我必会遭池鱼之殃，死于乱军之中也是说不定的。

　　但是那个时候，要从农场偷跑出去，不大可能，这一周围都是造反派势力范围，就是跑出去了，要偷偷穿过去，也没有希望。高奇才来看我，为我的安全着急，但是他一时也想不出什么办法来。农场场长何世珍便把我藏在农场里一个农民家猪圈的顶板上。这虽然不是长久之计，但也只能是躲一下再说了。

高奇才从包围农场并准备进攻农场的那一派里认得的人口中，知道他们进攻农场是为了抢粮食。他们的粮食在温江，没有汽车运不过来，已经快要断炊了。于是高奇才亲自去见他们那派的头头，说他愿意用他开的卡车去温江跑几个来回，运几车粮食回来救急。交换条件是让他把拉来农场的十几个干部拉回成都。他诓这头头说，这十几个干部不过是西南局的逍遥派，并不想和他们作对，只想跳出这个是非之地。

那个造反派头头正在为粮食问题着急，便痛快地答应了。高奇才又提出，回到成都的路上，有几个检查站，都是他们那一派的人在掌管，要他保证能通过。那头头痛快地答应会专门派人跟车，一路打招呼。于是高奇才在造反派的监督下，去温江日夜赶运几车粮食回来，那个头头很高兴，自然同意让高奇才开车把干部带回成都。

于是高奇才跑到我躲的猪圈来，催着我跟他上了卡车，我从他的眼神中，得到信赖和勇气，便跟他上了卡车。高奇才让我坐在干部们中间，用劳动工具掩护起来，开着车加速出农场，直奔成都。路上碰到检查的，都由那个造反派头头派去坐在驾驶室的人打个招呼就放行了。就这样，高奇才开着卡车，一路顺利地把我们带回到成都。

到机关后，高奇才没有说什么，他把我送到我住的房门口时，只说了一句："总算把你弄回来了，好危险呀，好危险呀。"没等我表示感谢，他便自己走了。

六年后，我被"解放"，机关里许多干部来看望我，包括斗过我的人。唯独高奇才没有来，但他倒是我想最早接待的人。我带话给他，决定亲自去看他。于是高奇才来了，我还没说什么，他却说："马院长，我给你开那么多年的车，你还不晓得我？从来不喜欢浮上水。"我还能说什么呢。我们在闲谈中，我有意提起双流农场解围的事，可他只是淡然一笑。我主动向他问起他当时到底是用什么办法把我从危难中救出来的，他才说出上面的那些情况。

后来我为此也写过一首顺口溜，以存其真。这顺口溜的题目是《高奇才，奇才》，全文为：

> 高奇才，真奇才，人皆骂我走资派，你独劝我"要想开"。人皆批我臭狗屎，你说胡批不应该。但尊寒梅铁骨铮，不学弱柳迎风摆。不赶潮流不做怪，不换门庭不卖乖。我陷重围眼看死，你出奇谋免祸灾。我倒霉时你救我，我"解放"了你不来。高奇才，高奇才，不求报答但求是，疾风劲草真奇才。

大 老 陈

　　大老陈是从部队复员后回到乡下，后来招到我们分院里做传达室工作的工人。他工作勤奋，为人本分老实，除开负责文件收发、门卫工作，还兼管打扫机关大楼门口内外的卫生，十分认真。就连"文革"来后，机关里别的职工都不上班只管造反了，他还是照样上班管事，照样打扫他的卫生。

　　"文革"初期，我被打倒后，我们机关的造反派对我采取的革命行动，除开用满墙满壁的大字报攻我，开我的批判会斗我，还要用劳役来惩罚我，要我天不明就起来打扫大院和作为批斗战场的大坝子，还有办公楼大厅、楼梯、走道以及二楼厕所的清洁卫生。

　　于是每天天还不明，我就得起床，扛起大扫把先到院坝去打扫卫生。那院坝的面积不小，自从"文革"砸烂了旧秩序，院坝卫生也无人管理，满地垃圾、碎砖和到处飞扬的大字报。要一下清扫干净，却也不是容易的事。

　　我每天天不明起来打扫卫生时，看到大老陈也已经在打扫了。他看整个院子里还没有人起来，便走过来帮我一同打扫。他一面扫地，一面收拾满地的大字报烂纸，同时顺手就把墙上横七竖八贴着的批判我的大字报撕下来，当废纸收拾了。同时他嘴里还在叽咕："造反，我看他几爷子搞些啥子名堂，总有报应……"他还悄悄对我说："以后天不亮时，我替你打扫。天亮时你来用扫把舞它几下就算了。"之后的日子里，他果然比我起来还早，我到院坝时，他已经替我扫了一部分了。

有一次，造反派监管我劳动的某君，发挥他的无产阶级革命家对我实行专政的威风，在我打扫完大院卫生后，还要我去把办公楼前打扫干净。我走到办公楼前，却被大老陈拦住了，不让我扫，说这是归他打扫的地方。

某君当场对大老陈嚷嚷，问他为什么不让我扫，大老陈也大声武气地回答："我就不要他扫。"某君拉大旗做虎皮，吓唬大老陈，说这是造反司令部的决定，想用权势来压大老陈。可大老陈不吃这一套，跟某君横起扯，说自己出身贫农当过兵现在是工人，工农兵占全了，看哪个敢把他怎么样！

在那个年代，论出身，大老陈的确是响当当的无产阶级，而无产阶级可是领导阶级，最是吃得开的了，能把他怎样？而且他还直接提到某君的底细，某君知道奈何他不得，只虚晃一枪说："工人阶级呢，觉悟这么低。"便落荒而逃了。

还有一次，造反派把我的文学作品拿下楼焚烧，称之为消毒。我痛心地在余火中捡拾未被焚尽的残稿时，大老陈也来帮我捡。他一边捡一边嘟囔着："这些天杀的，烧圣人的书要瞎眼的。"他这话是乡下"敬惜字纸"的传统，他虽然识字不多，却这么看重我的书稿，让我很是感动。

大老陈不声不响地为我做的虽然都不过是小事，却叫我感激流涕。像他那样的好人，在那"滔滔者天下皆是也"的年代里，实在是太难找了。我后来也作了一首顺口溜，这首顺口溜叫《如今何处找好人》：

如今何处找好人？门房有个大老陈。人皆造反他上班，严守岗位如门神。不计寒冬与酷暑，黎明即起扫门庭。人人都喊打倒我，他独无言是非分。我被惩罚服苦役，打扫厕所清大院。四更持帚下楼去，朦胧忽见大老陈。扬帚清扫不言语，代我劳累受苦辛。仰天遥年星河曙，感激零涕哭无声。大老陈，大好人，你今助我扫大院，安得助我更扬帚，扫尽不平清妖氛。

第五卷

洋　人

云从龙

一个友好的外国人

在中国长长的革命过程中，有许多外国人帮助过我们，有些是大家熟悉的，有些则不是大家熟悉的，有的甚至只有很少数人知道，而且慢慢地从他们的记忆中淡漠了。但是有一个外国人却老是留在我的记忆中，没有随时间而淡漠。他就是加拿大的云从龙。

1946 年的秋天，我奉党的南方局之命，调到川康特委工作。未到成都前，我到四川省报道，和书记吴老谈过工作以后，关于我到成都后的职业安排问题，张友渔同志给了我一封信，要我到成都后去华西大学找一个叫云从龙的外国教授。友渔同志说他是一个传教士，对中国人民友好，曾经参加过友渔同志在成都组织的进步教授座谈会，他一定可以给我找一个教书的地方。

我到成都后，通过王宇光同志找到了云从龙，他一见张友渔同志的信，就满口答应安排我到华西协中去教英语，并且在教师宿舍楼里给我安排一间房子让我住。一个传教士介绍来教英语的，这自然不会受到特务的注意。他给安排的课时并不多，这很便于我出去跑工作。平常他常常请我到他的家里去坐一坐，一面叫外人看了，知道我们很亲近，一面他好向我了解国内的政治情况。他特别有兴趣向我系统地了解中国共产党的政策。我是张友渔介绍给他的，信上虽然没有说，他当然知道我的政治面目，只是不说穿罢了。所以他特别有兴趣向我了解中国共产党的政策，我便系统地向他做了介绍。他听我讲得很清楚，只见我常常有事出去，很忙的样子，他猜想我还不是一个一般的共产党员，因此他对我的安全更关心了。学校里"三青团"有些什么活动，外面有什么人到学校里来查问什么，他都有意告诉我。1947年国民党挑起内战，在打起来以后，他特别关心我们打得怎么样了，我对他说我们在华北打了大胜仗，他就高兴，说中国人民的苦难该有一个头了。

1947年3月，驻在重庆的四川省委被国民党强迫撤退回延安，《新华日报》也被查封，我们获得解放区消息的来源断绝了。我们决定马上筹办一张小报，把《新华日报》这个阵地在成都保持下去。方法就是每天用收音机收听和记录延安新华广播电台的电稿，油印出来，通过地下党的各种渠道，散发到党组织和进步群众中去。

那个时候，国民党特别害怕老百姓偷听延安广播，规定所有的收音机都要登记，在登记的时候，把短波线圈全剪掉，就连和我们关系一直很好的成都市长陈离先生送给我们的收音机，也根本收不到延安那微弱的短波信号。

没有收音机，就无法收听延安广播，怎么办？那我们就自己设法买些元件来装一个短波收音机收音。但是自己装的收音机难免有时出毛病，尤其是随着国民党对空中电波的干扰越来越厉害，我们自己装的收音机收听延安广播也越来越不清楚，再加上为了收到延安的声音，我们在屋外张有天线，这样，很容易被特务查到。

大家收不到油印的延安新闻电稿，说是就像被一口黑锅扣在头上，见不着天日了。我们也很着急。但是到哪里能找到更好的收音机呢？我忽然想到了云从龙。

那天晚上，我和王放走进云从龙家的独院，被他夫妇迎接进屋。他们看到我带去一个陌生的女青年，不知是什么人。考虑到将来王放是每天晚上要到他们家里去收音的，为了叫他们放心，我只得把我和王放的特殊关系告诉了他们，他们听说后，特别热情地接待了王放，云从龙夫人还给我们送来咖啡和点心。

我们在云从龙家里，听到他家的那台落地式大收音机正在播英语新闻。云从龙告诉我，他的收音机能收到美国和加拿大电台，还说他从英语广播中听到我们打了胜仗的消息。因为我曾把我们办的小报《XNCR》拿给过云从龙，也把内容翻译过给他听，他很看重我对他的信任，也很关心我们解放区的消息。我们在谈话中提到《XNCR》，我告诉他我们的收音机出了问题，收不到延安的广播，也就无法刻印《XNCR》了。

云从龙很惋惜。随后表示愿意让我们用他的收音机试试，看能不能收到延安的广播。王放很熟练地在那台收音机上转起旋钮，一下子就捕捉到延安那个熟悉的女高音了。我们都很高兴。我对云从龙说，他的收音机收音很好，问能不能用他的收音机来收听延安广播。

云从龙似乎早已猜准我们的意图，并不感到突然，欣然表示同意。他的这种友情使我大为感动，这在当时特务正在追查秘密报纸《XNCR》的关头，当然是一个非同小可、干系重大的承诺。一个外国友人居然没有迟疑地答应了，这是至今我都不能忘怀的国际友谊。

我们和云从龙约好，除开星期六和星期天，我们每天晚上到他的客厅里去收两个钟头的音。对外的名义是学习英语。起初几天晚上，我陪着王放去，后来因为我的工作很紧，王放便一个人去。王放告诉我说，云从龙夫妇对她很关照，常常送点心给她吃。有时我有空，也会陪王放过去，当我们把打胜仗的消息告诉云从龙时，他和夫人都很高兴，也会端出点心来招待我们。

就这样，源源不断的胜利消息，通过云从龙家的收音机，再经过王放的手，送到党员和群众的手里，激发了大家的斗志。可是有谁知道在这里面有一个暗地帮助我们的外国友人，给我提供了真如雪里送炭的援助呢?

　　1950年元旦，我和王放、王宇光一起，专程到成都华西坝云从龙家看望他们夫妻二人。

　　云从龙和他的夫人都很高兴，说他们不知道这两年我们到哪里去了，现在看到我们安全回来才放心了。云从龙还说几年前他看到张友渔的介绍信，就知道我一定是四川这边共产党里的一个领导，现在从报纸上看到我是成都军管会委员，因此对于留下来的外国人担心他们的安全的问题，可以从我们口里得到政策性回答了。

　　我告诉他，军管会的布告里说得明白，一切外国侨民都要到军管会外事处去登记，只要守法，一律受到保护。愿留者留，愿走者走。我说:"像你这样帮助过我们的友好的外国人，欢迎你留下来帮助我们工作。"

　　云从龙听了我说的后，果然在外国人里面宣传我党的政策，揭破谣言，安定人心。后来他感到留下来没有多少事情可做，还是决定回加拿大去，以后我们就再也没有联系了。1985年，华西大学有些同志要为云从龙九十寿辰祝寿，我写了一幅字，祝他长寿。听说他收到后很高兴，他寄了一张他看我写的字时的照片给我，我也很高兴。可惜他过一年就去世了。

　　2009年11月，云从龙的儿子到成都来，看望了我，我也写了字送给他，我是这样写的:"您的父亲云从龙先生给中国人民解放斗争的热情帮助以及我们在华西协中所建立的深厚友谊，是永远不能忘记的。"

　　是的，云从龙对中国人民的友谊和对我进行革命工作的帮助，我是不能忘怀的。

松村谦三
一个"杜甫迷"

"一直对中国友好的日本政坛的顶级老人松村谦三先生要到中国来访问，中央很重视，他还提出这次他一定要来成都访问，省委领导决定，由你出面接待。"上世纪50年代中，四川省外事领导同志来对我如此说。

我说："我不管外事，也不认识这个人，为什么指定我出面接待？"

他说出了缘由，松村谦三是一个很尊崇中国文化、读过许多中国古书的人，我懂得一点国学，所以要我出面应对，我答应了。临走时他特别提醒我，听说他是一个"杜甫迷"，能背出很多杜甫的诗，要我有所准备。我对杜甫虽然缺乏研究，杜甫的诗却还能背几首，一个外国人能背出多少首来呢。

我这个估计完全不对，我和松村谦三见面后，他开口就说，他这次要到成都来，就是来拜访杜甫的。于是他真的用不太熟的汉语背起杜甫在成都草堂时代的诗来，看来是熟读过真的能背出来的。他说，他不只是来拜见杜甫，也不只是来读杜甫的诗，主要是想来验证杜诗诗句的创作背景，寻找诗句所吟的当时地方情景。这却是我没有料到的，我们读杜甫诗，虽从诗艺上去研讨，至于那些诗创作的时代背景和具体地点，却不大关注。

我带领他到杜甫草堂参拜杜甫，同时也参拜陆游和黄山谷，他十分虔诚，对中坐泥塑杜甫像看了又看，不想离开。走出正堂，他读了何绍基写的对联，竟能说出"草堂人日我归来"句的"人日"是指夏历正月初七日。在草堂游走时，他不时说："哦，这就是'花径不曾缘客扫'的花径了。哦，这里是'蓬门今始为君开'的蓬门吧？"走到祠后，只见一个立碑的茅亭，他问："他的草堂到底在哪里呢？"那时，我们并没有恢复草堂，他有几分不满意地喃喃自语："哎，看不到那'三重茅'了。看不到当时草堂的模样了。"我们都以沉默应答。草堂公园只见磁片堆的"草堂"二字，却不见恢复的草堂，我不觉羞颜无语。

我们走出草堂，他走近面前的那条很不起眼的小溪，看了又看，左右上下看，他摇头说："这肯定不是浣花溪，浣花溪怎么是这么一条臭沟呢？"的确，那时并没修整好那条小水沟，我也附和说，这条小溪恐怕不是当时的浣花溪。那么浣花溪到底在哪里，同来的人谁也说不清，他竟要去寻找，走到龙爪堰，看到绿波荡漾的水流汹涌的水溪，他认为这里才像是浣花溪，我也表示首肯。至于走过老百花潭，我们都不认为是杜甫说的百花潭，也说不出百花潭应该在什么地方，他也没时间来考证了。

第二天，我陪他去灌县看都江堰。我们坐小车在川西平原上奔驰，看样子他是迷醉于"锦江春色来天地"了。当时天气晴朗，在青翠的远山背后，闪耀出高耸的大雪，他指问："那是什么地方？"我答："那是大雪山。"我们游了都江堰首，过桥上了山，我告诉他这就是玉垒山了。我们沿树林而下，到了伏虎寺。他忽然摇头自语："'锦江春色来天地'是这里，可是'玉垒浮云变古今'，这匹小山肯定不是玉垒。"

这却叫我有点诧异，这个树木葱茏的小山叫玉垒山，古已如此，他却认为不是杜甫诗中的"玉垒"。他竟然指远在天边的大雪山才是玉垒山。他不说便罢，他这么说，却引起我的注意，远望大雪山，他说："你看，那里真像一座玉石堡垒呢。"我越看越觉真像一座玉垒，说不定他猜想得有几分道理呢。

在回成都的路上，他在汽车里好像一直在回味，他说他每读杜诗，就梦想到诗情诗景，想亲自体验一下，这就是他这次来成都的目的，但看他的神色，好像对他的这次体验并不是十分满意。

我一路陪伴松村谦三下来，却有难忘的感慨。一个外国人如此沉迷于中国古代的诗人，不惜万里之遥，到成都来体验杜甫诗的创作情景，我希望中国的诗人更尊重中国的传统诗词曲，不说着迷，就是能认真阅读，并且体会他们的诗情诗景，以提高自己创作水平，该不是一个过分的希望吧。

几个飞虎队员
和美国大兵交朋友

　　1941 年，美国陈纳德将军组建了中国空军美国志愿援华航空队，大本营设在昆明。因在与日本空军的战斗中战果辉煌，被大家亲切地称为"飞虎队"。我们西南联合大学的同学对飞虎队非常佩服，有不少人志愿到飞虎队去当翻译。

　　1944 年初夏的一个星期天，我到昆明南屏街去逛书店。我正在书店里翻看一本苏联出版的英文文学杂志，有两个美国大兵走了进来，看他们的装扮，像美飞虎队队员。

　　他们似乎是想找什么书看，但在书店转了一圈，露出一副失望的样子。我听到他们向书店店员询问有没有介绍中国华北抗战的书，店员不懂英语，无法回答。这引起了我的注意。

　　这两个美国大兵发现我正拿着一本英文书，便转身向我走来，用英语提出同样的问题。我向四周看一下，没有什么我不喜欢看到的人，便细声地用英语对他们说，这样的书，在这里是没有的，就是有，你们也看不懂，因为是中文的。他们俩很失望地走出了书店。

　　我看他们的样子，是真心想了解华北战场的情况，于是我跟着他们走出书店，告诉他们说，如果他们想了解的话，我可以帮助他们。

他们听了很高兴，邀请我和他们一起去喝咖啡闲谈。

他们把我带到附近一个咖啡馆，落座后他们叫来三杯咖啡，又提出了刚才在书店里提出的问题。我看咖啡馆里基本上都是美国兵，还不时有美国的 MP（宪兵）进来巡视，我们用英语交谈，别人也可能听得到，这样很不安全。我想了一下，对他们说："你们到中国来，还没有喝过中国茶吧？我请你们去中国茶馆里喝中国茶，怎么样？"他们大有兴趣。

于是我带他们到了背街一个小茶馆里，坐下来喝茶。这里几乎全是中国人，我们用英语交谈也不会有什么人听得懂，我放心地向他们介绍了华北八路军的英勇抗战的情况，当然只是粗线条地说了一个大概，却已经引起他们很大的兴趣了。

他们说，这些是他们在美国从来没有听说过的。他们很想知道更多的细节。我告诉他们我的英语水平不是很好，但我在西南联大外文系的朋友，可以更详细地向他们介绍。他们很高兴，希望能尽快见到。我便带他们到了住在离书店不远的何功楷（地下党员）那里。

我们在何功楷家又谈了一阵子，他们觉得意犹未尽，与我们相约下个星期天，到我住在西南联大附近的家里去谈。

两个飞虎队员离开后，我和何功楷商量了一下，觉得这是一件有意义的国际统战工作。我把这件事向云南地下党省工委书记郑伯克做了汇报，他很赞同我们的做法。于是我和何功楷又找了英语比较好的张彦、许乃炯等五六个同学，另外还约了由基督教青年会主办的学生公社的李储文和章润媛，李储文告诉我，他们在青年会已经结交了几个飞虎队员，我们商量不如把大家认识的一起请来交谈。

第二个星期天，我们和飞虎队朋友在学生公社见面。这次他们来了好几位，除了在书店和我相遇的帕斯特带了两三位外，还有早已和李储文他们交往的贝尔等人。我们和他们虽然是初次见面，却并不感到陌生。他们拿出美国香烟请我们抽，章润媛沏好中国茶请他们喝，茶香四溢，美国朋友赞不绝口。

大家随便闲谈起来。飞虎队的朋友们说，他们不惜流血牺牲，来华援助抗战，但来到昆明后，看到的是疾病、乞丐、饥饿、卖淫和死亡，而官僚们却在花天酒地。大量的外援物资并非全用来打日本，有的甚至被倒卖，让他们难以理解。他们感慨地说："这是一个值得我们流血的国家吗？"

话题自然转到了北方。我们告诉他们中国还有另外一个地方，还有另外一支军队正在浴血抗战，为中国的民主自由奋斗。他们听得很入神，希望更多地了解中国和敌后中国人民抗战的情况。而且他们也谈到，美国飞行员在华北敌后迫降，受到当地共产党和老百姓的帮助，可以保证安全。他们以为这才是中国抗战的希望。

从此以后，我们和飞虎队的朋友大概每两星期便找地方聚会。几乎每次他们都要带几条美国香烟来分送给我们，还有美国罐头、饮料、饼干之类食品，我们也带一些瓜子、花生和本地的干果特产让他们尝新。后来我们也请他们到中国菜馆里吃中国菜，教他们用筷子，吃辣味菜，他们辣得流眼泪，一边呼呼直叫，一边大笑。他们很想从文化上了解中国，我们带他们参观名胜古迹，看本地滇戏，看民族表演。我用我们给他们取的中国名字刻图章。教他们认几个中国字。以至我们交换着念读和讲解古诗词。这都引起他们对中国的深层次的了解。在这些活动中，我们结成了很要好的朋友。

我们在和飞虎队朋友的交往中，从《新华日报》等报刊杂志上挑选出相关的文章翻译成英文送给他们，他们看后寄回美国，有的文章还在美国杂志上发表了。同样的，他们也送给我们一些美国杂志，我们从中挑出一些关于中国的文章翻译成中文，印成小册子在学校流传，很受同学们的欢迎。这样的活动，后来发展到他们邀请我们去美国军营讲演，介绍华北敌后抗战情况，很受美国大兵的欢迎。但是这样的演讲却引起美国部队的注意，后来竟然查到西南联大训导处来。因为我们用的都是英文名字，查无实证，不了了之。

1945年8月抗战胜利后，飞虎队的几位朋友准备回国。他们听说共产党的主席毛泽东到重庆了，贝尔、海曼和埃得曼"异想天开"地提出路过重庆时想去见识一下这位共产党的领导人。通过李储文的联系，事情反映到南方局，没有想到得到周恩来的重视，竟然安排他们到红岩村去和毛主席见面。在红岩村里，毛泽东和周恩来热情接待，专门设宴招待他们。他们带去了几条美国香烟送给毛主席。听说毛主席很高兴地接受了香烟，还风趣地说："你们送了几条，赫尔利只送我一支美国香烟。"

1949年新中国成立后，由于中美断交，我们和飞虎队朋友的联系也彻底断了。后来才听说，上个世纪50年代初，美国掀起的麦卡锡主义反共浪潮，他们在昆明和我们交往以及三个美国兵在重庆去见过毛泽东的事，被麦卡锡主义者发觉了。这些和我们交往过的朋友，都受到不同程度的迫害。尤其是贝尔他们三人，更是被当作共产党可疑分子，连工作都丢了。可是他们并不气馁，认为他们并没有错。但是他们还是把可以被人当作证据的我们一起在昆明拍的照片包好埋在了地下，期待着有重见天日的一天。

1972年美国总统尼克松访华，中美关系开始走向正常化。不久，贝尔随美国援华抗日老战士访华团到中国，他带着从地下挖出的珍藏的老照片到处打听我们，但是因为我们当年用的是英文名字，根本无法找到我们。1976年，贝尔再度随旅游团来华，在过上海时，居然在上海外办看到了李储文，但因为当时"文革"还没结束，李储文还未"解放"，他们之间只是礼节性地寒暄了几句。这让贝尔很是奇怪。不过，当过重庆去参观红岩村纪念馆时，旅游团竟然发现贝尔他们三人当时和毛泽东的合影，但是上面没有标注姓名。纪念馆的人根据贝尔所述将他们名字填写上了。

贝尔回国后，十分兴奋。贝尔和海曼本来已经参加美国的中美友好协会的工作，海曼就写了一篇文章连同当时和我们在昆明的合影，刊登在美国的报纸上。巧的是，这张报纸被在北京《中国建设》杂志社的一位外国友人看到了，他觉得照片上有个人很像杂志社的副主编张彦，就把这张报纸拿给张彦看。张彦从照片中认出了海曼、贝尔他们，马上想办法与他们取得了联系，并告诉了他们中国朋友的情况。我们之间被迫中断的友谊又重新连接起来。

上世纪80年代初，贝尔带一个旅游团到中国，他专程到成都来看望我。三十几年不见的老朋友见面了，说不出的高兴，我们长时间地热烈拥抱。回忆往事，不胜唏嘘。后来贝尔还来过一回成都和我见面，海曼更为他写一本书搜集材料的事，专程到成都和我会面，我们谈了一整天。以后我们虽然没有再见面，但年年有贺卡往来。他们还把每年在美国与张彦（《人民日报》驻美记者）、许乃炯（中国驻世界银行代表）聚会的录音寄给我们国内的人。

随着岁月的流逝，我们和美国两边的朋友中不少人陆续去世。2004年8月，美国那边唯一还在世的帕斯特从纽约发来一封电子邮件，谈到我们中美两国朋友从1944年在昆明开始相交，到现在已满六十年，他很想和夫人一块回到昆明旧地重游，更希望和中国尚健在的朋友在昆明重聚，了此一生大愿。

这时的帕斯特已经八十六岁，且行动不便，坐上了轮椅，他的夫人也逾九十，且体弱多病，而中国这边健在的我、张彦、李储文章润媛夫妇，也同样是八九十岁的老人了，我们还能去云贵高原吗？可是帕斯特说，有生之年到中国与老朋友重聚昆明是他酝酿已久的梦想，无论如何他一定要到中国来。我们几个被帕斯特坐轮椅也要越洋来会老友的热情深深感动，欣然同意共赴云南。

　　我和当时云南省政协的主席杨崇汇同志取得了联系。在云南省政协的全力支持下，我、张彦、帕斯特在六十年后，终于再次相会，不觉热泪纵横。尤其是帕斯特，他从车上下来，一见到我们，兴奋地挣扎着想要从轮椅上站起来和我们拥抱，但未能成功，于是他让陪同的人把他架起来，和我们紧紧拥抱，久久不愿松开。在场之人，无不动容。唯一感到遗憾的是，李储文夫妇因病医生不同意远行而缺席了。

　　之后的几天时间里，我们三个老头在家人的陪同下，到我们当年交往活动过的每一处地方去寻找旧迹，我们还拜谒了为纪念牺牲的飞虎队员而建的驼峰纪念碑……终于要分别了，在为帕斯特夫妇举行的送别宴会上，道不完的依依惜别之情。我把前一天作好并写成书法装裱成条幅的七绝诗拿出来送给帕斯特，还粗译为英文念给他听。这首诗的第一句就是帕斯特在昆明常说的一句话："三个老头重聚首"。

　　这首七绝诗是这样写的："三个老头重聚首，六十年后话沧桑。二零零八犹期许，北京再会幸勿忘。"这是我们的约定，我们相约，2008年一起到北京看奥运会，并且给Pastor庆祝九十大寿。可惜的是，帕斯特却没有等到这一天，在他回到美国的第二年，我们得到消息，他与世长辞了。

　　中国人民永远不会忘记那些在民族解放斗争中帮助过中国的外国友人，不会忘记飞虎队在中国的抗日战争中作出的牺牲。

后　记

　　这本书呈献在读者面前，已经浪费了大家不少时间，不想再啰唆了，只是有几点说明。一，列入这本书的人物，全是去世了的。二，这些人物都或多或少曾经和我有点关系，至少是我认识的。三，我写的都是我回忆得起来的事实，或者偶有错误，我无法去查对了。四，最后还想说一句，又一度想学巴金，我说的是真话。